btb

Aus Freude am Lesen

btb

Buch

Piet Hieronymus, Auslandsermittler der holländischen Kriminalpolizei, ist wieder unterwegs. Diesmal sind es private Angelegenheiten, die ihn in eine thüringische Kleinstadt führen. Dorthin hatte es einen Landsmann und alten Weggefährten einst der Liebe wegen verschlagen. Nun betreibt er eine Buchhandlung an diesem düsteren, hinterwäldlerischen Ort, in einer für ihn immer noch fremden Welt. Als er eine Morddrohung erhält, fühlt er sich seines Lebens nicht mehr sicher. Hieronymus geht den Drohungen nach, und mehr und mehr entpuppt sich die Kleinstadt als ein Ort, an dem Feindseligkeit nur notdürftig verborgen hinter bizarren Maskeraden lauert. Da gibt es einen Schauspieler, der den letzten deutschen Kaiser zu imitieren versteht; einen Maler, der Totenköpfe malt und selbst nicht mehr lange zu leben hat; einen Archivar, der hinter seinem jovialen Wesen dämonische Züge verbirgt. Und dann gibt es ein Mädchen, das zu wenig, und eines, das zu viel Hemmungen in der Liebe hat. Für Piet Hieronymus wird seine Winterreise nach Thüringen zu einer Erfahrung der ganz besonderen Art …

Autor

Henning Boëtius, geboren 1939, lebt in Berlin. Er ist Autor zahlreicher, von der Kritik hochgelobter Romanbiographien und der Kriminalromane um den holländischen Inspektor Piet Hieronymus. Mit seinem erzählerischen Meisterwerk »Phönix aus Asche« gelang ihm der Durchbruch auch als literarischer Autor.

Henning Boëtius bei btb

Der Gnom: Ein Lichtenberg-Roman (72408) · Ich ist ein anderer. Das Leben des Arthur Rimbaud (72189) · Lauras Bildnis. Roman (72803) · Phönix aus Asche. Roman (72967) · Schönheit der Verwilderung. Roman (72830) · Tod in Weimar (72900) · Undines Tod. Roman (72225) ·
Die Piet-Hieronymus-Romane:
Joiken (72548) · Das Rubinhalsband (72639) · Der Walmann (72332)

Henning Boëtius

Blendwerk

Ein Piet-Hieronymus-Roman

btb

Die Erstausgabe dieses Romans erschien 1994
im Vito von Eichborn Verlag, Frankfurt am Main.

Umwelthinweis:
Alle bedruckten Materialien dieses Taschenbuches
sind chlorfrei und umweltschonend.

btb Taschenbücher erscheinen im Goldmann Verlag,
einem Unternehmen der Verlagsgruppe Random House GmbH

1. Auflage
Neuausgabe September 2003

Umschlaggestaltung: Design Team München
Umschlagfoto: Zefa/Masterfile
Satz: IBV Satz- und Datentechnik GmbH, Berlin
KR · Herstellung: Augustin Wiesbeck
Made in Germany
ISBN 3-442-72753-7
www.btb-verlag.de

Erstes Kapitel

Ich glaube nicht an Zufälle, aber ich halte auch nicht viel von der Vorsehung. Es muß etwas dazwischen geben, etwas, das Willkür und Schicksal auf rätselhafte Weise miteinander verknüpft. Die wahren Überraschungen des Lebens kommen zuweilen dabei heraus. Begebenheiten, die wie Schauspieler auf ein Stichwort hin genau im richtigen Moment aus den Kulissen auf die Bühne unseres Daseins treten, um ihren unvermeidlichen Auftritt zu absolvieren. Wie anders ist es zu erklären, daß meine Mutter mir zum ersten Advent dieses Jahres »Die Winterreise« schenkte, eine Schallplatte mit deutschem Gesang, voller Dunkelheit der Wörter und Süße der Melodien, und daß ich kurz danach tatsächlich eine Winterreise nach Deutschland antreten mußte, keine dienstliche Reise übrigens, sondern eine private, die zu unternehmen ich mich wegen des brieflichen Hilferufes eines Landsmannes genötigt sah.

Meine Mutter schenkt mir, seit ich erwachsen bin, immer etwas zum ersten Advent, dafür nie etwas zu Nikolaus. Zur Begründung sagt sie: »Zuneigung kann man nicht in der Stunde der Erfüllung zeigen, immer nur in der Stunde der Verheißung.«

Als ich sie fragte, was sich hinter dieser Lebensregel verberge, erklärte sie: »Du müßtest dich eigentlich noch gut daran erinnern, lieber Sohn. An deine Wunschkatastrophen. Du hast dir zum Nikolaustag immer ein ganz besonderes Geschenk gewünscht, eine Kinderschreibmaschine, ein Akkordeon, einen ferngelenkten Panzer. Wir haben dir jedesmal den Wunsch erfüllt, aber immer warst du dann nach der ersten kurzen Freude enttäuscht. Es war eben einfach der falsche Zeitpunkt zum Schenken. Der 6. Dezember, das ist doch kein Datum für private Geschenke. Immer der gleiche Tag, ich bitte dich. Und dann dieser häßliche alte Mann! Vorfreude ist die schönste Freude, mein lieber Sohn. Glaub mir, der erste Advent ist einfach ideal. Man soll Geschenke in die Strömung der Erwartung werfen, solange sie noch stark und frisch ist.«

Meine Mutter sagt viel so schöne Sätze in letzter Zeit. Als ich sie darauf ansprach, meinte sie, es liege an ihrem nahenden Tod. Es seien alles Schlußworte des Lebens, die sie ausprobiere. Sie lachte und zeigte ihre ebenmäßigen, künstlichen Zähne. Und sie duldet keinen Widerspruch. »Red nicht so dummes Zeug«, sagt sie jedesmal barsch mit ihrer herrischen Stimme, wenn ich auf ihre gute Gesundheit und ihr rüstiges Aussehen anspiele. »Wenn man wie ich mit einem Bein im Grab steht, dann gleicht man einem Flamingo, der sich aus Versehen auf einem Sumpf niedergelassen hat.« Sie hat wieder eines dieser letzten Worte gefunden, und ich muß mich geschlagen geben.

Ich reise gerne, und dennoch fällt es mir jedesmal nicht leicht, den ersten Schritt zu tun. Nervosität befällt mich bei Reisebeginn, ich leide an Kurzatmigkeit und Pulsrasen. Vielleicht hängt es mit einem berühmten Kinderlied zusammen, das meine frühesten Lebensjahre begleitet hat. Meine Mutter sang es mir oft vor mit ihrer schönen Altstimme. Ein deutsches Kinderlied übrigens. »Hänschen klein ging allein in die weite Welt hinein. Stock und Hut steht ihm gut, ist gar wohlgemut. Aber Mutter weinet sehr, hat ja nun kein Hänschen mehr ...«

Spätestens ab dieser Zeile ist es vorbei mit dem Wohlgemutsein. Schuldgefühle, Reisefieber, Trennungsangst stellen sich ein und überschatten den Aufbruch.

Vor jeder meiner Reisen gibt mir meine Mutter eine Abschiedsaudienz in ihrer schönen Villa mit den großen Rhododendronbüschen davor, der weißen Fahnenstange und dem kunstvoll verwilderten Garten hinter dem Haus, den sie trotz ihres Alters mit großer Beharrlichkeit pflegt. Diese Abschiede sind ein Ritual. Immer haben sie den Charakter von Endgültigkeit, unsere kleinen Beerdigungen, in denen wir beide wohl jedesmal die Hoffnung begraben, einander zu verstehen.

Während meiner letzten Reise hatte meine Mutter eine Herzattacke. Seitdem ist sie aufgeblüht. Sie hat jetzt rote Bäckchen und sieht wie ein kleines Mädchen aus, das sich in die Puppe verwandelt hat, mit der sie am liebsten spielt. Wie gewöhnlich gab sie mir auch diesmal Anweisungen, wie ich mich zu verhalten hätte. Sie war nicht von der fixen Idee abzubringen, daß ich es mit lauter Russen zu tun bekäme. »Die Russen sind grausam«, sagte sie. »Aber sie verstehen etwas von Tee. Ich rate dir, mein Sohn, dich auf nichts anderes mit ihnen einzulassen als auf Teetrinken.« – »Ich fahre nach Ostdeutschland, Mutter«, hatte ich erwidert, »dort gibt es vermutlich kaum mehr Russen als hier, jedenfalls nicht nach der Wende.«

Ihre tiefe Stimme, die so gar nicht zu ihrem gebrechlichen Körper paßt, klang zornig, als sie antwortete: »Das ist typisch für dich, die Dinge zu verharmlosen. Ich sage dir noch einmal, es sind Russen, die allermeisten jedenfalls. Russen können sich gut verstellen. Aber du erkennst sie an ihrem düsteren Blick. Russen gucken immer, als ob sie jemanden umgebracht hätten, und viele haben es auch.«

Ich wußte, es war zwecklos, ihr zu widersprechen. Ich bedankte mich also für ihre Ratschläge und ging, wie immer zugleich enttäuscht und von Liebe bewegt.

Wie viele meiner Landsleute verspüre ich zu Deutschland so etwas wie eine treue Haßliebe. Ich bewundere die deutsche Kultur, die Sprache, in der sich so vieles zwischen den Zeilen sagen läßt, vor allem aber verehre ich die Musik. Die Lieder zum Beispiel. Kein anderes Land hat Lieder hervorgebracht wie das »Heideröslein«, so duftend, so sanft. Aber ich fürchte auch die Dornen, die Gewalttätigkeit, die in jener unklaren Mischung aus Begabung und Untertanengeist schlummert.

Diesmal würde ich also in den Osten dieser Nation reisen, die sich erst vor kurzem aus einer schizophrenen Doppelexistenz verabschiedet hatte. Vereinigungen sollten etwas höchst Erotisches sein, etwas, das wärmt und stark macht. In diesem Fall jedoch schien es sich, wie ich den Berichten der Medien entnahm, um eine Kernfusion zu handeln, die keine Energie freisetzte, sondern in großen Mengen verbrauchte.

Ich kannte bisher nur die ehemalige Bundesrepublik. Ich hatte dort einige Male meinen Urlaub verbracht, am Rhein zumeist, zu dem wir Niederländer eine seltsam verbissene Liebe verspüren. Vielleicht, weil sein trübes Wasser zuletzt durch unsere Wiesen strömt mit seiner heimlichen Botschaft von Weinbergen, Märchen und schon auf der Höhe von Basel verlorengegangenem Gletschergrün.

Auch jetzt hatte ich mich zu einem kleinen Umweg über den Rheingau entschlossen, obwohl der Brief meines Freundes recht bedrohlich geklungen hatte. Doch Hilferufe dieser Art sollten nicht zu übereiltem Handeln verleiten, sonst wird man von der in ihnen zumeist enthaltenen guten Portion Hysterie angesteckt.

Als die Weinhänge des großen Vaters Rhein auftauchten mit all ihren wie Dekorationen wirkenden Spielzeugruinen, setzte ich mich in das Zugrestaurant und bestellte ein Viertel Weißen. Die Landschaft wirkte melancholisch in ihren ocker-

und blaugrauen Tönen, die mich an Bilder von Braque erinnerten. Ein wohliges Gefühl überkam mich in der Wärme des Speisewagens bei der sich in der Scheibe spiegelnden Tischlampe mit ihrem gelben Röckchen. Es war noch einer jener alten Waggons, die von der gastronomischen Idee eines rollenden Kellerrestaurants geprägt sind, eine Atmosphäre, in dem man Züricher Kalbsgeschnetzeltes essen muß.

Eigentlich ist es ein Jammer, dachte ich, während ich das zweite Fläschchen bestellte und eine Portion Kalbsgeschnetzeltes, daß es den Namen Bundesrepublik nicht mehr gibt. Er hatte so etwas charmant Provisorisches, im Gegensatz zu »Deutschland«, diesem schwerblütigen Wort, das mit seiner geschichtlichen Tiefe, seinem dunklen Klang nach Wäldern, Wagner und Kant bei den Angehörigen eines kleinen Kaufmannsvolks fast zwangsläufig eine von Staunen und Mißtrauen marmorierte Bewunderung erwecken muß, denn wir haben solche Waren in unseren von Gewürzen, Fischen, Tulpenzwiebeln und Tomaten gefüllten Kellern nicht zu bieten. Gäbe es nur einen einzigen Weinberg in den Niederlanden, ich glaube, die Situation sähe völlig anders aus.

In Aßmannshausen ging ich in dasselbe Hotel wie vor zwei Jahren. Damals war ich mit meiner letzten Freundin Ingrid dort gewesen, im Frühling. Ich nahm das gleiche Doppelzimmer, obwohl ich natürlich wußte, daß dies eine theatralische Geste war: ein leeres Bett neben sich als Liebeserklärung an jene ominöse Sehnsucht nach Gemeinsamkeit, die wir immer wieder vergeblich mit anderen zu teilen suchen. Ich ging auch in dasselbe Lokal und bestellte wieder Wildschweinsülze. Mit Remouladensoße und Bratkartoffeln. Es war keine Nostalgie. Nicht einmal Sentimentalität. Es war der Versuch eines mittelmäßigen Kriminalisten, endlich zu begreifen, wie es zu jener Untat gekommen war, die Ingrid und ich damals Liebe genannt hatten.

Mit der Liebe ist es jedoch wie mit allen Geheimnissen: sie existieren nur so lange, wie man sich selber eines ist. Ich war weit entfernt davon, traurig zu sein. Ingrid war nur noch ein Bild mit den Eigenschaften eines polizeilich erstellten Phantomfotos. Eine Montage aus einzelnen Bildpartien, Frisur, Stirn, Augen, Nase, Mund, Kinn. Alles einzeln verändert und zuletzt per Knopfdruck zu einem scheinbar Ganzen gemacht.

Ich nestelte den Brief aus meiner Jackentasche, den mir Dick vor wenigen Tagen geschrieben hatte. Ein Brief aus der ehemaligen Deutschen Demokratischen Republik, die nach allem, was ich wußte, weder richtig deutsch noch demokratisch noch republikanisch gewesen war. Eher ein undefinierbares Konglomerat aus internationalen Interessenkonflikten und den neurotischen Potentialen ihrer Opfer.

Das Kuvert war aufgerissen und wieder zugeklebt worden. Dick hatte in einer großen, fahrigen Handschrift folgendes geschrieben:

»Lieber Piet, alter Kumpel, entsinnst Du Dich noch an die großen Zeiten auf meiner alten Dschunke, als wir im fieberverseuchten Delta des Bathangari lagen, in einem Tropenregen aus Genever, und die Affen um uns herum wie verrückte, rote Teufel durch die Wipfel turnten? Ich weiß, daß du diese Zeit nicht vergessen hast und Deinen alten Dick auch nicht, der jetzt in großen Schwierigkeiten steckt und Dich bitten muß, ihm aus der Patsche zu helfen. Ich werde Dir sagen, worum es geht, aber Du mußt schon deinen Kopf bemühen, um alles zu verstehen. Da es nicht auszuschließen ist, daß man den Brief öffnet – du weißt, sie haben hier große Übung in solchen Sachen –, werde ich manches nur andeuten.

Einige Jahre nachdem wir uns aus den Augen verloren, habe ich eine Buchhändlerin kennengelernt. Sie war ganz anders als die Mädchen, die ich sonst hatte. Sie war mir geistig überlegen, Piet, und das hat mich verrückt gemacht nach ihr. Sie war schön und belesen, aber sie hatte kein Herz. Ich habe mein Schiff aufgegeben, weil sie es wollte, und dann haben wir in Breda einen Buchladen aufgemacht. Ich habe schon immer gerne gelesen, und daher schien mir mein Schritt logisch zu sein. Aber ich bin dann überhaupt nicht mehr zum Lesen gekommen. Denn ich habe die Finanzen machen müssen, den ganzen Papierkrieg, weißt Du. Und sie stand im Laden und hat verkauft. Sie konnte jedes Buch an jeden loswerden, wenn sie wollte. Eine Weile ging es uns gut. Dann hat sie eine Liebschaft mit diesem Kerl aus Amsterdam angefangen, unserem Steuerberater. Ich hätte es nie herausbekommen, so gut konnte sie schauspielern. Aber einmal bin ich zu früh von einer Reise zurückgekommen. Sie hatten es sich in unserem Bett bequem gemacht. Da bin ich durchgedreht. Und dann war es vorbei. Der feine Kerl hatte es verstanden, mir die ganzen Schulden anzudrehen.

Es war im Jahr der Wende, wie man hier sagt. Und da hatte ich die Idee, ich mache bei denen im Osten einen Buchladen auf. Ich bildete mir ein, inzwischen von diesem Geschäft 'ne Menge zu verstehen, und ich dachte, die haben so lange geistig auf dem trockenen gesessen, daß sie jetzt wie die Verrückten lesen werden. All das, was vorher verboten war. Die Idee war auch gut, aber die Wirklichkeit war anders. Sie hatten kein Geld, und sie hatten vielleicht auch Angst vor dem Neuen, vor dem Unbekannten. Ihnen war zu lange eingetrichtert worden, daß aus dem Westen nur dekadentes Zeug kommt. Zuerst ging wieder alles ganz gut. Du weißt, daß ich seit meiner Zeit als Seemann so gut Deutsch spreche, daß mich jeder Hamburger für einen Landsmann hält. Hier ist es fast eine Fremdsprache, wenn man Hochdeutsch mit norddeutschem Akzent redet.

Aber das war nicht das eigentliche Problem. Das Problem

war, daß die Leute hier so eine komische Art haben, daß ich nicht weiß, was mit ihnen los ist. Ich kann ihnen nichts verkaufen. Ich verstehe sie nicht. Ich verstehe mich auch nicht mehr. Es ist wie eine Krankheit, eine ansteckende. Du weißt, daß ich schon immer ein großer Träumer war, ein professioneller, würde ich sogar sagen. Und das heißt, daß ich ebensogut die Wirklichkeit erkenne, wie ich träumen kann. Das eine geht nicht ohne das andere. Hier aber fließt es ineinander, die Träume und die Realität. Ich kann sie nicht mehr unterscheiden. Es ist die Welt des Deutschlings!

Alles ist wie ein schlechtes Theaterstück. Wenn mir jemand die Hand gibt, ist es gespielt. Sollte mich jemand erschlagen, wäre es eine Realität, die ich für ausgedacht halten könnte. Ich habe Angst, Piet. Wenn man Sein und Schein nicht mehr unterscheiden kann, ist man verrückt geworden, stimmt's? Komm, mein Freund, alter Kumpel, hol mich zurück auf den Boden der Tatsachen oder, wenn es Dir lieber ist, in den Himmel der Phantastereien.

Du wirst Dich fragen, warum ich nicht einfach hier abhaue. Ich habe mein ganzes Geld in diesen Laden investiert. Und ich habe ein Mädchen kennengelernt, für das ich Verantwortung trage. Aber das ist es nicht. Ich kann nicht weg, weil ich Sein und Schein nicht mehr unterscheiden kann. Wenn ich mich in den Zug setzte, würde ich vielleicht nur im Kreis fahren, um meine Wahnidee herum.

Ich rechne fest mit Dir, Piet. Du läßt mich doch nicht im Stich? Telefonisch kannst du mich nicht erreichen. Sie haben mir den Anschluß abgeklemmt. Aber Du findest mich ganz leicht. Entweder im Laden am Marktplatz oder in meinem Haus, drei Kilometer außerhalb im Wald, Am weißen Berg, so heißt die Straße, Nummer zehn, oder aber im Leichenschauhaus.

Dein alter Kumpel Dick.«

Ich muß zugeben, daß ich immer noch einigermaßen verwirrt war, obwohl ich den Brief schon mehrfach gelesen hatte. Ich wußte nicht, was ich damit anfangen sollte. Vor allem verstand ich nicht, was Dick mit »Deutschling« meinte. Und dennoch war das Gefühl von Mal zu Mal stärker geworden, daß es sich um einen echten Hilferuf handelte.

Ich bestellte noch ein Viertel Höllenberg, und während ich in kleinen Schlucken trank, dachte ich an die Zeit zurück, in der ich Dick Kuyper, wenn auch nur flüchtig, gekannt hatte.

Ich war damals noch Psychologe gewesen und hatte einen Urlaub in Südholland verbracht, weil ich glaubte, ich müsse den Massenexodus meiner Landsleute nicht mitmachen, die Jahr für Jahr unser flaches, enges Land verlassen, mit der Hoffnung, sich in weniger überschaubaren Gebieten aus den Augen zu verlieren.

Ich angelte damals ziemlich viel, wahrscheinlich, um meine Ängste vor dem Töten zappelnder, glitschiger Fischleiber zu bezwingen. Dick Kuyper war der stolze Besitzer eines ehemaligen Flußschiffes, mit dem er Touristen zum Angeln vor die Schelde fuhr. Der gewaltige Laderaum war zu einer einzigen großen Bar umgebaut. Zahllose Barhocker, alle am Boden verschraubt. In der Mitte ein großer Billardtisch. Die besondere Atmosphäre entstand durch exotische Pflanzen, Palmen, Bambus, Rotang. Dick hatte einen kleinen Regenwald installiert, den er bei Bedarf mit Quecksilberdampflampen beleuchtete und aus feinen Wasserdüsen besprühte. Es gab sogar eine Windmaschine für den Monsun und als besondere Attraktion einen riesigen, ausgestopften Orang Utan, der zwischen künstlichen Lianen hing und sanft hin und her schaukelte, wenn Dicks Boot auf der Schelde unterwegs war. An den Wänden des Laderaums waren echte Bullaugen installiert, hinter denen die Silhouette einer großen Insel zu sehen war.

Ein koloriertes Großfoto von Sumatra. Ein sogenanntes Pleorama. So nannte man im 19. Jahrhundert optische Einrichtungen, die die Vorbeifahrt an Küsten simulieren. Per Knopfdruck von der Bar aus ließ es sich in schwankende Bewegungen versetzen. Der Effekt war überzeugend. Man konnte tatsächlich glauben, vor jener tropischen Insel zu kreuzen. Die Fahrten dauerten nie sehr lange. Bald lag das Schiff wieder fest im Hafen vertäut und diente als Privatkneipe. Eine Konzession hatte Dick nicht, auch keine Liegeerlaubnis, wahrscheinlich weil er die Gebühren nicht zahlte. Deshalb mußte er immer an anderen Kähnen festmachen, über die seine Gäste hinweg an Land turnten, wenn sie dazu spät in der Nacht überhaupt noch in der Lage waren.

Dick hatte drei hervorstechende Eigenschaften: Er war der beste Billardspieler, den ich je erlebt hatte, er verfügte über Bärenkräfte bei einem kindlich-freundlichen Gemüt, und er hatte den Tick, sich väterlich um gefallene Mädchen zu kümmern. Er hatte damals als Barfrau, Geliebte und Schiffsjungen ein höchstens sechzehnjähriges Mädchen an Bord, das er auf dem Strich aufgelesen hatte. Sie tyrannisierte ihn, er schlug sie, heulte dann fürchterlich und versöhnte sich wieder mit ihr. Es war ziemlich anstrengend, mit beiden zu tun zu haben. Wenn Gäste sich an die Kleine heranmachten, wurde Dick fuchsteufelswild. Er hatte einen enormen Brustkasten und kurze, dicke Arme, die wegen ihrer gewaltigen Bizepse immer ein wenig vom Körper abstanden. Dick machte damals gutes Geld und gab es sofort wieder aus. Sein Traum war, mit seiner schwimmenden Bar nach Sumatra zu fahren. Er hatte sich den Kurs genau überlegt. Immer die Küste entlang, denn er hatte nur das Binnenschifferpatent. Natürlich kam es nie dazu. Sein Ziel erreichte er immer nur nach zahllosen Genevern in seinen berauschten Träumen.

Ich ging ins Hotel zurück und legte mich in ein Bett, das leicht zu schwanken schien wie einst Dicks Schute, wenn auf dem Meer draußen Sturm war und kleine Sekundärwellen bis ins Hafenbecken ausschwärmten. Ich nahm das Buch zur Hand, das Dick seinem Brief beigelegt hatte. Die berühmte Märchensammlung der Brüder Grimm. Mein Freund hatte im Inhaltsverzeichnis einen Märchentitel mit Kugelschreiber umrandet, und diesen Text las ich jetzt vor dem Einschlafen. Er hieß: »Märchen von einem, der auszog, das Fürchten zu lernen.«

Zweites Kapitel

Der Himmel dieses Tages war weiß und prall wie ein Kissen der Frau Holle, das die faule Pechmarie nicht schütteln mochte, um die Federn stieben zu lassen. Irgendwann fuhren wir über die ehemalige Grenze. Ich hatte etwas von der Mauer gehört, von Selbstschußanlagen, Wachttürmen, Minenfeldern. Nun war das meiste davon entfernt. Aber die Grenze war dadurch nicht verschwunden. Ein Streifen Niemandsland, der, wie mir schien, unendlich tief in die Erde hinabreichte und genauso weit in den Himmel darüber. Es war, als verlöre an dieser Stelle alles ein wenig von seiner Farbe, von seiner genauen Gestalt. Etwas Diffuses ging von den Gräsern und Bäumen aus, die hier wuchsen, wie auf einer verwackelten Fotografie. Der Zug fuhr plötzlich sehr langsam. Auch das alte Geräusch von Rädern auf nicht verschweißten Schienen war plötzlich wieder da. Dieses rhythmische Klacken, das in meiner frühsten Kindheit für mich die Erfahrung Zugfahren geprägt hatte.

Ich mußte umsteigen. Auch hier auf dem Bahnsteig war man in einer anderen Zeit. Immer noch Vorkriegszeit, die auf den rostbraunen Schwellen lag und hinter den blinden Fenstern der Bahnwärterhäuschen hockte. Die Stimme aus dem Lautsprecher gehörte keiner bekannten Landessprache an. Das war kein Deutsch, sondern ein unverständliches, aggressives Stöhnen aus dem Souffleurkasten der Geschichte.

Dann saß ich in einem anderen Zug. Ich versuchte, ein Bild von der Landschaft zu bekommen. Es war kaum möglich, denn die Fensterscheiben waren so verschmutzt, daß alles draußen in einem trüben Braun versank, selbst das Blau des sonnigen Himmels. Wir fuhren in einer Art Sichtgefängnis, und nur weil ich mir einen Fleck freirieb, erspähte ich überhaupt etwas von der Außenwelt.

Es ging einen Fluß entlang, an dessen Ufer nun andere Ruinen die Dekoration bildeten. Verbeulte Kühlschränke, Autoleichen, Rollen von nie genutztem Stacheldraht.

Einmal mußte ich umsteigen in einer mittelgroßen Stadt. Hier herrschte Nebel. Auf dem Bahnhofsvorplatz war ein kleiner Weihnachtsmarkt. Drei bis vier Würstchenbuden, ein Verkaufsstand für ärmliche Kleidung, eine Kindereisenbahn, die sich, auf echten Schienen ratternd, zu aus einem Lautsprecher plärrenden Weihnachtsliedern im Kreise drehte. Es gab nur einen Fahrgast: ein ungefähr dreijähriges Kind, das in einem offenen Güterwagen saß und sich mit blaugefrorenen Händen an den Wagenseiten festhielt. Es lächelte ein verzückt blödes Lächeln. Das Christkind, das auf eine verrückte Welt zurückgekommen war, um zu verkündigen, daß es hier nichts mehr zu erlösen gab.

Weiter ging es, tiefer in dieses Land am Ende der Welt, wo die Hyperboreer lebten, ein heiliges Volk, dem ein tausendjähriges Leben beschieden war, das weder Krieg noch Streit kannte, weder Krankheiten noch Siechtum. Die Hyperboreer starben, so hieß es, eines freiwilligen, raschen Todes, wenn sie das ewige Glücklichsein satt hatten. Ich sah mich um. Viele Menschen waren im Wagen, aber sie sprachen nicht miteinander. Sie glichen Vieh, das man transportiert, und es gibt nur einen einzigen Grund, Vieh zu transportieren: es zu schlachten.

Wenn dies die Hyperboreer waren, dann hatten sich alle Merkmale der Legende ins Gegenteil verkehrt.

Niemand beachtete mich. Und allmählich wurde ich angesteckt von der nämlichen Gleichgültigkeit. Auch ich schaukelte bald mit Kopf und Gliedern, weil mich eine Schlaffheit überkam, die den mechanischen Stößen der Fahrt willenlos ausgeliefert war.

Einmal stieg ein Mensch ein, der sich deutlich von den anderen unterschied. Er trug einen teuren Kaschmirmantel und eine Jockeymütze. Seinen schwarzen Diplomatenkoffer hielt er krampfhaft fest, während er lautstark auf die Langsamkeit des Zuges schimpfte, den Dreck, die Tatsache, daß es kein Wasser auf den Klos gab. Auch jetzt reagierte niemand. Es war, als brülle er in eine Leere, die vollkommener war als seine theatralische Wut.

Schließlich fuhren wir in einen Tunnel. Es wurde schlagartig dunkel, und da die Innenbeleuchtung des Zuges ausgeschaltet war oder nicht funktionierte, entstand die gespenstische Stimmung einer Höllenfahrt ins Innere der Erde. Genauso plötzlich wurde es wieder hell, genauer gesagt, Dämmerung spendete bleigraues Licht, in dem die Gestalten der Mitreisenden nur noch undeutlich zu erkennen waren. Wir fuhren an einem großen See vorbei, den eine dünne Eisdecke still und tief wirken ließ. Ich nahm einen verwaschenen, weißen Fleck wahr und rieb an der Scheibe. Es war ein Schwan, der auf einem kleinen, eisfreien Loch mitten im See schwamm. Gleich darauf hielten wir. Ich war am Ziel.

Ich ging auf dem Perron hin und her, blickte in die Gesichter, bis ich ihn plötzlich sah. Ja, kein Zweifel, er war es, Dick Kuyper, in einem blauen Rollkragenpullover, immer noch seemännisch aussehend, mit seinen breiten Schultern, dem schwarzen Backenbart. Ich ging auf ihn zu und streckte ihm die Hand entgegen. Er packte sie und hielt sie fest mit einem

Griff, wie ihn ein Ertrinkender am Dollbord eines Bootes haben mag. »Komm«, sagte er, »laß uns schnell zum Auto. Es ist besser, die Leute fangen nicht an, über dich nachzudenken, und darüber, warum ich dich hier abhole.«

Er nahm meinen Koffer und eilte voran. Wir gingen durch dunkle Straßen, in denen es kaum erleuchtete Fenster gab, geschweige denn Laternen. Wir querten eine Brücke. Ihr Geländer war von Steinfiguren flankiert. Regen und Wind hatten die Gesichter zernarbt, die schwarzen Münder verzogen und die Augen zerfressen. Doch eine der Statuen schien in gutem Zustand. Als ich an ihr vorbeiging, spürte ich, daß sie lebte. Es war eine tief verschleierte Frau. Sie drehte den Kopf, als würde sie uns nachsehen.

Wir gingen eine steile Lehmböschung hinab zu dem rauschenden Fluß. Noch hatte ich nicht viel mehr von der Umgebung wahrgenommen als einen beißenden, brenzligen Geruch, der meine Schleimhäute reizte. Über uns in dem verdämmernden Himmelslicht sah ich ein schloßähnliches Gebäude, dessen Fenstern ein unglaubwürdig helles, fast festlich wirkendes Licht entströmte.

Dann waren wir bei seinem Auto. Dick öffnete die Tür und schob mich hinein. Ich mußte mich einknicken wie ein Taschenmesser, was sowohl an meiner außergewöhnlichen Körpergröße lag als auch an der erstaunlichen Kleinheit und Enge des Fahrzeugs. Auch Dick, der einen Kopf kleiner war als ich, mußte sich krümmen wie ein Wurm. »Ist dies einer dieser berühmt-berüchtigten Trabbis?« fragte ich. Er nickte. »Ja, diese rollenden Käfige, die man dem Völkchen hier verordnet hat, um die Selbsttäuschung einer Fortbewegung zu erwecken. Sie stinken nicht nur bestialisch, sie haben auch etwas Niederdrückendes an sich, ich meine, etwas, das dir jeden Mut raubt, größere Entfernungen überbrücken zu wollen, eine Art Drohung aus Blech, keine Republikflucht zu begehen. Man fährt in diesen Dingern immer in Demutshaltung.«

Dick gab einen verächtlichen Schnauber von sich und ließ den Motor an, eine Prozedur, die ziemlich umständlich zu sein schien, denn es dauerte lange, bis eine permanente Vibration und vereinzelte, heftige Stöße die Annahme nahelegten, daß wir uns nun fortbewegten. Sehen konnte ich absolut nichts. Die Scheinwerfer waren zu schwach, um der trüben Unwirklichkeit draußen auch nur die mindeste Kontur abzugewinnen.

»Wer war die Frau auf der Brücke?« fragte ich. »Kennst du sie?«

»Es war bestimmt eine von denen. Es gibt hier jede Menge davon«, sagte Dick. Er wandte so unwillig den Kopf ab und drehte am Knopf des Radios, daß ich mich nicht getraute, weitere Fragen zu stellen. Ich starrte auf die kleine, schaukelnde Puppe, die als Maskottchen vom Innenspiegel herabhing. Ein Orang Utan mit rotbraunem Fell und kleinen, stechend blickenden Glasaugen.

Dicks Wohnung war kalt, die Fenster mit Eisblumen bedeckt, die das Licht der einzigen Straßenlaterne draußen in Kristallschauern brachen. Dick ließ die Rolläden herunter, ehe er Licht machte. Während er sich am Ofen zu schaffen machte, hatte ich Zeit genug, mir die Einrichtung anzusehen. Unzweifelhaft war sie von dem Versuch geprägt, etwas von Dicks Heimat in diese Welt hinüberzuretten. Die Wände der kleinen Kochnische waren mit Delfter Kacheln aus Plastik beklebt. An den Wänden hingen Fotos von Zierikzee, von seinem Schiff, eine Weltkarte, auf der mit rotem Filzstift eine in Küstennähe verlaufende Linie von der Schelde über Gibraltar durch den Suezkanal bis nach Sumatra eingezeichnet war.

Überall standen Topfpflanzen herum. Sie verliehen dem Raum etwas vom Flair einer Provinzgärtnerei. Wir Holländer lieben Topfpflanzen, wahrscheinlich eine Marotte aus der Kolonialzeit, als die Heimkehrer ihre Fensterbänke mit Trophäen tropischer Regenwälder und Palmenstrände verzierten.

Dick sah meinen Blick: »Die Pflanzen hab ich von verschiedenen Leuten, die sie wiederum von anderen haben, die vor der Wende abgehauen sind. Die botanische Hinterlassenschaft von Republikflüchtlingen, verstehst du. Es gibt einen richtigen Dschungel davon, verteilt auf die Haushalte von zurückgebliebenen Freunden. Eine Art verborgenes Sumatra in Ostdeutschland.«

Er kam mit zwei langstieligen Genevergläsern zum Tisch und schenkte aus einer Tonflasche ein. Es war »Oude de Kuyper«, er trank aus kindlicher Eitelkeit immer diese Marke. Dann ließ er sich in einen schäbigen Sessel fallen, dessen Armlehnen aus braunem Skaileder aufgeplatzt waren und häßliche Schaumstoffwülste freigaben. »Ich habe Angst, Piet. Zum ersten Mal in meinem Leben habe ich richtige Angst. Ich bin froh, daß du gekommen bist. Du weißt gar nicht, wie froh ich bin!«

Er seufzte schwer und hob das randvoll geschenkte Schnapsglas an den Mund. Seine Hand zitterte so, daß Tropfen den Stiel herabrannen.

Ich schwieg. Schweigen ist schon lange meine bevorzugte Methode, Leute zum Reden zu bringen. Es kommt allerdings darauf an, wie man schweigt, Es muß ein Schweigen von höchstem Interesse, von freundschaftlicher Neugier sein, eine Stille voller Hilfsbereitschaft und Anteilnahme. Ich hatte offenbar ein Talent zu diesem Verhalten, das mir schon die Ausübung meines früheren Berufes als Psychotherapeut erleichtert hatte, aber auch meiner jetzigen Tätigkeit als Verhörspezialist bei der Groninger Mordkommission dienlich war.

Diesmal allerdings war ich privat hier, und Dick war ein Freund, doch das machte keinen Unterschied. Fälle von in Bedrängnis geratenen Landsleuten im Ausland sind meine Spezialität. Dieser Mann, der mir gegenübersaß, war in Bedrängnis. Es war unumgänglich gewesen, einen Teil meines Weihnachtsurlaubes zu opfern.

Ich hoffte, daß Dick nun auspacken würde. Aber er schien sich nur betrinken zu wollen. Immer wieder leerte er sein Glas, während ich über meines die flache Hand hielt. Es war also wohl doch notwendig, mein Schweigen zu brechen, zu fragen. Fragen ist nicht ungefährlich, denn Fragen lenken die Auskünfte häufig in Bahnen, die vom Problem wegführen.

Ich räusperte mich. »Dick«, sagte ich. Er sah mich verzweifelt an. Sein mächtiger Brustkorb bewegte sich wie ein Blasebalg. In diesem Moment klopfte es an der Tür. »Das ist Ines«, sagte er. »Sie bringt unser Essen. Ines hilft mir im Buchladen und hier im Haushalt.«

Er sah mich treuherzig an, und ich wußte, daß es die übliche Kombination war. Dick und sein gefallenes Töchterchen.

Die Tür ging auf, und Ines erschien mit einer großen prallgefüllten Plastiktasche. Sie schälte sich aus einem schäbig wirkenden Kaninchenfellmantel und schlang ihre Arme um Dicks Hals, ohne mich eines Blickes zu würdigen. »Sag guten Tag, Ines«, sagte Dick. »Das ist mein Freund Piet.« Ines gab mir die Hand und machte einen Knicks, an dem ein Tanzschullehrer früherer Zeiten seine Freude gehabt hätte. Sie hatte glatte, schwarze, zurückgekämmte und zu einem Knoten verschlungene Haare. Ihr Gesicht war maskenhaft ebenmäßig, der große Mund sorgfältig geschminkt, die großen, bleifarbenen Augen dunkel umrandet. Sie hatte Rouge aufgelegt und sah älter aus, als sie vermutlich war. Ihr enges Schlauchkleid betonte ihre Brüste und ihr Gesäß.

»Mach uns das Essen zurecht«, sagte Dick, der es offenbar genoß, mir vorzuführen, wie sehr er Herr im Hause war. Ines schnurrte wie eine Katze: »Mein Schatz, du weißt, daß ich alles für dich tue.« Das Wort »Schatz« klang in ihrem Mund nach Jahrmarkt und türkischem Honig, nach Flitter, Tand und Kettenkarussell. Jetzt erst streifte sie mich mit einem taxierenden Blick. Ines schien körperlich zwanzig, geistig sechzehn und seelisch zwölf zu sein.

»Ines ist eine Süße«, sagte Dick mit einer Stimme, die einer Behauptung durch Lautstärke Glaubwürdigkeit zu verleihen sucht. Wahrscheinlich bist du ein Biest, dachte ich, während ich ihr zusah, wie sie die zwei mitgebrachten, fettglänzenden Brathähnchen mit einem Brotmesser zerteilte.

»Broiler sind das einzige, was man hier essen kann«, kommentierte mein Gastgeber. »Wir essen jeden zweiten Tag Broiler.«

Mir fiel auf, daß wir Deutsch sprachen, seit Ines eingetroffen war. Dick schien großen Wert darauf zu legen, daß Ines von uns einbezogen wurde.

Sie kam mit den Portionen, drei halben Hähnchen und Brot auf Steinguttellern, stellte sie auf den Tisch, brachte Bier, schenkte ein, setzte sich auf Dicks Schoß und begann zu essen. Das Fett verschmierte den Lippenstift breit um ihren Mund herum. Während Dick an ihr vorbeilangte und seinem Broiler das Bein ausbrach, erzählte Ines mit vollem Mund allerlei vom Tage. Ihr Dialekt war fürchterlich. Auch Dick schien nicht alles zu verstehen. Er zwinkerte mir hinter ihrem Rücken zu, nagte das Broilerbein ab, trank abwechselnd Genever und Bier, das übrigens ausgezeichnet schmeckte. Ich vergaß allmählich den Grund meines Hierseins. Es war eine Situation, in der Angst etwas Abstraktes war und der Augenblick des Lebens die Oberhand gewonnen hatte, jedenfalls für den erstaunlich langen Moment, den ein Augenblick unter günstigen Umständen zu dauern vermag.

»Es gibt bald die Csárdásfürstin«, sagte Ines. »Mein Lieblingsstück. Kaufst du mir eine Karte?« Dick tätschelte unbeholfen ihre Brust. »Ich möchte Weihnachten in die Csárdásfürstin. Wenn du nicht mitwillst, geh ich allein.« Sie leckte sich die fettglänzenden Finger und rutschte von Dicks Schoß herunter, ging in die Küche, wusch sich die Hände und trällerte dazu ein Lied, das ich sehr gut kannte. »Machen wir's den Schwalben nach, bau'n wir uns ein Nest.« Meine Mutter hatte es mir oft vorgesungen, als ich klein war und Einschlafschwierigkeiten hatte. »Ich bin müde«, sagte Ines. »Ich geh schon ins Bett. Wenn du wieder so betrunken bist wie gestern, kannst du bei deinem Freund schlafen.« Sie kam noch einmal herein und knickste uns zu. Dann verschwand sie im Schlafzimmer.

»Ist sie nicht eine Süße?« sagte Dick mit schwerer Zunge. »Verstehst du jetzt, warum ich nicht einfach abhauen kann?« Er stand auf, legte Holz nach und öffnete die Luftklappe. Der schwarze Kanonenofen begann zu fauchen.

»Was macht dir eigentlich solche Angst?« fragte ich unvermittelt. Dicks Gesicht nahm ruckhaft einen vollkommen anderen Ausdruck an. Es war, als ob einem Daumenkino ein paar Seiten fehlten. Die Grimasse trunkener Lebenslust verwandelte sich übergangslos in die schlaffe Mimik hoffnungslosen Elends.

»Mußt du ausgerechnet jetzt damit anfangen! Du hättest wenigstens heute abend die Klappe halten können.« Er sah mich mit einer unangenehmen Feindseligkeit an.

Ich stellte mich unwillkürlich auf seinen Schuljungenton ein. »Komm, Dick, spuck's aus. Du hast doch vor etwas fürchterliche Angst. Sonst hättest du mich nicht hergeholt.«

»Ich und Angst?« Er begann röhrend zu lachen, wippte den Stuhl zurück, ließ sich wieder nach vorne fallen und schlug krachend die Faust auf den Sofatisch. Unsere frisch gefüllten Gläser fielen um, der Duft von Oude Genever verbreitete sich im Zimmer und ließ die Trunkenheit in mir und Dick auf und ab schwanken wie Flüssigkeit in kommunizierenden Gefäßen, die jemand bewegt. Immer wieder hieb Dick auf den Tisch, als wollte er die Platte durchschlagen. Die Haut an seinen Knöcheln platzte auf, rote Flecken breiteten sich in der Schnapslache aus. »Wenn du es genau wissen willst, es ist der Deutschling.«

»Der wer?«

Ines erschien in der Tür in einem durchsichtigen Negligé. Sie wirkte wie aus dem Playboy ausgeschnitten. »Was macht ihr für einen Krach?« sagte sie. »Könnt ihr euch in Anwesenheit einer Dame nicht besser benehmen?«

Sie kam an den Tisch, tauchte den Finger in die Geneverpfütze, leckte daran, schüttelte sich. Dann sah sie Dicks blutende Faust.

»Du verrückter Kerl!« rief sie. Sie ging hinaus und kam mit einem Lappen zurück, wischte Dicks Handrücken ab, den er ihr brav hinhielt. »Komm jetzt ins Bett, du Nasenbär. Und laß dir die Tatze verbinden.« Ines war von überschäumender Mütterlichkeit. Sie drückte seinen Kopf gegen ihre Brüste. »Ist er nicht fürchterlich? Dieser Grobian?« Es waren die ersten Worte, die sie an mich richtete.

»Sie steckt mit dem Deutschling unter einer Decke«, sagte Dick. »Aber gleich auch mit mir.« Er packte sie um die Taille, hob sie auf und trug das strampelnde Mädchen hinaus. Ich blieb sitzen und starrte vor mich hin, auf die Geneverpfützen, die in der Hitze des Raumes zu trocknen begannen. Warum hast du nicht auch eine Ines? dachte ich.

Er kam noch einmal zurück. In der Unterhose. Sein mächtiger Brustkorb war dicht behaart. »Ich habe dir ein Bett in meinem Arbeitszimmer gemacht. Die Tür neben dem Klo. In der Küche steht eine Kanne mit frischem Hibiskustee. Er hilft gegen Kater. Bis morgen, Piet. Dann reden wir über alles.«

Ich ging hinüber in die Küche und trank eine Tasse der dunkelroten Flüssigkeit. Der Raum, in dem ich schlafen sollte, war vollgestopft mit Papierkram, und doch herrschte peinliche Ordnung. An der Wand hingen einige Drucke von van Gogh. Alleen mit Bäumen, die wie winkende Menschen aussahen. Sie standen Spalier um einen Weg, der ins Nichts zu führen schien.

Und dann war da noch ein Bild. Viel dilettantischer gemalt, aber der Sog des Motivs war unbeschreiblich. Es war eine Küstenlinie, vom Meer aus gesehen. Berge, hinter denen man ein Paradies vermuten konnte, über die ganze Breite des ungewöhnlich ausladenden Querformats. Davor eine silbrige Straße von Mondlicht, die den Blick des Betrachters über ein irisierendes Meer leitete. Das Motiv kam mir bekannt vor. Irgendwo hatte ich es schon einmal gesehen. Plötzlich fiel es mir ein. Das Großfoto von Sumatra aus Dicks Schiffskneipe. Der Maler mußte es als Vorlage benutzt haben.

Ich zog mich aus und kroch unter die frisch bezogene Decke einer Schlafcouch. Es war eisig kalt, und es dauerte lange, bis das Drehen der Bilder im Kopf endlich aufhörte. Was Dick wohl mit »Deutschling« gemeint hatte? Mir fiel das Märchen vom Däumling ein. Ich hatte die Geschichte vergessen, wußte nur noch, daß der Däumling winzig war, so klein, daß er unter einen Fingerhut paßte. Morgen würde ich die Geschichte nachlesen in dem Buch, das Dick mir geschickt hatte.

Drittes Kapitel

Als ich erwachte, beugte sich eine verschleierte Frau über mich. Ihr Schleier berührte mein Haar, und ich sah ihr Gesicht von unten, den Mund mit den feuchten Lippen, die Nasenlöcher wie zwei Höhleneingänge. Es war der Tod. Aber er war sanft und freundlich wie eine Mutter. Nur gebar sie mich nicht, sie tat das Gegenteil, sie holte mich zurück in ihren Leib. Dann verflüchtigte sich der Kopf wie Rauch durch die Maschen des Schleiers, und ich erwachte noch einmal und sah den Vorhang, durch den kaltes Licht fiel. Die Bettdecke vor mir war von meinem Atem bereift. Während ich mich vorsichtig erhob, um mein verquollenes Gehirn in der Schale meines Schädels möglichst wenig zu bewegen, fiel mir nach und nach ein, was gestern geschehen war. Je nüchterner ich wurde, desto mehr fragte ich mich, was ich hier überhaupt wollte. Jeder kennt diese Fragen, die man sich immer zu spät stellt. Sie gleichen dem Rucken des Fisches am Angelhaken. Er beißt sich dadurch nur um so fester in die Kiemen.

Es war neun Uhr. Ich schlich durch die kalte Wohnung hinüber ins Bad. Hinter Dicks Schlafzimmertür vernahm ich sein gleichmäßiges Schnarchen. Mit seinen Ängsten konnte es nicht allzuweit her sein, wenn er so lange schlief. Ich ließ kaltes Wasser in meine Handflächen fließen und tauchte mein Gesicht hinein. Mein Spiegelbild belebte sich etwas. Ich fand, daß ich älter aussah als sonst. Das hob meine Stimmung ein wenig. Vielleicht würde ich tatsächlich eines Tages endlich den ewigen Jungen in mir los. Dann ging ich in die Küche.

Ines stand vor dem Küchenschrank und hantierte an der Kaffeemaschine. Sie hatte den Tisch gedeckt: Margarine, Berliner, Brotscheiben und Schinken. Es hätte schlechter aussehen können.

Sie wirkte ziemlich verändert, ungeschminkt und unfrisiert. Sie sah jünger aus als gestern abend, fast wie ein Kind noch. Sie trug einen schmuddeligen Bademantel, der vorne aufklaffte. Immer wieder kam ihre Brust zum Vorschein, und immer wieder zupfte sie am Revers, um ihre Blöße zu bedecken. Dabei rauchte sie freihändig eine Zigarette, die nach Bogartmanier an ihrer Unterlippe klebte.

»Gut geschlafen?« Sie krächzte ziemlich und wirkte ungeheuer souverän. Es hätte nur noch gefehlt, daß sie mich »Kleiner« nannte. Ich sagte, daß ich nicht wüßte, wie ich geschlafen hätte. Dies sei wohl das, was man »gut« nennt. Sie sah mich skeptisch an, dann lächelte sie, legte die Zigarette aus der Hand, zog ihren wieder bis zum Nabel klaffenden Bademantel fest zusammen und sagte: »Süß, du redest, als ob du Romane schreiben würdest!«

Ehe ich antworten konnte, erschien Dick auf der Bildfläche. Er war nur mit einer Unterhose bekleidet und begann, einige Kniebeugen zu machen, sich zu recken und mit den Fäusten gegen seinen mächtigen Brustkorb zu trommeln. Er erinnerte wirklich an seinen alten Orang Utan.

»Wieso ist der Kaffee noch nicht fertig?« brummte er. »Und wieso bist du noch nicht im Laden? Er ist seit einer halben Stunde offiziell offen.«

Ines ging auf ihn zu, öffnete ihren Bademantel ganz und drückte sich an seinen Bauch. »Mein Süßer, es kommt doch sowieso keiner in deinen Laden. Jedenfalls nicht so früh am

Morgen. Ich geh gleich nach dem Frühstück. Jetzt sei ein süßer Schatz und setz dich hin.«

Sie verstand, ihn zu nehmen. Dick wirkte selig wie ein beschenktes Kind. »Ist sie nicht toll?« sagte er zu mir. »Sie ist verdammt schlau und auch noch sexy.« Mir blieb nichts anderes übrig, als steif zu nicken.

Ines rauchte, während sie eine Schinkenstulle aß. Dann verschwand sie im Schlafzimmer und kam nach kürzester Zeit tadellos geschminkt und mit einem schlauchähnlichen Kleid aus glänzend rotem Veloursamt wieder zum Vorschein. Sie warf uns Kußhände zu und verschwand auf hohen Stöckelschuhen mit Pfennigabsätzen und vermummt in den Kaninchenfellmantel, ein Lied trällernd, aus der Haustür.

»Sie ist ein Schatz«, sagte Dick. »Sie hat keine Ahnung von Literatur, aber sie ist ein Verkaufsgenie, genauso wie meine Frau. Sie hat mehr Bücher verkauft als ich. Ohne sie wäre ich noch früher pleite gegangen.«

»Du liebst sie immer noch?«

Dick nickte, als ob er eine Schuld eingestehen würde.

»Und du bist pleite!«

»Das kann man wohl sagen. Sie haben mir das Telefon gesperrt. Jetzt kann ich nicht mal die Vertreter anrufen.«

»Und warum verkaufst du nicht?«

»Wer will den Laden schon. Wir haben hier einen Schreibwarenhändler, der auch so eine Art Bücher verkauft, synthetischen Mist, für den die Leute hier noch Geld ausgeben. Das reicht völlig für ihren Lesebedarf.«

»Warum versuchst du es nicht woanders?«

»Die Schulden, Piet. Und Ines. Ich habe Verantwortung übernommen, Piet. Ich hasse Verantwortung, aber sie ist zweifellos ein seelisches Grundnahrungsmittel. Verstehst du?«

Er sah mich herausfordernd an.

»Du wirst meine Lage schon noch begreifen. Aber laß uns erst mal eine kleine Ortsbesichtigung machen. Damit du das richtige Feeling für meine Situation bekommst.«

Die Autoscheiben waren vereist. Dick kratzte sich ein Bullauge frei und startete den Motor mit großer Mühe. Wir krochen sehr langsam die drei Kilometer in den Ort, die Straße war glatt von gefrorenem Nebel. »Ist Ines das alles zu Fuß gelaufen?« fragte ich. »Mit diesen Schuhen?«

»Sie ist flink wie ein Wiesel. Und sie hat keinen Führerschein. Ich habe sie aus einer Jugendstrafanstalt herausgeholt. Kleine Diebstähle, Prostitution, nichts Besonderes. Ihre Mutter war Nutte. Sie hat 'ne Menge mitbekommen von den Freiern. Du merkst es, wenn du mit ihr schläfst. Es ist nicht einfach. Du mußt den Zünder ganz vorsichtig rausdrehen, sonst geht sie hoch und zerreißt dich. Verstehst du, was ich meine?«

Ich nickte vorsichtig, denn ich verstand kein Wort.

Dick fuhr auf den Parkplatz am Fluß. Der Schlamm war gefroren. Er stellte den Motor ab, aber er stieg nicht aus. Eine Weile saßen wir stumm nebeneinander, während die Kondenswölkchen unseres Atems die Innenscheiben bereiften. Dicks Lippen zuckten, und in seinen Augen lag eine Trostlosigkeit, die keine pauschalen, aufmunternden Äußerungen meinerseits zuließ.

»Piet«, sagte er schließlich. »Ich bin am Ende. Es war ein Fehler, dich um Hilfe zu bitten. Trotzdem nett von dir, daß du gekommen bist. Aber jetzt weiß ich nicht recht, was ich mit dir anfangen soll. Ich glaube, es ist besser für uns beide, wenn du wieder fährst. Hier. Für deine Auslagen.«

Er holte ein paar zerknüllte Scheine aus der Jackentasche. »Mehr hab ich leider nicht.« Ich nahm seine Faust, in der er das Geld hielt, und streichelte sie. »Ich will nichts, Dick. Du kannst mir einen ausgeben, wenn wir zurück sind.«

Ich merkte zu spät, wie pathetisch meine Bescheidenheit wirkte, wie herablassend geradezu. Er drehte mir das Gesicht zu. Tränen rollten über seine Wangen und verschwanden in seinem Bart.

Männertränen können schön sein, weil sie zu den selteneren Perlen gehören, wenn sie echt sind. So wie Dick weinte, berührte es mich wenig angenehm. Es lag etwas Theatralisches darin. Als wolle er sein Elend demonstrieren. Er erinnerte an einen gealterten Clown, dem keine echte Trauer mehr gelingt, weil er sie zu oft vorgetäuscht hat. Ich roch den Genever. Er mußte bereits einiges getrunken haben. Die Nässe blieb in den scharfen Falten unter seinen Augen. Er wischte sie nicht ab. Unbeholfen streichelte ich seine Schulter, aber er schüttelte meine kreisende Hand mit einer unwilligen Bewegung ab. Dann sprach er endlich.

»Ich bin am Ende, Piet. Wenn du mir wirklich helfen willst, besorg mir Zyankali. Der Apotheker hier hat bestimmt was. Du kommst leichter ran, weil dich hier keiner kennt.«

»Red nicht solchen Unsinn, Dick. Wie alt bist du jetzt?«

Er lachte. »Fünfundvierzig. Ganze fünfundvierzig sinnlose, leere Jahre. Ein paar Weiber, ein bißchen Billard, alberne Träume und einen Haufen Schulden. Das reicht doch wohl, oder?« In einer heftigen Bewegung riß er den Affen vom Rückspiegel ab, dann stieß er die Tür auf und warf ihn in den Fluß. Ich sah, wie das kleine, rotbraune Ding kurz in einem Strudel kreiste, ehe es mit der Hauptströmung davonschwamm.

Die Kälte hier unten am Fluß war noch schärfer als in den Straßen. Das Wasser war klar und schäumte an weißen Eisrändern vorbei. »Der Fluß ist der einzige, dem es hier besser geht nach der Wende«, sagte Dick. »Vorher war er klinisch tot. Seit die Webereien und Färbereien stillgelegt wurden, gibt es sogar wieder Fische in ihm, aber es gibt auch 65 Prozent

Arbeitslosigkeit. Entweder die Menschen oder die Fische. Es ist wie mit Schein und Sein.«

Wir gingen am Flußufer entlang zu einer Brücke. Dabei nahm ich zum erstenmal wahr, wie extrem die Kessellage der Stadt war. Eine Tunnelröhre mit Eisenbahnschienen führte hinein und eine wieder hinaus. Dann war da noch der Fluß mit parallel laufender Straße, der ein enges Tal gegraben hatte, über das der Fernverkehr die Stadt erreichte und wieder verließ. Ringsherum bedeckten Häuser die steilen Wände des Kessels wie Besucher in einem Amphitheater. Und auf einer Felsspitze, die ein Stück in das Tal hineinragte, lag ein mächtiges Schloß. Es erinnerte mit seinen sechs gezackten Giebeln an einen versteinerten Drachen. Viele seiner Fenster waren immer noch erleuchtet, obwohl es Tag war, aber was für ein Tag! Man ahnte den blauen Himmel nur, denn der Kessel war voll mit Qualm und Rauch aus zahllosen Schloten und Auspuffen. Ich hatte plötzlich das Gefühl, keine Luft mehr zu bekommen. Bloß wieder weg hier, dachte ich. Dick schien meine Gedanken gelesen zu haben, denn er drehte sich nach mir um und sagte: »Nettes kleines Drecksnest, sei froh, wenn du noch die Kraft hast, es zu verlassen.«

Dann ging er voran, mit ausholenden Schritten, die die Vermutung, er habe bereits alle Kraft eingebüßt, Lügen straften.

Er bog in die Straße ein, die über die Brücke führte und unterhalb des Schlosses in einen weitläufigen Park einmündete. »Wir leben hier auf einer Art Insel«, sagte Dick. »Nur ist es eine umgestülpte Insel sozusagen, sie ragt nicht aus dem Meer, sondern sie gleicht einer durch Strudel erzeugten Vertiefung im Wattboden.«

Wollte er mit diesem Vergleich einem Landsmann gegenüber die Heimat beschwören? Ich ertappte mich dabei, daß ich ihn wie einen Patienten zu beobachten begann, die kleinsten Details seiner Ausdrucksformen, seiner Bewegungen und Mimik diagnostisch zu bewerten versuchte.

»Der Park ist schön«, sagte ich. »Großzügig angelegt.« Dick nickte. »Ja, der alte Fürst hat ihn anlegen lassen. Zuerst war er noch ziemlich klein, mit einem Tümpel in der Mitte, ein paar exotischen Bäumen drum herum und einem kleinen Gartenhaus. Dann hat der Sohn einen größeren Park in der Stadt anlegen lassen, und der Vater mußte ihn wieder übertrumpfen. Es gab ein ständiges Kräftemessen zwischen beiden, zwischen Sein und Schein.« Er lachte, als er meinen fragenden Gesichtsausdruck sah.

»Sie waren wie Kinder, die es nicht lassen können, sich im Sandkasten mit Schaufel und Förmchen zu übertrumpfen. Deshalb haben wir zwei Schlösser. Und dieser See ist zuletzt so groß geworden, daß Schwäne einen Kompaß brauchen, um sich zu orientieren.« Dick lachte noch einmal. Es klang gequält.

»Der Vater ist immer das Sein und der Sohn der Schein, das mußt du doch als Psychologe am besten wissen. Und die Mutter ist das Theater, wo Schein und Sein auftreten in einem jämmerlichen Stück, das ›Leben‹ heißt.«

Dick war in Form. Er kickte Schneereste vor sich her und ballte die Fäuste in den Taschen seines Parkas. Es sah aus, als trüge er zwei schwere Kugeln, die seine Schultern herabzerrten.

Oberhalb des Bahndammes sah ich durch die kahlen Zweige einer Allee prächtige Villenfassaden. »Hier scheint mal nicht wenig Geld gemacht worden zu sein«, sagte ich und deutete auf die Häuser.

»Die Miniaturschlösser der Tuchfabrikanten. Heute kriegt keiner mehr diese Kästen im Winter warm. Viele stehen leer.«

Wir hatten inzwischen das Seeufer erreicht. Ich hatte die weite, an den Rändern gezackte Fläche bereits vom Zug aus gesehen. »Er ist wie ein Eichenblatt geformt«, sagte Dick. »Zum Ruhme des Seins, ich meine, des alten Fürsten. Das da hinten ist das Schwanenhaus.« Er zeigte auf ein stattliches Miniaturschlößchen, das sich ein Stück weit vom Ufer entfernt auf Stelzen im See erhob.

»Dort soll es einst einen wahren Hofstaat an Enten, Gänsen, schwarzen und weißen Schwänen, Möwen und sogar Flamingos gegeben haben, ein gefiedertes Abbild des Regimes sozusagen. Jetzt ist nur noch ein einsamer Schwan da, dem es offenbar gerade dreckig geht.«

Er deutete auf eine Gruppe dunkel vermummter Gestalten, die in einiger Entfernung auf der Eisfläche standen. Zwischen ihnen sah man die weißen Schwingen des Vogels flattern. Federn stoben. Von irgendwoher kamen langgezogene Töne. Weder menschlich noch tierisch, eher wie von einem exotischen Instrument.

Dann hörten wir kurze, harte Schläge, sahen ein Beil in der Hand eines Mannes blitzen. Dick war stehengeblieben. Er hielt mich am Jackenärmel fest.

»Laß sie erst fort«, sagte er.

Die Gruppe hatte sich in Bewegung gesetzt. Sie trug den großen, weißen Vogel zwischen sich. Zwei hatten seine Schwingen gepackt, einer den langen Hals unterhalb des Kopfes. Der Schwan lebte, so wie er sich wand, aber sein Gesang war verstummt, vielleicht, weil sie seinen Schnabel zugebunden hatten.

Ich sah, wie die Männer durch eine Unterführung unter dem Eisenbahndamm verschwanden. Dick zog mich weiter. Wir näherten uns der Stelle, wo die Männer gestanden hatten. Das Eis war hier anders. Es war frischer, glatt und dunkel wie ein Nachthimmel. Und mitten in dieser polierten Onyxschwärze zwei gelbe Stümpfe: die im Eis eingefrorenen Füße des Tieres.

»Warum haben die das gemacht, Dick, warum nur?« Mir war übel. Dick sah mich wieder mit jener abgrundtiefen Trostlosigkeit an, die mich schon einmal an ihm erschreckt hatte. »Weißt du, das Fleisch von Singschwänen soll sehr gut sein. Und in vier Tagen haben wir Weihnachten.«

Er wandte sich ab und ging vor mir über die gefrorene Seefläche auf die Unterführung zu. »Dick«, sagte ich. »Ich habe keine Lust, diesen Männern noch einmal zu begegnen.«

»Die sind längst fort. Ich möchte in die Kneipe dort hinter dem Bahndamm. Wir haben uns jetzt einen Schluck verdient, findest du nicht?«

Das Lokal war nach hiesigen Vorstellungen wohl sehr gemütlich eingerichtet. Es gab nur ein einziges kleines Geweih an der Wand. Daneben hing ein Kalender, auf dem für sommerliche Freuden in der Karibik geworben wurde.

Im vorderen Raum saß ein einzelner Gast am runden Stammtisch. Er wirkte betrunken. Immer wieder hieb er die flache Hand auf die Tischplatte und murmelte dabei unverständliche Sätze. Wir gingen in den Nebenraum, in dem Papiertischtücher signalisierten, daß man hier sein Essen serviert bekam.

»Er ist nicht tot«, tönte es unartikuliert von nebenan. »Er lebt, er lebt, er lebt!« Jedesmal das aggressive Klatschen der Hand auf dem Tisch. »Ich habe ihn gesehen, ich selbst habe ihn gesehen. Er lebt, auch wenn ihn alle für tot halten.«

»Wovon redet er?« fragte ich Dick.

»Weiß der Henker, wahrscheinlich von Barbarossa, oder von Hitler, oder vom letzten deutschen Kaiser. Auf jeden Fall von irgendeinem Deutschling.«

Der Wirt kam und nahm unsere Bestellung entgegen. Ein junger Mann mit blondem Schnauzer. Es wirkte devot auf mich, wie er nach unserem »Begehr« fragte, oder war es Ironie? »Zwei Bier, zwei Korn und für mich ein Kalbsschnitzel à la Holstein«, sagte ich. »Einen halben Broiler«, sagte Dick.

Ich hatte mir eingebildet, bei einem Stück Fleisch könne man nicht viel falsch machen, aber als nach unendlich langer Zeit mein Essen kam, wurde ich eines Besseren belehrt. Unter einem Hünengrab olivfarbener Dosenerbsen, gekrönt von einem verdächtig gelb aussehenden Spiegelei, legte ich ein graues Stück Fleisch frei. Es sah so aus, wie es schmeckte. Zäh und zugleich wäßrig.

Dick grinste. »Ich sage dir, deinen Fehler macht man hier nur einmal. Das nächste Mal bestellst du auch Broiler. Weißt du übrigens, wer diesem Gericht den Namen gegeben hat?«

Ich schüttelte kauend den Kopf.

»Ein gewisser Friedrich von Holstein. Nach Bismarcks Tod der größte deutsche Außenpolitiker des 19. Jahrhunderts. Ist sie nicht genial, eine solche Kombination? Die Erbsen sind Rußland, das Ei ist England. Deutschland dazwischen setzt allem zähen Widerstand entgegen. Und dennoch wird es am Ende besiegt. Was davon in den Zähnen hängen bleibt, damit haben wir es heute zu tun.«

Er lachte schadenfroh, mir aber fiel partout kein intelligenter Kommentar zu Dicks Worten ein. Seltsam, wie träge mein Geist neuerdings zu arbeiten schien. Aber wenigstens war der Korn gut. Er wurde als Doppelter in großen Gläsern ausgeschenkt. Wir bestellten noch eine Lage, und allmählich verlor das Bild der angefrorenen, abgehackten Schwimmfüße des Schwans seine Kraft.

Nebenan brüllte die Stimme jetzt. Soweit ich es verstand, ging es darum, daß nur rote Bärte wirklich deutsche Bärte seien. Mein Bart war dunkelbraun. Und Dicks Bart schwarz wie der eines Türken oder Persers. Ich hatte meinen vor der Reise abgenommen, und Dick vergrub seinen in den Händen. »Ist dir schon aufgefallen, daß es in diesem Nest eine Renaissance der Schnauzbärte gibt?« sagte er. »Und überhaupt ist es ungeheuer gemütlich hier.«

Dick erhob sich mit seinem vollen Schnapsglas, hielt es an die Brust wie jemand, der ein militärisches Zeremoniell vollzieht, und brüllte: »Ge-müt-lich!« Dann kippte er den Korn. Nebenan war es still geworden.

Mein Freund setzte sich wieder. »Das ist meiner Meinung nach das deutscheste Wort, das es gibt. Keine Sprache hat ein gleichwertiges, jede Übersetzung muß scheitern. Sagen wir in unserer Sprache nicht lieber ›gesellig‹ für ›gemütlich‹, Piet? Es bedeutet bei uns dasselbe und doch gleichzeitig das Gegenteil.«

Dick war nicht wiederzuerkennen. Es gefiel mir, wie er redete. »Weißt du, Piet …«, er hieb mir mächtig auf die Schulter, »weißt du, was ›Ge-müt-lich-keit‹ heißt bei den Deutschen, egal ob West oder Ost? Es heißt wohlige Einsamkeit, ja, nichts anderes. Das genaue Gegenteil von Geselligkeit. Nur in dieser Sprache gibt es das Gemüt. Wenn andere Nationen von Verstand, Gefühl, von Seele, von Vernunft reden, kommen die Deutschen mit Gemüt. ›Das schlägt mir aufs Gemüt‹, sagen sie, wenn ihnen was nicht paßt. Und sie ziehen sich zurück in diesen ekelhaft stillen, warmen Winkel, in das Loch hinter dem Ofen, das sie Gemüt nennen. Nur da ist es nämlich so richtig gemütlich.«

Mein Freund war sichtlich beschwipst. Seine plötzliche gute Laune gefiel mir inzwischen schon nicht mehr so sehr. Dick erhob sich wieder, faltete die Serviette zu einem Schnauzer und klemmte sie sich unter die Nase. Dann rief er: »Ein Prosit der Gemütlichkeit.« Nebenan wurde gegrölt. Der Wirt stand mit verschränkten Armen hinter dem Tresen und rührte sich nicht.

Der Betrunkene im anderen Zimmer begann zu singen, laut und falsch und unverständlich. Dick stand immer noch bewegungslos am Tisch, die Arme leicht abgespreizt, wie ein Catcher, der sich auf eine Attacke konzentriert. Der Wirt stellte das Bierglas, das er gerade polierte, mit einem vernehmlichen Geräusch auf die Theke. Dann brüllte Dick. Nur einen Satz. Einen harmlosen, wie mir schien: »Ich bin ein Emigrant!«

Einige Sekunden lang kristallisierte eisige Stille im Raum. Sie fiel in feinen Nadeln aus. Dann hörte man Poltern. Der Betrunkene von nebenan erschien in der Tür. Sein rotverquollenes Gesicht erinnerte an eine Gummimaske. Er sah Dick aus kleinen Augen an. Es war dieser typische Blick, der nichts sieht außer der eigenen Angst, die sich in Haß verwandelt hat. Die Augäpfel sind nach innen verdreht. Was draußen liegt, ist der blinde Fleck gegenüber der Pupille, jene Stelle auf der Augenrückwand, die bekanntlich lichtunempfindlich ist.

Seit ich mich erinnern kann, habe ich kein normales Verhältnis zu physischer Gewalt. Sie ist mir fremd. Ich kann mit ihr nicht umgehen. Zuweilen bedaure ich dies. Es ist vorgekommen, daß ich geschlagen wurde. Ich habe mich nicht gewehrt, weil ich die Schläge nicht begriff. Ja, ich glaube, Gewalt ist für mich ein Verständigungsproblem. Ich verstehe ihre Sprache nicht. Dabei weiß ich sehr wohl, daß sie zuweilen die Verhältnisse reguliert, daß sie ein Ventil sein kann, daß sie auch Ordnung zu schaffen in der Lage ist, daß sie Fronten klärt. Aber für mich ist physische Gewalt immer ein Rätsel gewesen, das sich meiner Beurteilung entzieht wie die Rückseite des Mondes. Wenn ich mit ihr konfrontiert bin, verhalte ich mich wie Rumpelstilzchen, jenes urdeutsche Märchenwesen, das mir immer besonders gefallen hat. Es tanzt bei den Versen »Ach wie gut, daß niemand weiß, daß ich Rumpelstilzchen heiß« vergnügt ums Feuer. Doch als sein Name dann fällt, rammt es vor Wut seinen rechten Fuß in den Boden, packt den linken und reißt sich mitten entzwei. Schöner kann man Schizophrenie nicht darstellen. Diese Angst vor der Identität, diese Katastrophe, bei sich selbst ertappt zu werden! Vielleicht gab es hier mehr Rumpelstilzchen als anderswo.

Dick ging auf den Betrunkenen zu. Seine Fäuste waren geballt und pendelten in Hüfthöhe. Eine brachiale Auseinandersetzung schien unvermeidlich. Der Betrunkene fing wieder an zu grölen, irgendein Lied, unartikuliert, verzerrt, ein Höllengesang aus einer vergessenen Zeit, der plötzlich wieder aus dunklen Tiefen hervorquoll. »Ich bin ein Emigrant«, schrie Dick. »Auf den Deutschling!« Er zwirbelte die hochgebogenen Spitzen der weißen Serviette unter seiner Nase.

»Zahlen!« rief ich. Ich hatte instinktiv das rettende Wort gefunden. Der Wirt hörte auf, Gläser zu putzen. Er eilte beflissen herbei, zückte eine überdimensionale Lederbörse, murmelte eine Zahl. Ich drückte ihm zwei Geldscheine in die Hand, einen Betrag, der weit über der verlangten Summe lag. »Der Rest ist für Sie«, sagte ich. Nun kam eine unerwartete Beweglichkeit in den Wirt. Er packte den Betrunkenen an der Brust und schob ihn zurück ins Nebenzimmer. Ich aber nahm Dick die Serviette ab und zog ihn hinter mir her zum Ausgang. Er folgte mir brav wie ein Kind.

Schweigend gingen wir zum Parkplatz zurück. Wir standen eine Weile unschlüssig vor dem Auto. »Meinst du, man kommt diesen Fluß da draußen hinunter bis nach Sumatra?« sagte Dick schließlich. »Verrückte Vorstellung, daß dieses armselige Gewässer irgendwo ins Meer fließt und sein Wasser über eine endlose Kette von Tropfen mit der Küste Sumatras in Verbindung steht.«

»Du solltest deinen Traum verwirklichen, Dick.«

Er sah mich fast belustigt an. »Es war nett von dir, Piet, so schnell zu kommen. Wirklich, du handelst wie ein echter Freund. Aber jetzt bitte ich dich vor allem um eines: fahr wieder weg. Vertue deine Zeit hier nicht, es hat doch keinen Zweck. Du hast eben wieder gesehen, daß es hier nur Verrückte gibt. Zuviel für einen ehemaligen Psychiater. Ich komme schon allein zurecht.«

»Gut, Dick, ich gehe jetzt. Aber ich weiß noch nicht, was ich machen werde.«

»Ich danke dir, Piet. Du bist mein Gast. Du sollst deine Auslagen zurückhaben.« Er fingerte sein Portemonnaie heraus.

»Laß nur, Dick«, sagte ich. »Dir geht es finanziell schlechter als mir.«

Er stieg ein und ließ den Motor an. Ich sah sein Gesicht durch die vereiste Scheibe, über die jetzt seine Hand mit dem Kratzer fuhr, als wolle er mir winken, ohne es zuzugeben. Auch ich winkte, ehe ich mich umdrehte und davonging.

In dieser Stadt schien ewige Dämmerung zu herrschen. Schwaden von Rauch verdunkelten die Sonne. Ich ging an den Villen entlang, die ich vom Park aus gesehen hatte. Sie waren in schlechtem Zustand, überall Risse, abblätternde Farben, verblichene Vorhänge. Ich hatte kein bestimmtes Ziel. Jetzt mußte mir die Nemesis helfen.

Die Straße machte einen leichten Bogen. Eine der Haustüren war angelehnt. Der schwarze Spalt zog meinen Blick an, und ich glaubte zu sehen, daß sich dort etwas bewegte, etwas Helles, ein Stück Stoff, ein Kleid vielleicht. Als ich auf der Höhe der Tür war, schloß sie sich langsam. Dieses Mißtrauen der Leute hier, dachte ich. Diese Spitzelatmosphäre. Die Straße mündete auf einen großen Platz, wohl der Markt. Auch hier einige Weihnachtsbuden, ein paar Glühbirnenketten, ein Tannenbaum. Ich suchte nach einem Hotel, denn ich war entschlossen, wenigstens noch bis zum anderen Morgen zu bleiben. Ich hatte das Gefühl, daß Dicks plötzliche Abneigung gegen mein Einmischen, die so gar nicht zu seinem Hilferuf paßte, bereits zur Entwicklung des Falles gehörte.

Und Ines? An sie dachte ich gerne. Und so konnte ich meine Freude nicht verhehlen, als ich sie plötzlich vor einer der Verkaufsbuden stehen sah. Dort wurden Vorhangstoffe verkauft. Große weiße Tüllgardinen hingen wie schlaffe Segel herab und bewegten sich leicht im kalten Wind. Ines schlüpfte, als sie mich sah, zwischen die Stoffe und preßte sich eine mit roten Rosen bedruckte Bahn um den Leib. Sie wiegte die Hüften und lachte herausfordernd. »Tragen die Mädchen so was in Hawaii?« rief sie. »Du siehst wirklich gut aus, Ines«, sagte ich. »Was machst du hier? Ich dachte, du bist im Buchladen.« – »Spielst du Aufpasser für meinen Mann? Ich habe zugemacht, nachdem zwei Stunden lang kein einziger Kunde gekommen ist.«

Sie wickelte sich aus der Übergardine und kam auf mich zu. Als sie ganz dicht vor mir stand, so dicht, daß wir uns fast berührten, roch ich ihren Atem, den Schnaps darin und den Geruch von schlechtem Fett. Es war der gleiche Geruch, der auch aus einer Broilerbude kam, in der sich glänzend braune Hähnchen vor dunkelrot glühenden Heizschlangen drehten.

»Möchten der Herr vielleicht ein Buch bei uns kaufen?« sagte sie. Ich nickte. »Zumindest möchte ich mir euer Angebot ansehen.«

Ines lotste mich in eine Seitenstraße zu einem grauen Haus. Über dem Schaufenster stand »Das Buch« in rosa Leuchtbuchstaben, von denen das »c« bedenklich flackerte. Ich stellte mir vor, daß dort bald nur noch »Buh« zu lesen war. Sie hatten sich auch nicht die Mühe gemacht, den alten, auf die Fassade gemalten Schriftzug »Konsum« unleserlich zu machen.

Drinnen im Laden herrschte Grabeskälte. Ein Blick auf die Regale zeigte mir, wie es mit dem Geschmack des Publikums bestellt sein mußte. Sehr viele Paperbacks mit reißerischem Titel, kaum richtige Literatur. Ines ging auf einen Vorhang im Hintergrund zu, zog ihn beiseite, drehte sich um und machte mit dem Finger eine lockende Bewegung. Ich folgte ihr in ein winziges Zimmer mit einer Schlafcouch, einem Schreibtisch mit PC und einem Waschbecken. Ines schaltete einen elektrischen Heizlüfter an und begann, mit einem Tauchsieder Wasser zu kochen. Dann saßen wir nebeneinander auf dem Sofa und wärmten unsere Hände an zwei großen Steinguttassen mit Hibiskustee. Die Couch war so durchgelegen, daß wir unweigerlich gegeneinander rutschten. Ines legte ihren Kopf zutraulich gegen meine Schulter, was ich durchaus als angenehm empfand. Irgendeine Wärme begann durch uns hindurch zu zirkulieren.

»Was ist eigentlich los mit Dick?« fragte ich. »Leidet er an Verfolgungswahn?«

»Dick ist ein schwacher Mensch«, sagte sie. »Ich habe noch nie einen solchen Bären gesehen mit dem Gemüt eines Kleinkindes. Eigentlich hab ich Schutz gesucht bei ihm. Aber nun ist er es, der Schutz bei mir sucht.«

»Du hast keine Ahnung, warum er sich bedroht fühlt? Hat er dir nichts erzählt?«

»Er hat einmal ein Buch zugeschickt bekommen, das er gar nicht bestellt hatte. Eine Zeitlang lag das Buch auf seinem Nachttisch, dann war es verschwunden. Seitdem ist er so. Er hat mich geschlagen. Hier!« Sie zog den Pullover hoch und zeigte mir ihre Brust, über die rote Striemen liefen. Sie tat es ganz unbefangen, wie bei einer Röntgenreihenuntersuchung.

Durch den offenstehenden Vorhang sah ich draußen vor dem Schaufenster einen Menschen stehen. Er hatte die Stirn an die Scheibe gepreßt und die Hände neben die Schläfen gelegt, wie jemand, der Licht abschatten will, um in einen dunklen Raum sehen zu können.

»Ines, wir werden beobachtet«, sagte ich. Sie stand auf und ging nach nebenan. Ich hörte die Türschelle. Dann kam sie zurück und zog den Vorhang zu. »Da war niemand«, sagte sie.

Sie kniete nieder und preßte ihr Gesicht in meinen Schoß. Leise begann sie, sich hin und her zu bewegen. Dann sagte sie etwas. Ihre Stimme klang dumpf. Ich spürte, wie ihr Atem den Stoff meiner Hose erwärmte. »Hol mich hier raus, Piet.«

Im Nebenraum ging wieder die Türschelle. Ich war noch nie in einem Buchladen gewesen, in dem es eine solche Einrichtung gab. Offenbar war es noch die alte Ladenklingel des Konsums. Ines hob den Kopf und legte den Finger an den Mund. Ich strengte mich an, mir einen Reim auf die Geräusche nebenan zu machen. Da waren Schritte, dann legte jemand einen Gegenstand hin, danach kamen die Schritte näher. Ich wollte mich erheben, aber Ines hatte ihre Arme um meine Beine geschlungen. Sie zitterte. Und auch ich hatte Angst.

Der Vorhang wurde zur Seite gerissen. Im Gegenlicht eine schwarze Silhouette. »Dick!« rief ich. Dann zischte etwas und traf mich wie ein Keulenschlag zwischen die Augen. Ich spürte, wie Ines mich losließ. Dann hörte ich sie schreien. Ich preßte die Hände gegen das Gesicht und torkelte hinaus.

Reizgas ist nicht das gleiche wie Zwiebelschneiden. Es erzeugt ein Gefühl, vergiftet zu sein, seelisch zermürbt, sich aufzulösen wie eine Gliederpuppe mit verrotteten Gummigelenken. Man ist besinnungslos bei Besinnung, halb lebendig, halb tot, ohne daß beide Hälften ein Ganzes ergeben.

Ich stieß gegen eine scharfe Kante. Es war wahrscheinlich die offene, in den Raum ragende Ladentür. Dann war ich draußen. Ich hörte Stimmen, hörte Automotoren. Es war kalt und stank nach Abgasen, aber die Luft hier kam mir dennoch wie reiner Sauerstoff vor. Den in meinen tränenden Augen verschwimmenden Konturen der Umgebung entnahm ich, daß ich mich auf dem Marktplatz befand. Ich wankte wie ein Betrunkener zu einer Bank und ließ mich nieder. Die elektrischen Kerzen des Weihnachtsbaumes drehten irre Kreise. »Fröhliche Weihnachten«, murmelte ich, während ich das Jojo eines quälenden Brechreizes in meinem Schlund zu kontrollieren versuchte.

Ich weiß nicht mehr, wie lange ich so saß, zusammengekrümmt, immer wieder die Augen reibend, mit stechenden Kopfschmerzen und diesem Gefühl von Seekrankheit im Magen. Die ganze Zeit über hörte ich die näselnden Klänge eines Leierkastens in meiner Nähe. Ich hörte auch überlaut das Geräusch, mit dem zuweilen Geld in einen Teller fiel.

Als es mir besser ging, war ich so durchgefroren, daß meine Zähne laut klapperten. Niemand hatte sich um mich gekümmert. Einige dick in Mäntel vermummte Gestalten standen in der Nähe und beobachteten mich. Als ich aufstand, wacklig und mühselig die ersten Schritte versuchte, die Arme mit den blaugefrorenen Händen unbeholfen wie ein Vogel, der in eine Ölpest geraten ist, zu schlagen begann, zerstreute sich die Gruppe. Der Mann mit dem Leierkasten war blind, jedenfalls behaupteten dies die schwarzen Punkte auf seiner gelben Armbinde. Er hatte einen Affen dabei, der mindestens so zu frieren schien wie ich. Ein kleiner, roter, zerzauster, angeketteter Kerl, der ein zerschlissenes Wams trug und den Passanten eine kleine Blechschüssel hinhielt, in die ab und zu ein Geldstück fiel. Ich rappelte mich auf und hielt dem Äffchen ein Fünfmark-Stück entgegen. Es fletschte die gelben Zähne und reckte mir das Gefäß entgegen. Als es klapperte, begann der Blinde, die Leier zu drehen. Die Melodie eines mir vertrauten deutschen Liedes erscholl. »Am Brunnen vor dem Tore«. Winselnd und voll schiefer Traurigkeit. Der Mann drehte zu langsam und außerdem ungleichmäßig. Schnee fiel in unnatürlich dicken Flocken mitten aus dem Himmel über uns.

Ich ging zum Laden zurück. Die Tür stand immer noch offen, und ein beißender Geruch strömte mir entgegen. Da war niemand mehr drin, das war so gut wie sicher. Trotzdem rief ich ein paarmal laut: »Ines!« Meine Stimme kam von weit her und schallte an mir vorbei. Nichts rührte sich drinnen. »Ines!« brüllte ich noch einmal, dann ging ich.

Ich fragte einen Passanten nach der Möglichkeit, einen Kaffee zu bekommen. »Da drüben«, hieß es, »im Schloßhof, das Kulturkaffee, das hat auf.«

Das Untere Schloß war ein imponierender Renaissancebau, seine Fassade teilweise in einem Baugerüst verpuppt. Im Innenhof ein Schild, »Kulturkaffee«, handgemalt in Lettern, die zwischen Fraktur und Art déco einen abstoßenden Kompromiß versuchten. Es ging ein paar ausgetretene Sandsteinstufen empor in eine andere Welt.

In den sechziger Jahren wäre das Kulturkaffee eine auch im Westen typische Studentenkneipe mit Galerie gewesen. An seinen lindgrünen Wänden hingen Bilder, die man zur Kategorie Pubertätstachismus rechnen konnte. Obwohl ungegenständlich, erinnerten die Motive an neblige Waldlichtungen oder Flußlandschaften im Spätherbst. Gelbe Töne überwogen, Linien und Klekse verliefen ineinander, muffige Moderne, wie ich sie selbst einmal als Pennäler in der Zeit der Milchbars und Diskussionen über Existentialismus an schwarzen Glastischen mit Chromleiste zuwege gebracht hatte. Hier hatte sich diese Atmosphäre perfekt konserviert, oder sie war gerade aus dem abgeschafften Realsozialismus hervorgegangen.

Auch die wenigen Gäste paßten. Schwarze Rollkragenpullover, Raskolnikoffbärte, zerbeulte Kordhosen, leise und angestrengt monologisierende Stimmen, ein ratloses, existentialistisches Flackern in den Augen und jede Menge amerikanische Zigaretten in verschiedensten Stellungen, im Mund, in der Hand, im Aschenbecher, am Tischrand.

Nur eines war nicht stilgerecht: alle tranken Bier. Ich war der einzige, der einen Kaffee trinken wollte, und ich erhielt ihn nach ziemlich langer Wartezeit von einem älteren Kerl in abgewetzter Lederjacke, der aussah, als wollte er Nietzsche in Sachen Lebenslust Konkurrenz machen. Er hatte den gleichen stechend-lebensmüden Blick. Nur sein Bart war anders. Er strebte nicht auf-, sondern abwärts in zwei schwarzen Zapfen, die ihm fast bis auf die Brust reichten.

Ich hatte mich abseits an einen kleinen Tisch gesetzt und lauschte den Stimmen, die sich halblaut vom Summen eines Ventilators abhoben. Es war, als wollte man die Falten eines Vorhangs analysieren, um das dahinter verborgene Theaterstück zu begreifen. Sprachen sie über Kunst oder über Sex? Es war nicht auszumachen. Der Kaffee schmeckte bitter. Die Tasse war schwarz und bodenlos.

Dann schwenkte das Gespräch zum Ereignis des Abends, einer Dichterlesung. Es dauerte eine Weile, bis ich begriff, daß einer der Tischgenossen der Dichter war. Ihm hätte ich es dem Äußeren nach am wenigsten zugetraut. Er sah grau und mickrig aus, wie ein von Erfahrungsmangel dauerhaft präparierter Sperling. Immer wenn er sprach, schien er sich ein wenig aufzuplustern. Seine Brust, die von einem fadenscheinig braungrau gemusterten Pullover mit V-Ausschnitt bedeckt war, wölbte sich vor, und seine Stimme zwitscherte in hohen Tönen. Wie die anderen hatte er diesen viele Konsonanten gummiartig verzerrenden Dialekt der Gegend.

Neben ihm saß ein mittelgroßer Mensch, der nach landläufigen Begriffen gut aussah. Kein Gramm Fett zuviel am Körper, aufrechte, fast militärisch korrekte Haltung. Auffällige Augen, weit auseinanderstehend und wasserklar, der Blick flackernd, wie man so treffend sagt. Eine hohe Stirn, hervortretende Backenknochen, ein wohlgeformter Mund, den ein rotblondes Menjoubärtchen zierte, rotblonde, leicht gewellte Haare. Er war der einzige, der Hochdeutsch sprach, und das sehr klar und sauber artikuliert. »Willst du nicht anfangen?« sagte er. »Ich glaube, es kommen keine mehr.«

Sein Blick streifte mich. Der Spatz erhob sich, setzte sich an einen Tisch mit Leselampe und begann zu tschilpen. Obwohl ich die ganze Zeit über an Ines dachte, begann mich die Geschichte, die er vorlas, mehr und mehr zu interessieren. Es war eine Geschichte vom Warten. Sie war ungewöhnlich, klar und knapp erzählt, und sie spielte in meiner Heimat.

Es ging um Warten. Um einen Menschen, der das Warten nicht gelernt hat und nun zum erstenmal in seinem Leben dazu gezwungen ist. Eine solche Situation versteinert den Menschen. Er spricht nicht mehr, er scheint auf seine Hände zu starren, aber in Wahrheit sieht er sie nicht, er sieht nur seinen eigenen Kopf. Etwas Verrücktes, das sich der Vorstellungskraft entzieht. Ein Kopf, der sich selber betrachtet. Eine Art umgestülpte Maske, durch die vierte Dimension gegen sich selbst gedreht.

Der letzte deutsche Kaiser. Er sitzt in einem kahlen Wartesaal auf einem Stuhl und wartet, ohne auch nur das geringste Talent zu dieser Kunst zu haben. Es ist Sonntag, der 10. November 1918, früher Morgen, ein kalter, nebliger Tag in Eijsden an der Grenze auf holländischem Boden. Der Kaiser ist kein Kaiser mehr. Er hat abgedankt am Ende eines verlorenen Krieges. Die Insignien an der Karosserie seines Wagens sind entfernt, seine Uniform ist abgelegt, er trägt Zivil, aber seine Seele ist die alte. Und diese Seele ist immer noch die eines ungeduldigen, verwahrlosten Kindes, das nicht warten kann, nicht auf Weihnachten, nicht auf den Ausbruch eines Krieges, nicht auf sein Ende. Eine rastlose, liebebedürftige Seele, die nur Augenblicke zur Kenntnis nimmt, aber nicht warten kann.

Vielleicht wurde schon beim Stillen des kleinen Wilhelm etwas falsch gemacht, er soll damals heftig gebrüllt haben, auch wenn die pralle Brustwarze der Amme nur noch wenige Millimeter von seinen Lippen entfernt war.

Jetzt sitzt der Exkaiser auf einem Stuhl in einem kahlen, schlecht beheizten Raum und wartet. Nicht einmal Tee wird ihm angeboten. Die holländische Regierung ist über sein Kommen informiert, aber sie läßt ihn warten, Stunde um Stunde, die offizielle Gewährung des Asyls wird erst gegen Mitternacht eintreffen, und da Wilhelm es nicht versteht zu warten, da ihn dieser seltsame Zustand vollkommen verwirrt, bietet er den Anblick eines versteinerten Häufchens Elend. Nicht einmal Daumendrehen hat er gelernt, um so wenigstens die Strömung der ablaufenden Zeit in einem kleinen Mühlrad zu nutzen.

Der ehemalige Kaiser der Deutschen wird diese Demütigung nie mehr vergessen, und er lebt immerhin noch 23 Jahre in seinem Exil in Doorn in Holland. Damals fiel er wohl in einen endlos tiefen Brunnen, und nie mehr gelang es ihm ganz, ans Tageslicht zurückzufinden, in der Liebe nicht, beim Genießen von Tee und Speisen nicht, beim Jagen nicht, beim Lesen nicht. Immer war nun ein wenig dumpfe Verzweiflung dabei, wie bei allem, was man am Grunde eines Loches tut. Wahrscheinlich hat sich Wilhelm damals im Bahnhof von Eijsden ein wenig totgewartet.

Als er endlich auch offiziell ins Land gelassen wird und in seinem provisorischen Refugium landet, bittet er um eine große Kanne englischen Tees. Sie soll ihn, den Emigranten, aufwärmen, seine Lebensgeister wiedererwecken, aber während er die Tasse aus edelstem Chinaporzellan zum Mund führt, spürt er, daß seine Lippen taub sind.

Der Vortrag war zu Ende. Ich wartete. Kein Applaus. Nichts geschah. Als ich trank, spürte ich, daß ich kein Gefühl in den Lippen hatte. Jetzt sah ich, daß der Raum, in dem wir uns befanden, sehr viel von einem Wartezimmer an sich hatte. Aber worauf warteten wir? Am Nebentisch saß ein junger Mensch, den ich vorher nicht bemerkt hatte. Er wirkte sympathisch, schüchtern, weniger selbstbewußt als die anderen.

Der Mensch mit dem Menjoubärtchen und der klaren Aussprache erhob sich endlich und begann zu applaudieren. Dabei wandte er sich auffordernd nacheinander jedem von uns zu. Wir klatschten alle. »Meine Herren«, sagte er, »wir haben soeben eine historische Situation nachempfinden können. Die Kränkung des deutschen Kaisers durch die holländische Regierung.«

Sein Blick ruhte auf mir. Auch die anderen sahen mich an. Kannten sie meine Nationalität? Ich spreche sehr gut Deutsch, aber ich habe den typischen holländischen Akzent, den alle Deutschen aus dem Fernsehen zu kennen scheinen, weil einige der bei ihnen beliebtesten Showmaster aus meiner Heimat kommen.

Einem plötzlichen Impuls folgend, setzte ich mich zu meinem Nachbarn an den Tisch und begann ein Gespräch. Er wirkte sehr sanft, hatte trotz seines ausgeprägten Backenbartes und seines dichten wolligen Haares etwas Säuglingshaftes. Seine Stimme war wohltuend warm und freundlich. Er erzählte mir auf mein Nachfragen, daß er male, ohne davon leben zu können. Er sei auf der Suche nach einer Welt ohne Aggressionen. Er habe eine vage Vorstellung von ihr, eine Art Innenlandschaft, in der es keine Unterschiede zwischen Leben und Tod gäbe.

»Hast du für den Buchhändler ein Bild gemalt?« fragte ich.

Die Frage schien meinem neuen Freund unangenehm zu sein. Er sah zur Seite und antwortete nicht. Dann stand er auf und ging hinaus. Er wollte wohl, daß ich folgte. Er hatte auf seinen Bierdeckel einen winzigen Pfeil gemalt. Seine Jacke hing über dem Stuhl, also war er wahrscheinlich zum Klo gegangen.

Das WC war in einem anderen Flügel des Schlosses. Man

mußte den Hof überqueren. Die Tür stand offen. Tatsächlich war er dort.

Wir standen nebeneinander an den Urinalen.

»Ich wohne auf dem Schloß. Im zweiten Giebel, ganz oben. Mein Name steht an der Tür. Derbacher. Ich heiße Heinz.«

Es klang wie eine Einladung. Ich nickte. »Ich heiße Piet. Wann?«

»Halb zwölf.«

»Heute?«

Er nickte. Die ganze Zeit über tat er nur so, als ob er pinkelte.

Die Tür ging auf, und der Kerl mit dem Bärtchen erschien. Er trat an das andere Urinal. Ich sah aus den Augenwinkeln, daß er die rechte Hand in der Hosentasche hatte, während er sein Geschäft machte. »Kennen Sie Ines?« fragte er unvermittelt und ohne mich anzusehen. Neben mir rauschte die Spülung. Derbacher war verschwunden.

»Sie meinen die Hilfe von Herrn Kuyper?«

»Genau die. Ein nettes Ding, finden Sie nicht?«

Er ging zum Waschbecken, wusch sich die Hände und streifte sich die Haare glatt zurück. Ich sah seine wasserblauen Augen im Spiegel. Sie gefielen mir nicht.

»Ich kenne Ines flüchtig«, sagte ich. »Ich glaube Ihnen gern, daß sie ein nettes Mädchen ist.«

»Kommen Sie an unseren Tisch«, sagte er. »Wir sind gastfreundliche Leute in diesem Land.« Eine Kobra hätte eine Maus nicht freundlicher einladen können.

Der Maler war gegangen. Man zog einen Stuhl an den großen Tisch, und ich setzte mich. Ich bestellte ein hiesiges Bier. Als ich das Glas nach einem langen Zug absetzte, wurde gelacht. Ich bemerkte, daß alle am Tisch ein anderes Bier tranken, eine bekannte westdeutsche Marke. Der Autor der Wartegeschichte klärte mich auf.

»Man hat vor einigen Monaten eine Leiche im Tiefbrunnen unserer Brauerei gefunden. Sie haben den Brunnen gespült, aber wir mögen trotzdem kein einheimisches Bier mehr.«

Er lachte wie über einen guten Witz. Auch die anderen lachten wieder. Es war keine angenehme Stimmung.

Ich ließ mein Bier stehen, zahlte und ging. Immer noch fiel Schnee. Es war so dunkel, daß man die Flocken nicht sah, aber ich spürte sie im Gesicht wie einen Insektenschwarm. Die Dunkelheit war allgegenwärtig. Kaum Straßenlaternen, kaum Ampeln. Auch die meisten der Schaufenster waren nicht erleuchtet. Durch die engen Gassen mit den rutschigen Kopfsteinen und den viel zu schmalen Bürgersteigen rasten hin und wieder Fahrzeuge.

Ich hätte schnell die Orientierung verloren, wäre da nicht dieses Sternbild am Himmel gewesen, das immer wieder zwischen den Häusergiebeln zu sehen war, wobei zuweilen einer seiner Sterne erlosch oder ein anderer aufglühte wie eine Supernova. Die Fenster des Oberen Schlosses.

Mir war klar, daß ich mich zuallererst um eine Übernachtungsmöglichkeit kümmern mußte. Es war schon reichlich spät. Aus meiner Heimatstadt Groningen bin ich es gewöhnt, daß man zu jeder Tages- und Nachtzeit in die meisten Hotels vordringen kann. Bei geschlossener Rezeption gibt es meistens die Möglichkeit, über das Labyrinth der Feuerleitern und irgendein offenes Fenster hineinzukommen und einen Nachtportier ausfindig zu machen. Wie anders es hier war, sollte ich schnell erfahren.

Es gab nur wenig Leute auf der Straße. Um jemanden anzusprechen, mußte ich rennen wie ein Karnickeljäger. Das Problem war, daß die Menschen meinen Annäherungsversuchen geschickt auswichen. Wenn sie mich kommen sahen, schlüpften sie schnell in irgendeinen Torbogen, einen Hauseingang, eine Seitengasse. Schließlich gelang es mir doch, jemanden zu stellen, einen älteren Mann. Er trug einen schweren schwarzen Mantel mit hochgeklappten Revers und eine Russenmütze. Alles, was ich von seinem Gesicht wahrnahm, waren große Brillengläser, in denen sich fern und klein die Fensterkonstellation des Schlosses über uns spiegelte.

»Wo gibt es hier ein Hotel?« fragte ich hastig, denn ich fürchtete, er würde sich gleich in eine schwankende Rauchsäule auflösen.

»Es gibt zwei«, sagte er mit einer erstaunlich klaren und deutlichen Stimme, die von einem professionellen Sprecher hätte sein können. »Eines am Bahnhof und eines am Marktplatz.«

Ich bedankte mich und sah ihm nach, wie er mit sehr aufrechtem Gang um die nächste Ecke verschwand. Dabei konnte ich mich des Eindrucks nicht erwehren, daß ich ihm schon einmal begegnet war.

Zum Bahnhof, dachte ich. Das ist ideal. Ein Ort, von dem aus ich schnell verschwinden konnte.

Der Bahnhof lag auf der anderen Seite des Flusses. Es gab nur eine Brücke. Ich orientierte mich an meinem Sternbild über der Stadt. Das Schloß lag auf einem Felsen über der großen Flußschleife.

Ich rannte, denn wenn ich den Maler noch besuchen wollte, wurde es höchste Zeit. Durch einen Torbogen sah ich endlich Wasser. Es sah wie Tinte aus. Keine Reflexe, die seine Strömung verrieten.

Rutschend bewegte ich mich am Ufer entlang. Meine Hände, meine Kleidung waren lehmverschmiert. Am schlimmsten war der Gestank. Fäulnis und Öl, Fäkalien und Chemie, Schimmel, alte Kleider, Verwesung. Die Bögen einer Brücke tauchten auf. Ich kletterte auf allen vieren die Böschung hoch und querte den Fluß.

Nun ging alles leicht. Es gab sogar ein Schild mit dem Hinweis »Bahnhof«. Auch das Hotel hatte ich schnell gefunden. Ein dunkler, riesiger Kasten mit dem Namen »Schloßhotel« in erloschenen Leuchtbuchstaben. Fenster wie zahllose Dominosteine ohne Augen, alles schwarz, nirgendwo Licht. An der Glastür des Eingangs ein Zettel: »Wegen Umbau seit November geschlossen. Wiedereröffnung in einem Jahr.« Es war nicht auszumachen, um welchen November es sich handelte. Gut möglich, daß sich eine seltsame Art von Ewigkeit in den leeren Betten dieses Baues eingemietet hatte.

Ich drückte auf den Klingelknopf neben der Tür. Dann legte ich ein Ohr an die Glasscheibe und lauschte. War da nicht ein ferner Klang, so etwas wie ein Lied, das eine Frauenstimme sang? Ich hatte nach den Ereignissen dieses Tages keinen besonderen Grund, meinen Sinnen noch zu trauen. Wieder drückte ich die Klingel, aber nichts tat sich.

Ich ging zurück in Richtung Altstadt. Der Weg war mir jetzt beinahe vertraut. Die vielen Läden für Büromaterial. Die Locher, Hefter, Aktenordner und Klebebandhalter. Es mußte viel Bürokratie geben an diesem Ende der Welt.

Kurz vor der Brücke ging ich in ein von Neonlampen erleuchtetes Lokal in einem Eckhaus. Ich hatte das Schild draußen gelesen: »Zimmer frei!« Ich trank einen Mokka und fragte nach dem Übernachtungspreis. Die hundert Mark schienen mir ungeheuerlich für ein Zimmer, das, wie es hieß, weder Dusche noch Toilette hatte. Also hastete ich weiter. Über die Brücke, zum Marktplatz. Sein Pflaster war teilweise entfernt, wahrscheinlich um Kabel und Kanalisation zu verlegen. Überall große Steinhaufen, offene Gräben. Es gab keine Absperrungen, aber wenigstens auch keinen Verkehr.

In einer Ecke des Platzes fand sich tatsächlich das zweite Hotel des Ortes. »Hotel zur Grafenschenke« stand auf der rußgeschwärzten Fassade. Hinter den Fenstern war Licht.

Die Eingangstür zum Lokal war zwar verschlossen, aber

auf mein Klingeln öffnete man mir. »Feierabend«, sagte eine unfreundliche Stimme, die zu einer Frau gehörte. Sie stand in der halboffenen Tür und musterte mich. Sie war klein und dunkelhaarig und sprach mit fremdländischem Akzent.

»Wir haben nur bis elf ...« Ich unterbrach sie: »Haben Sie Zimmer?«

Mein Satz war ein Sesam-öffne-dich. Ich wurde höflich hereingebeten. Dann schaute die Frau erst mich an, der ich wohl reichlich dreckverschmiert war, und dann in ein großes Heft. »Nur für eine Nacht?«

»Für mindestens zwei. Wahrscheinlich aber für länger«, sagte ich schnell.

Sie schenkte mir einen anerkennenden Blick. »Ich habe noch eins. Aber ohne Fernseher. Dusche und Toilette auf dem Gang. Wir sind erst im Umbau, wissen Sie. Es kostet vierzig.«

»Wunderbar«, sagte ich erleichtert. »Ich nehme es.«

Um den Maler noch zu besuchen, war es inzwischen zu spät. Ich bat die Wirtin um eine Flasche Bier und ließ mir den Weg zu meinem Zimmer erklären. Es lag im zweiten Stock. Ich ging durch einen langen, schmalen Flur, der an seiner Schmalseite von einer senkrecht montierten, grellen Neonlampe beleuchtet wurde. Rechts und links gingen Türen ab. Eine Stimmung wie in einem billigen Bordell oder aber einem teuren Gefängnis.

Dann saß ich endlich in einem winzigen Raum, einer Zelle eher, in die gerade ein schmales Bett, ein Schrank und ein Waschbecken paßten. Ich saß auf der Bettkante und trank Bier aus der Flasche. Das Fenster ging auf eine hohe Wellblechwand. Darüber sah ich wie eine Vision die oberste Reihe der Schloßfenster leuchten. Ich zog mich aus und ließ mich ins Bett fallen. Mein Schädel brummte immer noch, und meine Augen brannten, als ich sie schloß. Hätte ich nicht doch zur Polizei gehen sollen? Ich hatte kein Zutrauen zu den offiziellen Ordnungskräften hier. Zuviel hatte ich von politischen Verstrickungen gehört. Ich sollte mich selbst um die Sache kümmern. Gleich morgen früh.

Ich mußte wohl eingeschlafen sein. Irgendwann schreckte ich hoch. Grelles Licht fiel mir in die Augen. In der offenen Tür sah ich kurz eine schwarze Silhouette, den blendenden Zackenstern einer direkt auf mein Gesicht gerichteten Taschenlampe. Die Tür schloß sich wieder, und schnelle Schritte entfernten sich.

Ich sah auf die Uhr. Es war fünf. Ich war sicher, die Tür abgeschlossen zu haben. Ich stand auf und sah nach. Der Schlüssel steckte von innen und war zweimal umgedreht. Es mußte jemand vom Hotel gewesen sein, der einen Hauptschlüssel besaß.

Ich dachte an Ines, stellte sie mir vor, hatte Sehnsucht nach ihrer Nähe. Es gelang mir, wieder einzuschlafen, aber meine Träume waren Schauplatz wüster Verfolgungsjagden.

Viertes Kapitel

Ich erwachte von der unnatürlichen Hitze im Raum, die von einem großen, alten Gußradiator ausging. Hinter dem klaffenden Vorhang am Fenster sah ich den grauen Himmel, aus dem immer noch große Flocken fielen. In wenigen Tagen würde Weihnachten sein. Es war ewig her, daß ich weiße Weihnachten erlebt hatte. Meine Laune stieg.

Das Frühstück war gar nicht mal so schlecht. Der ärmliche Weihnachtsbaum immerhin mit unbeholfener Liebe geschmückt, der Kaffee gut und die Brötchen beinahe knusprig. Im Frühstücksraum saßen einige unscheinbar gekleidete Herren, denen man den Vertreterberuf deutlich ansah. Diese Herrschaften entwickeln anscheinend eine spezielle Art der Anonymität, eine Tarnfarbe des Lebens, die wohl die Aufdringlichkeit ihres Gewerbes verbergen soll. Sie versuchen, auf jeden Fall unscheinbarer zu wirken als ihre Kunden und mindestens ebenso seriös. Und dies führt notwendigerweise zu jenem schrecklichen Einerlei ihrer Sakkos, Mäntel und Schlipse.

Ich trat vor die Tür. Alles war mit schmutzigem Schnee bedeckt. Aus vielen Schloten krochen lange, gelbliche Schlangen aus Qualm. Es stank noch unerträglicher als in den Tagen zuvor. Vor dem Hotel türmte sich ein Berg Briketts, den gerade jemand in eine offene Tür im Souterrain schaufelte.

Meine gute Laune war ungebrochen. Ich machte mich auf zum Schloß. Zuerst ging ich jedoch zum Buchladen. Die Tür war abgeschlossen. Im Fenster klebte ein Zettel: »Wegen Krankheit geschlossen.« Ich schob eine Nachricht unter der Tür durch, die ich beim Frühstück geschrieben hatte. »Wohne in der Grafenschenke. Hoffe, euch bald zu sehen. Piet.« Eigentlich wollte ich nur Ines sehen. Und wahrscheinlich wäre ich wegen Dick allein keinen Tag länger hier geblieben.

Die Auffahrt zum Schloß war schwer zu finden. Mehrmals mußte ich in Sackgassen aufgeben. Schließlich fand ich hinter einer Häuserreihe eine schmale Straße, die vom Fuß des Schloßberges nach oben führte. Je näher ich meinem Ziel kam, desto imponierender wurden seine Ausmaße. Wie eine riesige, schwarze, steingewordene Kröte hockte es auf dem Felsen.

Architektonisch war das Schloß ein übles Konglomerat der Baumoden und Geschmäcker seiner verschiedenen Besitzer. Sechs Barockgiebel zierten die Fassade, unter der der Weg emporkroch. Der Putz war in großen Teilen abgebröckelt, der nackte Fels von Schimmel und Salpeterflecken bedeckt. Hinter einigen Fenstern brannte immer noch Licht. Irgendwo ganz oben öffnete sich ein Fensterladen und schloß sich gleich darauf wieder.

Ich ging durch einen Torbogen. Mein Elan war einem mulmigen Gefühl gewichen. Der Schreck fuhr mir in die Glieder, als ich im Schatten des Torhauses eine verschleierte Frauengestalt sah. Sie rührte sich nicht. »Hallo«, sagte ich. »Wohnt hier ein Herr Derbacher?« Keine Reaktion. Ich trat auf sie zu. Sie rührte sich immer noch nicht. »Entschuldigen Sie«, sagte ich. Dann brach ich ab. Es war ein großes Plakat, das Foto einer verschleierten Frau. Geworben wurde für die Weihnachtsaufführung der »Csárdásfürstin«.

Mit klopfendem Herzen ging ich weiter. Irgendwo in der

Nähe kläfften Hunde mit jener desolaten Wut, wie sie sie an der Kette bekommen.

Hinter dem Torbogen war ein kleiner, von niedrigen Gebäuden flankierter Platz. An seinem Ende führte ein Durchgang unter einem zweiten Torhaus in das innere Terrain der Festung. Über diesem aus mächtigen, roh behauenen Granitquadern erbauten Durchgang sah man vergitterte Fenster. Wie ich später erfuhr, handelte es sich um das ehemalige Gefängnis der Anlage. Die prunkvollen Ein- und Ausfahrten der Schloßbesitzer hatten jedesmal unter dem Elend inhaftierter Feinde hindurchgeführt.

Ich hatte einen großen Innenhof erwartet und war überrascht, auf rohen Fels zu stoßen. Schwarz und haushoch, von grünen Flechten bewachsen, ein mächtiger, Kälte ausstrahlender Quader aus Basalt, ein Magnetberg oder Meteor, von einem anderen Stern mitten in diesen Innenhof gefallen. Auf ihm erhob sich ein Turm, trockengemauert, mit rostigen Mauerhaken, großen Zifferblättern an jeder Seite, auf denen die meisten Zahlen fehlten. Ein Leuchtturm der Zeit. Die gewaltigen Zeiger wanderten wie Schwerter über weiße Felder, von einer unsichtbaren, feindlichen Gewalt bewegt.

Die ganze Anlage hatte die Form eines Schiffes. Was von außen wie eine mächtige, geschlossene Fassade wirkte, erwies sich von innen als eine Reihe aneinanderstoßender Häuser. Zwischen ihnen und dem Felsen verlief die ausgedehnte Ellipse eines schmalen Ganges.

Ich hatte ein Gefühl, wie es ein lebenslänglich Gefangener beim Hofgang haben muß. Die Möglichkeit, sich im Kreis zu bewegen, war eine boshafte Karikatur der Freiheit. An den verschiedenen Treppenhauseingängen waren Schilder angebracht: »Zutritt für Fremde verboten.« Ein buckliger, älterer Mann trat aus einem der Hauseingänge und lief vor mir her. Ich rief ihn an, er drehte den Kopf, schüttelte ihn und verschwand um die Ecke. Zweimal machte ich die Runde um den Felsen, ehe ich an einem der Aufgänge das Namensschild des Malers entdeckte.

Ich betrat das Treppenhaus. Die Wände waren in erbärmlichem Zustand, rostige Heizungsrohre, abblätternde Farbe, auch hier Schimmel und ausgedehnte Reliefs von wattigem Salpeter.

Die Dimensionen waren imponierend. Meterdicke Mauern, Säulen, Tonnengewölbe. Ich ging die breite, ausgetretene Treppe hoch. Auf jedem Absatz Namensschilder an abgestoßenen Sperrholztüren mit Guckloch.

Derbachers Name fand ich im fünften Stock. Neben dem Klingelknopf hatte er ein kleines Gemälde auf den Türrahmen gemalt. Eine winzige Waldlichtung im Mondschein.

Ich klingelte und lauschte. Keine Schritte. Ich bückte mich und sah den Schlüssel stecken, also mußte jemand in der Wohnung sein. »Heinz«, rief ich. »Ich bin es, Piet! Mach auf. Du brauchst keine Angst haben.«

Meine Stimme hallte durchs Treppenhaus. Dann wieder Stille. Nur ein leises, surrendes Geräusch von irgendwoher.

Ich gab es auf. Als ich wieder draußen war, blickte ich zu den Fenstern hoch, die zu seiner Wohnung gehören mußten. An einem von ihnen drehte sich ein Windrädchen.

Der Schnee im Hof war sauberer als der in der Stadt. Er bildete eine geschlossene Decke. Nur meine Stapfen und die des Buckligen waren zu sehen. Direkt unterhalb des Giebels, in dem der Maler wohnte, begann ich, Buchstaben in den Schnee zu treten. Meinen Namen.

An einer Mauer waren Holzscheite aufgeschichtet. In einem Hackklotz steckte ein riesiger Spalthammer. In der Nähe erblickte ich eine junge Frau. Sie war hübsch, sehr blond und schick. Der Kontrast zur Umgebung konnte nicht größer sein.

Sie trug einen Blechkasten voller flockiger, hellbrauner Asche, die bei jedem ihrer Schritte ein wenig stäubte, was sie dazu veranlaßte, immer wieder stehenzubleiben und sich die Kleidung abzuklopfen.

Ich holte sie ein und sprach sie an: »Ich habe eine große Bitte. Ich schreibe für eine westdeutsche Zeitung. Über die Wohnverhältnisse hier. Wäre es möglich, einen kurzen Blick in Ihre Wohnung zu werfen?«

Sie beschleunigte ihre Schritte, und die Asche stäubte über ihre Hände. »Ich wohne nicht hier. Ich bin nur zu Besuch bei meinen Eltern.«

Ich gab nicht auf. »Würden Sie bitte Ihre Eltern fragen, ob ich morgen vormittag vorbeikommen dürfte?« Ihr Blick streifte mich. Der Argwohn, der in ihm lag, war nicht zu verkennen. Vielleicht war Eis unter der Schneedecke. Sie rutschte aus und ließ den Kasten fallen. Eine Wolke von gelben Ascheflocken hüllte uns ein. Hustend stand ich da und rieb mir die Augen. Als ich wieder einigermaßen sehen konnte, war das Mädchen verschwunden.

In einer Ecke des Hofes ging eine Tür auf. Der Bucklige erschien mit zwei Schäferhunden an der Doppelleine, die laut zu kläffen begannen, als sie mich gesehen hatten. Immer wieder bäumten sie sich in den Leinen hoch, und ihre Hinterläufe warfen den Schnee auf. Es hatte schon etwas von einer kopflosen Flucht an sich, wie ich das Gelände verließ, rutschend, um mein Gleichgewicht kämpfend. Im Schatten des äußeren Torbogens sah ich die verschleierte Frau. Ich stellte mir den Spott in ihren Augen vor, mit dem sie meinen ungeordneten Rückzug verfolgte.

Im Hotel erwartete mich eine kleine Überraschung.

»Wir müssen Sie leider umquartieren«, sagte die Wirtin. »Ich habe Ihnen ein schöneres Zimmer gegeben. Es liegt nach vorne hinaus und hat einen Fernseher.« Nach meinem Eindruck war das Hotel, das über dreißig Gästezimmer besaß, so gut wie leer.

Allmählich dämmerte mir, daß ich mich mitten in dem befand, was man Fahndung nennt. Es ist ein seltsamer Zustand, in dem man seine Empfindlichkeit für Kleinigkeiten, für Banalitäten, Belanglosigkeiten so extrem erhöht, daß einem die großen Zusammenhänge oft entgehen. Zwar dachte ich an Dick und Ines, wollte sie suchen, mit ihnen reden, aber es war ein abstrakter Gedanke, wie der an ein moralisches Prinzip. Eigentlich interessierte mich jetzt nur noch das Dickicht aus Nebensächlichkeiten, in dem ich mich auf der Pirsch nach einem Geheimnis befand, dessen Umrisse ich noch nicht einmal ahnte.

Mein Hauptausbilder bei der Groninger Mordkommission hatte mir immer wieder eingeschärft, im Fahndungsfall in ein Höchstmaß an Unauffälligkeit zu schlüpfen, um der Empfindlichkeit für die Nebengeräusche eines Falles die richtigen persönlichen Voraussetzungen zu verschaffen. »Sei die Realität, und sie wird dir ihre Geheimnisse offenbaren«, war sein Lieblingsspruch.

Der Versuch, mich als Einheimischer auszugeben, würde schon an meinem Akzent scheitern. Aber es gab eine andere Möglichkeit, meinem Fremdsein einen Hauch von Normalität zu geben. Ich war eine dieser grauen Durchschnittsexistenzen aus dem Frühstücksraum. Ich war Vertreter für eine holländische Firma, sagen wir, für ... Ich überlegte, was charakteristische Waren unseres Landes sind, die auch die Leute hier interessieren würden. Zu meiner Schande fielen mir wieder nur Tulpenzwiebeln und Käse ein. Ich verschob die Warenfrage auf später, machte mich zunächst an die Verkleidung. Nach meiner Erfahrung gleicht sich die Mimikry aller Vertreter, egal, ob sie Bücher, Staubsauger, Religionen oder Schmierseife verkaufen.

Ich ging in das Kaufhaus und erstand einen grauen Anzug mit erdbeerfarbenem Schlips, ein paar schwarze Lederschuhe mit Kunststoff-Profilsohle, dunkelblaue Nylonsocken, einen anthrazitfarbenen Mantel mit Fischgrätmuster, einen braunen Wollschal, ein hellblaues Hemd und einen schwarzen Skailederkoffer mit messingfarbenen Zahlenschlössern. Das Kaufhaus gehörte einer westdeutschen Kette, und es war verblüffend, wie sich das Konsumleben der Stadt auf diesen Ort konzentrierte.

Vor dem Spiegel der Umkleidekabine kontrollierte ich mein Äußeres und kam zu dem Schluß, daß meine Verkleidung perfekt war. Dezent und vertrauenerweckend. Von der gleichen gediegenen Glaubwürdigkeit wie das Produkt, das ich anbot und über dessen Art ich mir noch nicht im klaren war. Denn nach Tulpenzwiebeln und Käse waren mir inzwischen nur Holzschuhe als typisch niederländisch eingefallen.

Ich ging in ein Stehcafé und bestellte ein Glas Tee. Es war ein erster Test.

Neben mir standen zwei Arbeiter, die offenbar zu dem Trupp gehörten, der das Pflaster des Marktplatzes bearbeitete. Sie starrten mich an, während ich scheinbar gleichmütig in der Provinzzeitung las. Als ich den Teebeutel aus dem Glas zog, sah ich an dem bedruckten Papierstückchen an seinem Ende, daß es eine holländische Marke war. Ein winziges, tröstliches Stück Heimat, das ich liebevoll betrachtete, ehe ich es in den Aschenbecher fallen ließ. Das war es: ich würde als Vertreter für holländischen Tee auftreten.

Ich schlenderte incognito durch die Stadt. Überall wurde Schnee geschippt und Asche gestreut. Ordnungsliebe inmitten all des Gedrückten. An einem Imbißstand aß ich eine Bratwurst. Ich glaubte, so etwas wie hoffnungslosen Optimismus auszustrahlen und damit zum genuinen Bestandteil der lokalen Atmosphäre geworden zu sein. Meine Maske war jedoch keinesfalls so perfekt, wie ich annahm. Ich hatte den Fehler begangen, die warme Mütze aus grober Schurwolle zu tragen, die mir meine liebe Mama als Schutz gegen die sibirische Kälte des Ostens gestrickt und als Weihnachtsgeschenk zu der »Winterreise« gelegt hatte. Niemand trug hier Wollmützen. Und so war ich schon von weitem als verdächtiges Individuum auszumachen.

Im Hof des Unteren Schlosses vor dem Eingang zum örtlichen Museum wurde ich von einem Mann angesprochen, wegen meiner Mütze, wie er mir später gestand. Er sah abgerissen aus in seinem schmuddeligen, militärgrünen Parka, seiner schwarzen Russenmütze. Ein Schneidezahn fehlte ihm. Seine trüben, kleinen Augen, die faltige Gesichtshaut ließen ihn alt aussehen. Ich schätzte ihn auf weit über Sechzig. In Wirklichkeit war er Mitte Fünfzig.

»Ich möchte mit Ihnen sprechen«, sagte er unvermittelt. »Können wir uns nachher irgendwo treffen? Jetzt habe ich noch zu tun.«

»Selbstverständlich«, sagte ich in angenehmstem Vertreterton. »Jederzeit. Ich wohne im Hotel zur Grafenschenke.«

»Ich hole Sie um dreizehn Uhr ab«, sagte er militärisch knapp und verschwand in einem Seitenflügel der Anlage.

Ich schlurfte in großen Besucherfilzpantoffeln durch triste Räume, die die Sammlung des Heimatmuseums beherbergten. Mittelmäßige Porträts, einige lieblos angeordnete Möbel, Barock und Biedermeier, Tafelsilber, Meißener Porzellan, ein Sammelsurium, das sich hier wie Strandgut der Zeit angesammelt hatte. Als ich später in einigenWohnungen gewesen war, verstand ich, warum mein Eindruck so unbefriedigend gewesen war. Es gab kaum ein Zeitgefälle zwischen heute und damals. Die privaten Wohnungen glichen Ensembles, wie sie auch mittellose Museumsdirektoren für ihre Besucher dekorieren lassen.

Ich ging zum Marktplatz zurück und am Buchladen vorbei. Die Tür stand offen. Weiße Frauenarme hantierten hinter der Schaufensterscheibe. Wie zwei Schlangen schlüpften sie an einer Holzverkleidung herab und dekorierten Bücher. Ich trat dicht an die Scheibe und klopfte dagegen. Sie sah auf und bemerkte mich. Dann behauchte ich die Scheibe und malte ein Herz darauf mit einem Pfeil, von dessen Spitze sich eine einsame Regentropfenträne löste und, eine klare Spur hinterlassend, herabrann. Sie lachte und winkte hinter dem Glas.

Ich ging hinein. Die Türschelle kam mir vor wie der Auftakt zu einer romantischen Sinfonie.

Ines stand auf einem Hocker und brach in schallendes Gelächter aus. »Wie siehst du denn aus?! Wie eine blasierte Vogelscheuche!«

»Ich hab mir die Sachen gekauft, um nicht aufzufallen. Ich wollte wie ein Vertreter aussehen.«

»Unsere Vertreter, lieber Piet, tragen teure Lederjacken oder echte Kaschmirmäntel. Mit dem, was du anhast, wird dich jeder hier für einen verarmten Adligen halten, der hinter seinem enteigneten Grundbesitz her ist. Das wird dich nicht gerade beliebt machen.«

Ines stieg vom Hocker und öffnete meinen Mantel. Kichernd zerrte sie an meinem Schlips. »Wie geht es, Ines?« sagte ich. Ich spürte, wie mein Blut in Wallungen geriet.

»Nicht schlecht für unsere Verhältnisse. Es waren schon acht Kunden da heute morgen.«

»Ich denke, ihr habt wegen Krankheit geschlossen!«

»Ach, das war nur der dumme Dick. Er hat wieder seine wehleidige Tour.«

»Komm, Ines«, sagte ich. »Rück endlich raus mit der Sprache. Laß die Katze aus dem Sack. Was war das gestern hier im Laden? War es dein eifersüchtiger Freund?«

Mein Drängeln war gegen alle von mir sonst so gut beherrschten Regeln eines Verhörs.

Und wirklich, ihr Gesicht nahm den bekannten »Nun gerade nicht«-Ausdruck an, wie ihn ausgefragte Kinder haben. »Du meinst die Sache mit dem Tränengas?«

»Natürlich. Du warst hinterher verschwunden.«

»Ist das ein Wunder bei der Luft?«

Sie legte die Arme um meine Schultern, beugte meinen Kopf herab und gab mir einen sanften Kuß auf die Stirn.

»Dick ist so schrecklich eifersüchtig«, sagte sie. »Deshalb will er auch, daß du gehst.«

»Es war also Dick?«

»Nein, er war es nicht. Es gibt noch andere.« Sie lächelte vielsagend. Ich machte wohl ein ziemlich dämliches Gesicht. Sie lachte: »Du bist auch eifersüchtig, mein Lieber. Komm, wir gehen spazieren.«

Sie schloß den Laden ab und hakte mich unter.

Wir gingen in den Park. Hier lag der Schnee noch tief in einer geschlossenen Decke. Auch der See war zugeschneit, keine Spuren mehr von dem brutalen Geschehen in seiner Mitte.

Ines trug ihren räudigen Kaninchenfellmantel, und sie hatte richtige, gefütterte Winterstiefel an. Sie roch auch nicht nach Broiler, sondern nach Kernseife und dem muffigen Tiergeruch ihres Mantels. Ich wartete die ganze Zeit darauf, daß etwas passierte. Aber nichts geschah. Unsere Schritte hatten sich einander angepaßt. Wir gingen wie ein altes, in gemeinsamer Bewegung geübtes Paar. Ines summte ein Lied. War es nicht das Lied meiner Mutter? »Machen wir's den Schwalben nach ...«

Unmerklich lenkte Ines unsere Schritte. Wir liefen in einem großen Bogen über den gefrorenen See auf das Schwanenhaus zu.

Mit seinen Zinnen und Türmchen sah es größer aus, als es in Wirklichkeit war. Es hatte ungefähr die Ausmaße einer Gartenhütte. Die Tür ließ sich öffnen. Dann waren wir in einem mannshohen Raum. Durch viele Miniaturfenster fiel fahles Schneelicht herein. Der Boden war mit Vogelmist bedeckt. Es roch durchdringend nach Guano.

Ines war wie verwandelt. Sie preßte sich an mich und schob ihre Arme unter meinen Mantel. Sie zitterte, nicht vor Kälte, wie mir schien. Ich sah die roten Flecken auf ihren Wangen, als sie den Kopf hob. »Komm, küß mich«, flüsterte sie. Ihre alte Souveränität war dahin. Es war deutlich, daß sie Angst hatte.

Wir küßten uns heftig. Es lag etwas Gewaltsames, Kannibalisches darin. Ines wand sich aus ihrem Mantel, ohne die Lippen von meinen zu nehmen, und ließ ihn hinter sich zu Boden fallen. Dann zog sie mich herunter. Es war kein bequemes Bett. Die Luft war beißend, salpetergeschwängert, es war kalt, der Boden hart trotz der Schicht Vogelkot. Dennoch liebten wir uns. Irgendwie schaffte Ines es, daß mein Raglan über uns blieb, daß mein Schlips neben uns lag wie die leere Haut einer geschlüpften Schlange. Ich glaube, wir erkannten uns damals, wie es in der Bibel so schön heißt, wir wußten in jenem Moment aufgeregter Sexualität mehr voneinander, als es lange und ruhige Gespräche hätten herausbringen können. Wir waren uns Spiegel, parallel gegeneinander aufgestellt und dadurch unendlich reflektierend. Später dann ging manches verloren, Bruchstücke begannen den Spiegeln zu fehlen oder erblindeten, aber immer wenn ich diesen Guanogeruch rieche, im Düngemittel zum Beispiel, das meine Mutter ihren Topfpflanzen kredenzt, glaube ich Ines zu spüren, wie einen Brunnen, durch den ich in eine andere Welt steige und wo mir die Frau Holle aufträgt, ihre Betten zu machen.

Dann standen wir vor dem Schwanenhaus. Ines' Mantel sah furchtbar aus, und auch mein Vertreterkostüm hatte erheblich gelitten. Ihre alte Lachlust war wieder da. »Ich muß zum Laden«, sagte sie. »Dick kommt vielleicht in der Mittagspause. Den Mantel bring ich besser vorher in die Reinigung.«

Sie hauchte mir einen Kuß auf die Stirn. Es war mehr ein Kitzeln wie von einer Pusteblume. »Du solltest fahren, Piet«, sagte sie. »Es ist hier nicht ganz geheuer.« Dann rannte sie in Richtung Stadt.

Auch ich machte mich auf den Weg. Ich ging wie Hänschen, mit ausholenden Schritten, beschwingt und wohlgemut, auch wenn ich keinen Stock hatte und statt des Hutes eine aus dicker dunkelgrüner Wolle gestrickte Mütze trug. Im Hotel duschte ich und zog mir meine alten Sachen an. Der Anzug und der Mantel rochen penetrant nach Vogelmist. Das ganze Zimmer stank danach. Ich dachte an Ines. Dann ging ich hinunter und setzte mich in den Schankraum. Es war kurz vor eins.

Ich ließ mir ein Bier servieren. Der Kellner war übertrieben höflich, hielt die linke Hand beim Einschenken lehrbuchmäßig im Rücken. Als um zwei noch niemand nach mir gefragt hatte, holte ich meinen Fotoapparat, ging hinaus und begann, das Obere Schloß aus allen möglichen Perspektiven zu fotografieren. Ich glaube, es war der hilflose Versuch, ein Geheimnis zu bannen, ihm durch Einfrieren auf einem Bild das Bedrohliche zu nehmen, das für mich immer noch von diesem dunklen Gebäude über dem Ort ausging, selbst jetzt, da ihm der Schnee eine gewisse Postkartenschönheit verlieh.

Ein Trabbi hielt neben mir, das Fenster wurde heruntergedreht. »Schön, daß Sie die Kamera dabei haben. Ich wollte Sie schon danach fragen, ob Sie eine haben. Es tut mir leid, daß ich mich verspätet habe. Steigen Sie ein.«

Es war mein Freund aus dem unteren Schloßhof. Wir fuhren die Straße hoch, die ich vor zwei Tagen kurz nach meinem Eintreffen in den Ort hinabgelaufen war. Dabei passierten wir eine Gruppe Straßenarbeiter, die mit Schaufeln und Pickeln dabei waren, ein Loch auszuheben. Mein Nebenmann pfiff durch die Zähne. »Alles ehemalige Parteileute«, sagte er. »Die zweite Garnitur. Die erste sitzt in den Villen dort oben.«

Wir hielten vor einem Haus, das mir schon bei meinem ersten Spaziergang mit Dick durch den Park wegen seiner Schönheit aufgefallen war. Ein Haus mit großen Holzveranden, wie ich es von Badeorten her kannte.

Das Grundstück lag hinter dem Bahndamm am Ende eines Tales. Es war groß und voller Bäume und verfügte sogar über einen Teich. Während das Haus in besserem Zustand als die meisten umliegenden Gebäude war, sah es im Garten wüst aus. Überall zwischen den Bäumen Holzplanken, Autoreifen, Plastikteile. Auch der Teich sah wie eine Müllkippe aus.

»Das Haus gehört mir seit zwanzig Jahren«, sagte der Mann neben mir. »Privatbesitz, stellen Sie sich das damals vor! Es ist das ehemalige Gartenhaus des ursprünglichen Besitzers. Einer jener reichen Fabrikanten, dem all die schönen Häuser im Ort zu verdanken sind. Diese halben Schlösser, die sie mit ihren Webereien verdient haben. Das ist das Haupthaus.«

Er wies auf einen mächtigen Barockbau, dessen Fassade rot zwischen den Bäumen leuchtete.

»Das Altersheim. Mein früherer Arbeitsplatz. Zweihundertfünfzig Alte hatten wir und dreißig Angestellte. Ich habe jeden Tag für zweihundertachtzig Leute gekocht. Das Häuschen sollte wegen Baufälligkeit abgerissen werden, da habe ich es für einen geringen Betrag gekauft. Sie hielten mich für verrückt, und sie hatten recht. Nach zehn Jahren hatte ich es wieder in seiner alten Schönheit beisammen. Jede freie Minute haben meine Frau und ich hineingesteckt. Wir waren ein leuchtendes Beispiel für die Vorteile des Privatbesitzes, und das ärgerte die da oben, die Bonzen, wissen Sie. Da kamen sie auf eine besonders perfide Idee. Sie bauten hier am Talausgang Garagen und schütteten den Boden auf. Die Folge war, daß das Flüßchen ein hohes und ein niedriges Ufer bekam. Mein Grundstück liegt auf der niedrigen Seite. Bei der jährlichen Schneeschmelze lief es jedesmal voll, auch mein Keller. Sie sehen ja die Spuren. Nach der Wende prozessierte ich und bekam recht. Ich durfte einen Damm bauen. Genauso hoch wie die andere Uferseite. Aber meine Gegner ließen nicht locker. Es saßen ja in den Gremien immer noch die alten Bonzen, ihre rote Parteifarbe hatten sie über Nacht schwarz übermalt. Wissen Sie, was sie machten? Sie ließen diese Betonröhre als Abfluß unter der Straße verlegen mit diesem jämmerlichen Gitter davor. Ein viel zu kleiner Abfluß. Bei jedem Hochwasser tritt der Fluß nun nach beiden Seiten übers Ufer. Die Folge: mein Garten läuft wieder voll. Ich muß wieder klagen, und das wird teuer. Daher bitte ich Sie, netterweise diese Röhre zu fotografieren, so daß man das Gitter sieht und auch den ganzen Dreck, der angeschwemmt wird. Ich brauche die Fotos für meinen Prozeß, und ich habe leider keinen Apparat. Und hier im Ort gibt es niemand, der mir hilft, ohne eine Gegenleistung zu verlangen.«

Ich ging sofort an die Arbeit und verknipste einen ganzen Film mit Motiven wie »rostender Kühlschrank an Eiche« oder »Klobrille in Johannisbeerstrauch«. Er stand zufrieden daneben. »Daß Sie mein Mann sind, hat mir Ihre Mütze verraten. So etwas liebevoll von Hand Gemachtes bekommt man hier auf keinem Kopf zu sehen. Ich kann Ihnen leider kein Geld geben, aber ich möchte Sie wenigstens zum Essen einladen.«

Während wir durch den Garten auf das Haus zugingen, sagte er: »Ich muß Sie auf die Tatsache vorbereiten, daß meine Frau nicht gesund ist. Sie kann fast nichts mehr sehen und spricht auch sehr schwer. Gehirnschlag als Folge von zuviel

Arbeit, zuwenig Anerkennung, wissen Sie. Aber Sie brauchen keine Rücksicht zu nehmen.«

Sie war hager wie der Tod. Die Hand, die sie mir reichte, war schlaff und eiskalt. Ich war versucht, ihr einen Handkuß zu geben. Etwas Feines, Vornehmes ging von ihr aus. Schwarze Kleidung, weiße, dicht gekräuselte Haare, ein Mund, dessen schiefes Lächeln immer noch anziehend war.

Überall lagen oder saßen Katzen, ich schätzte, mindestens zehn. Auf den Fensterbänken, unter den Stühlen, auf dem Tisch hockten sie, Katzen in allen Schattierungen, schwarze, gefleckte, getigerte.

»Wir haben sie aufgenommen, weil Leute sie nicht über die Grenze mitnehmen konnten. Alles Hinterbliebene von Republikflüchtlingen«, sagte der Hausherr. Das kam mir bekannt vor. Topfpflanzen und Katzen.

Eine der Katzen lag auf dem Tisch. Sie schien blind zu sein. Ihre Augen sahen aus wie trübe Mondsteine.

»Machst du das Essen fertig?« sagte er.

Seine Frau erhob sich, griff nach einem Stock und ging langsam aus dem Raum.

»Sie war eine Schönheit, glauben Sie mir. Ich habe mich auf den ersten Blick in sie verliebt. Ich war damals Geologe, wissen Sie, hatte eine glänzende Zukunft vor mir. Bergbau, Wismutgruben, man hat mich später aus politischen Gründen abgesetzt. Ich war nicht einverstanden mit der Art und Weise, wie sie hier die Erdkruste verschandelt haben. Möchten Sie einen Kognak vorweg?«

Ich nickte, war froh über das Angebot, denn ich fühlte mich müde und schwach. Er holte große Kognakschwenker aus einer Anrichte und eine Flasche DDR-Weinbrand. Als hätte er seit Jahren einen Zuhörer entbehrt, redete er unaufhörlich.

»Wissen Sie, jeder Mensch ist doppelt, er ist gleichzeitig ein Mensch zuviel und ein Mensch zuwenig. Beide versuchen, sich zu unterhalten, aber es gelingt nicht. Der ›Mensch zuviel‹ sagt, das finde ich schön, das liebe ich, und seine andere Hälfte, der ›Mensch zuwenig‹, sagt, das ist unglaublich, du hast einen schlechten Geschmack, so etwas Häßliches schön zu finden, und so geht es ewig weiter, ein Dialog, der keiner ist, weil er aus zwei nicht zueinander passenden Hälften eines Monologes besteht.«

Er schenkte nach und sah mich an aus Augen, die mir wenig interessiert zu sein schienen an dem, was sie sahen.

»Wissen Sie, wir Wissenschaftler suchen immer nach allgemeinen Erklärungsprinzipien. Die Theologen reden von Gott, die Naturwissenschaftler von Atomen, die Soziologen von Gesellschaft, die Historiker von Geschichte. Wir Geologen ziehen einen anderen Begriff vor als Standpunkt, von dem aus sich alles betrachten läßt: den der Erosion. Man kann die Geschichte unserer Planeten einschließlich der Geschichte des Menschen vollständig mit Hilfe des Phänomens der Bodenbildung und Bodenzerstörung beschreiben.«

Er schloß die Augen und gurgelte genüßlich mit dem Getränk. Ich schien für ihn nicht mehr zu existieren. Die große Katze sah mich aus ihren blinden Augen an, als wollte sie mir mangelnde Zurechnungsfähigkeit attestieren.

»Wir unterscheiden verschiedene Ursachen der Bildung von Sedimenten. Es gibt glaziale Sedimente wie Moränen, wie Löß. Es gibt äolische Sedimente, durch Wind erzeugte Ablagerung. Die Lebensbedingungen auf unserer Erde sind vornehmlich durch solche Sedimente bedingt, die Güte des Bodens, die Formen der Landschaft. Für uns Geologen ist die Erdoberfläche mit ihren Tälern, Schutthängen, Bergen, Seen ein aufgeschlagenes Geschichtsbuch, das wir zu lesen versuchen. Waren Wind, Kälte und Wasser die ursprünglichen Hauptursachen der Erosion und der ihr nachfolgenden Sedimentbildung, kamen später die Pflanzen hinzu, die Mikroorganismen, die Muscheln mit ihren Schalen. Zuletzt kam der Mensch. Mit ihm beginnt ein neues Kapitel der Erdgeschichte, das der hominiden Sedimente. Begreifen Sie? Nach der Phase der humiden und äolischen Sedimente, die einige Jahrmilliarden andauerte, nach dem erdgeschichtlich späten Hinzutreten der biologischen Sedimente jetzt blitzartig und mit rasanter Geschwindigkeit ablaufend die Phase der hominiden Bodenerosion. Weniger wissenschaftlich gesprochen, nach Wasser, Wind, Pflanzen und Meerestieren jetzt der Mensch als der große Erdkrustengestalter. Die Tiere haben übrigens trotz Wühlmäusen und Maulwürfen nur eine ganz kleine Statistenrolle. Anders wir. Die Umwälzungen sind frappant, die geologischen und klimatischen Konsequenzen enorm. Denken Sie nur an die Sedimentbildung durch den Straßenbau und die Bodenerosion durch Landwirtschaft und Bergbau. An die Ausbreitung äolischer Sedimente durch das Vordringen der Wüsten, dessen Ursache wiederum menschliche Aktivitäten sind. Sie können sämtliche Berufe bestens nach ihrer Bedeutung für die Bodenerosion unterteilen. Den Landmann mit seinen Düngungs- und Pflugtechniken erwähnte ich schon, ebenso den Bergarbeiter. Aber auch der Verkehrspolitiker ist nicht besser. Er trägt zur wasserundurchdringlichen Oberflächenschichtung bei, wie wir sie als Wüstenlack bislang nur in den ariden Zonen Nordafrikas beobachten konnten. Sie werden sich vielleicht wundern, daß indirekt auch sehr bodenferne Berufe sedimentalen Einfluß haben. Zum Beispiel die Religion, die Vertreter der Kirche. Monotheismus hat die Agrarreform hervorgebracht, die Monokulturen, die deutlich ein Phänomen der Bodenzerstörung sind. In einer polytheistischen Gesellschaft hätten wir heute mehr Feuchtbiotope, das ist meine felsenfeste Meinung. Die Geologen einer künftigen nachhomininden Epoche werden die Menschen neben Wind und Wasser, Kälte und Vulkanismus als eine einzige gigantische und seelenlose Naturkraft beschreiben, die zur flächendeckenden Umgestaltung der Erdkruste, zu ihrer Verwüstung, Austrocknung und Unfruchtbarkeit schneller und stärker geführt hat als alle Eiszeiten oder Meteoriteneinschläge der erdgeschichtlichen Epochen zusammengenommen. Nach dem Ende der Menschheit wird es zu einer gewaltigen Vermoorung kommen. Es werden neue Urstromtäler, neue humusbildende Mikroorganismen auftreten, die ganz allmählich in mühseligster Kleinarbeit der Erde ihr ansehnliches, grünes, vielfältig geschmücktes Gewand wiedergeben werden. Hier, bei uns, in der sogenannten Ex-DDR sind wir übrigens besonders weit, was die hominide Bodenerosion anbelangt.«

Er schenkte sich und mir nach, beugte sich vor, gab der Katze einen Schubs, worauf sie sich mit steif nach oben gerichtetem Schwanz davonmachte.

»Kommen Sie mal näher«, flüsterte er. »Ich sage Ihnen jetzt etwas, was Sie noch nie gehört haben.«

Ich streckte ihm meinen Kopf gehorsam entgegen.

»Unter dem Kaiser war es besser. Die Erosion war bei weitem nicht so schlimm wie heute.«

Er lehnte sich zurück und lächelte.

Von draußen waren Geräusche zu hören, ein gleichmäßiges Klopfen. Es war ihr Stock, mit dem sie sich den Weg ertastete. Die Tür ging auf. Sie stand im Rahmen wie in einem Bild aus der alten Zeit, das Porträt einer ehemals schönen, in Würde gealterten Frau.

»Es ist angerichtet«, sagte sie.

Er sprang auf und folgte ihr in die Küche. Ich erbot mich zu helfen, aber sie wollten nicht. Während er Teller, Schüsseln, Gläser und Besteck hereinbrachte, alles sehr edel, Kristall, Silber, echt Meißen, befiel mich wieder jene Trance, die mit diesem Ort auf rätselhafte Weise verbunden schien. Ich war stoned, um es mit einem ganz und gar unpassenden Ausdruck zu umschreiben, und ich strengte meine verlangsamten Gedanken an, herauszufinden, woran dies wohl liegen mochte. Am ehesten noch an der Zeit, dachte ich. Hier hat sie ein anderes Tempo, sie fließt langsamer, vielleicht sogar rückwärts.

Dann war der Tisch fertig gedeckt. Ein fünfarmiger Silberleuchter brannte. Der Gastgeber begann, den Braten zu tranchieren. Ein großer nackter Vogel mit goldbrauner Haut. Dazu gab es Rotkohl und Pellkartoffeln.

»Unser Weihnachtsessen«, sagte sie. »Das stimmt«, ergänzte er. »Wir essen es immer ein paar Tage vorweg. Weihnachten fasten wir. Es ist die bessere Reihenfolge. Vielleicht liegt es daran, daß ich im Heim für so viele Menschen das Weihnachtsessen kochen mußte. Ich konnte dann kein Fleisch mehr sehen.«

Der Vogel war zäh, aber er schmeckte. Sein Fleisch hatte einen Wildhautgout.

»Was ist das für ein Tier?« fragte ich.

»Ein Puter«, sagte er. »Eine ganz besondere Sorte. Nicht diese weißlichen, überzüchteten Vögel, die ihr im Westen verkauft. Ich habe ihn durch Beziehungen.«

Eine Weile kauten wir stumm und schlürften den hervorragenden Weißwein, der von der Unstrut kam, wie der Gastgeber stolz erklärte. »Der Sozialismus hat den Reben nichts anhaben können«, sagte er. »Wissen Sie, Sie sind unser erster Besuch seit langer Zeit. Wir sind in all den Jahren etwas komisch geworden, fürchte ich. Weltfremd in einer Welt, die uns fremd ist, könnte man sagen. Könnte man das sagen, Lilli?«

Sie nickte ihrem Mann zu. Trotz ihrer Sehschwäche schenkte sie mir ein, ohne einen Tropfen zu verschütten. Der Schmuck an ihrem Handgelenk war von bester Qualität. »Mein Mann redet gut und viel«, sagte sie. »Das hat ihn schon oft in Schwierigkeiten gebracht.«

»Ach, weißt du, Lilli, es ist ganz normal, wenn man Schwierigkeiten hat. Wenn man keine hat, ist etwas faul mit einem in diesem Staat. Es gibt hier sehr viele verschiedene Menschen und genauso viele Meinungen, aber wenn man sie alle zusammenrührt, hat man immer die gleiche Farbe. Ein Maler hat es mir einmal erklärt. Alle Spektralfarben zusammen ergeben Weiß, Spektralfarben sind nämlich rein, sie sind die Bausteine des Sonnenlichts. Nimmt man aber gewöhnliche, unreine Farben, solche, die man im Tuschkasten hat, und rührt sie alle zusammen, hat man Braun. Verstehen Sie, unser ganzes Nest war vor der Wende rot. Jetzt ist die CDU an der Macht. Wir sind schwarz, wir haben aber auch Grüne und Gelbe hier. Und viele Graue, viele ohne Meinung. Und was ergeben alle zusammen für eine Mischung? Braun, das ist doch klar. Wir waren schon immer braun, alle zusammen. Setzen Sie zehn von uns in einer Wirtschaft an einen Tisch, und sie haben nach spätestens einer Stunde Diskussion eine einheitliche Position: braun. So ist es. Man ist machtlos dagegen.«

»Heißt der Maler vielleicht Derbacher? Heinz Derbacher?«

Er nickte. »Ja, ein feiner Kerl. Einer der wenigen hier, die sich immer herausgehalten haben. Erstaunlich, daß man ihn in Frieden gelassen hat, aber man hat dafür gesorgt, daß er erfolglos blieb. Er hat bis heute keine Ausstellung bekommen. Ich habe ein Bild von ihm. Es hängt drüben.«

»Darf ich es sehen?«

Er stand auf und ging voran. Sie folgte uns, ich hörte, wie ihr Stock gegen die Möbel und Wände pochte. Im Flur war es dunkel. Er war L-förmig und endete vor einer schmalen Tür. Dahinter lag ein großes Zimmer. »Es ist ganz in ihrem Stil eingerichtet, so wie sie es mochte. Alles echt, reine Gründerzeit. Meine Frau hat alles gesammelt und so arrangiert.«

»Wer ist ›Sie‹?« fragte ich.

»Hermine.« Dann zeigte er auf ein Bild, das nicht so recht in das sonst perfekte Ensemble der Einrichtungsgegenstände paßte. Es war tatsächlich ein typischer Derbacher. Eine Mondlandschaft, wobei die unterirdische Welt mitgemalt war. Bläulich quollen Hirnwindungen aus der Tiefe, die sich oberirdisch in Bergen und Bäumen fortsetzten. Ein silbern schimmernder Weg schlängelte sich zum Horizont wie ein Laufsteg in die Unendlichkeit des Alls.

»Der Buchhändler hatte auch einen Derbacher in seinem Laden hängen. Er hat ihn wieder abgenommen, weil die Kundschaft sich daran gestört hat. Kennen Sie den Buchhändler? Ich glaube, es ist ein Landsmann von Ihnen. Er hat hier einen schweren Stand. Ich glaube nicht, daß er sich noch lange halten kann. Wir kaufen manchmal ein Buch bei ihm. Aber wir haben zuwenig Geld.«

Auf dem Rückweg sah ich durch eine angelehnte Tür in einen kleinen, kahlen Raum. Er war voller weißer Federn, als hätte es in ihm geschneit. Das Schlafzimmer der Frau Holle, dachte ich.

Dann saßen wir wieder um den Tisch. Er redete wirklich unaufhörlich. Nur selten ließ er seine Frau zu Wort kommen. Er erzählte von seiner Arbeit im Altersheim, er habe sie alle mitbekommen, die vielen Selbstmorde alter Menschen, die es nicht mehr ausgehalten hätten, wie Vieh behandelt zu werden. Die frühere Regierung habe nichts übrig gehabt für Alte, obwohl ihr selber so viele Alte angehörten. Alter als Schande. Die Zeit als die Macht, die sich nicht gängeln ließ. Die geographische Bewegungsfreiheit habe man durch die Mauer einschränken können, nicht aber die zeitliche. Zum Tode hin sei jedes Leben offen.

»Der Tod als Republikflucht«, sagte er. Die Herren da oben seien der Meinung gewesen, man habe mit Siebzig sein Soll an Jahren erfüllt. Euthanasie sei es gewesen, in ein Altersheim geschickt zu werden. Perverse Euthanasie, von Leuten verhängt, die selber ins Altersheim gehörten.

Er redete sich immer mehr in Zorn. Die Katzen bewegten sich lautlos wie Schatten im Raum. Das große blinde Tier saß wieder auf dem Tisch und sah mich mit seinen leeren Mondsteinaugen an. Lilli saß neben ihm und kraulte es, während sie ihrem zornigen Mann ergeben lauschte. In einer der seltenen Pausen, die er machte, sagte sie: »Ich habe sie gesehen, nach der Kapitulation habe ich sie gesehen.«

»Wen haben Sie gesehen, gnädige Frau?« fragte ich. Sie schloß die Augen und lehnte sich mit zufriedenem Gesicht zurück in den Biedermeierstuhl. »Die Kaiserin habe ich gesehen. Sie war tief verschleiert, denn sie wollte nicht erkannt werden. Aber jeder wußte, daß es die Kaiserin war. Ich habe sie auf der Brücke erkannt. Sie war auf dem Weg zum Schloß. Dorthin, wo sie groß geworden ist.«

»Lilli redet von der letzten Frau des deutschen Kaisers«, mischte er sich ein. »Er hat sie im Exil in Holland geheiratet, als er schon kein Kaiser mehr war, weil er abgedankt hatte, auf Druck der Regierung. Es war eine Tragödie. Und die späte Ehe war ein Glück für ihn. Für viele von uns ist er der Kaiser geblieben und seine letzte Frau, die von hier stammt, deshalb die Kaiserin. Sie war eine Prinzessin unserer einheimischen Dynastie. Sie sollten zu Doktor Vielbrunn gehen, er leitet das Archiv oben auf dem Schloß, er weiß alles über unsere Geschichte und über die Kaiserin.«

»Unter dem Kaiser war alles besser«, sagte Lilli. »Auch den Arbeitern ging es besser in den Webereien. Allein die Muster. Es gab viel mehr Abwechslung im Dessin damals.«

Er schenkte Kaffee aus, und ich trank fünf Tassen. Allmählich kehrten meine Lebensgeister zurück. Ich erzählte ein wenig von mir, von meiner Liebe zu Deutschland, zur deutschen Musik und zum Vater Rhein, der bei meinen Landsleuten in besonderer Gunst stehe.

»Wissen Sie auch, warum?« fragte er mich. »Das ist furchtbar einfach zu begreifen. Ganz Holland ist geologisch betrachtet nichts anderes als das Delta dieses Flusses. Ihr Land ist also im wahrsten Sinne des Wortes das Kind des Vaters Rhein. Er hat im Verlauf der Erdgeschichte seine Mündung mehrfach verlegt, von Norden immer wieder ein Stückchen nach Süden. So sind die Niederlande entstanden!«

Als sie mich endlich gehen ließen, hatte ich das Gefühl, aus einem tiefen Brunnen aufzutauchen, an dessen Grund eine schwarze Pfütze Zeit war. Nachts spiegelten sich die Sterne der wilhelminischen Ära in ihr.

Es war schon dunkel. Wieder ging ich die gebogene, unbeleuchtete Straße hinab in den Ort. Der Mond schien. Fast kam ich mir vor wie in einem echten Derbacher. Wie vertraut war mir alles bereits! Auch den Gestank roch ich nicht mehr so deutlich wie am ersten Tag.

Im Hotel trank ich in der Nähe der lärmenden, saufenden und rauchenden Vertreterrunde ein paar Biere. Die Männer hatten ihre Sakkos ausgezogen, die Schlipsknoten gelockert und erzählten sich Witze, die alle wie Kurzfassungen grausamer deutscher Märchen klangen. Von Rumpelstilzchen, Frau Holle, dem Däumling, Rapunzel.

Schließlich ging ich nach oben auf mein neues Zimmer mit dem festen Entschluß, morgen zu fahren. Ich wollte nur noch herausbekommen, wer Hermine war.

Fünftes Kapitel

Irgendwann in der Nacht erwachte ich aus Alpträumen. Ich stand auf, ging ans Fenster und sah hinaus auf den leeren Platz. Feiner Schnee stäubte im Licht der einzigen Laterne.

Ein Auto näherte sich. Wie gewöhnlich fuhr es viel zu schnell. Ein LKW, der eine abschüssige Straße herabkam. Der Fahrer mußte den Motor abgestellt haben, denn alles geschah völlig geräuschlos. Ich wunderte mich über diese Rücksichtnahme, wendete mich ab, um wieder ins Bett zu gehen, als ich ein lautes, häßliches Geräusch vernahm, wie wenn Knochen brechen. Das Zimmer bebte, mein Zahnputzglas fiel klirrend ins Waschbecken und zersplitterte.

Ich stürzte ans Fenster. Die beiden Zapfsäulen der Tankstelle vor dem Hotel waren abrasiert. Sprudelnd strömte Benzin auf die Straße. Im matt beleuchteten Schnee sah es wie schwarzes Blut aus. Ein Funke jetzt, und alles würde in Flammen stehen.

Der LKW war an der Wand des Hotels zum Stehen gekommen. Ich sah auf meine Uhr. Drei Uhr morgens. Ich ging hinunter und drückte auf die Schelle an der Rezeption. Nichts tat sich. Ich rannte durch die Gänge, schlug gegen die Türen, nichts.

Panik überfiel mich. Ich raffte meine wenigen Sachen zusammen, stopfte sie in meine Reisetasche und rannte hinaus. Draußen war der Benzingestank bestialisch. Immer noch quoll Benzin aus den Stümpfen der Tankanlage. Der LKW stand mit eingedrückter Seite des Fahrerhauses schräg an der Hotelfassade. Die Fahrertür war offen, und ich sah einen Menschen. Er lag mit dem Oberkörper auf dem Lenkrad. Ein Arm hing schlaff herab.

Ich kletterte auf das Trittbrett und griff nach dem Handgelenk des Mannes. Kalt und steif wie ein toter Fischleib, kein Puls. Sein Gesicht war nicht zu sehen. Es war verdeckt von einem schnabelförmigen Hut. Seine Kleidung war höchst ungewöhnlich, eine dunkle Uniform mit goldenen Epauletten.

Was ich nun tat, hätte ich normalerweise niemals riskiert. In meinem Heimatland zum Beispiel wäre ich überhaupt nicht auf die Idee gekommen, in eine Tatsituation eigenmächtig einzugreifen. Aber jetzt folgte ich einem impulsiven Gefühl. Ich zog dem Toten die Jacke aus. Dabei fiel sein Kopf nach hinten, und ich sah im grünlichen Licht der Straßenlampe ein maskenhaft aufgequollenes Gesicht. Aus der Platzwunde an der Stirn trat kein Blut aus. Er mußte schon eine Weile tot sein.

Ich rollte die Uniformjacke zusammen und stopfte sie zusammen mit dem Hut in meine Reisetasche. Dann machte ich, daß ich davonkam. Aber wohin sollte ich gehen?

Das Wetter war unangenehm naßkalt, die Luft voller beißender Gase.

Die Häuserfronten dunkel. Doch hoch über der Stadt leuchtete das Sternbild, das ich schon in meiner ersten Nacht hier gesehen hatte. Die Fenster des Schlosses.

Ich machte mich noch einmal auf den Weg hinauf. Inzwischen kannte ich den Weg und fand ihn trotz der Dunkelheit. Alte Kinderängste vor Geistern und Unholden kamen in mir auf.

In der Toreinfahrt war es stockfinster. Unwillkürlich streckte ich wie ein Blinder die Hand aus. Es war, als tauchte sie in Teer. Eine Weile rührte ich mich nicht und lauschte. Nichts, nur ein gleichmäßiges Atmen. Ein schwaches, rhythmisches Geräusch wie aus der Brust eines Schläfers, die sich kaum merklich hebt und senkt.

Die Steinmasse im Innenhof glich einem monströsen Lebewesen aus einer anderen Welt. Ich tastete mich an dem Felsen entlang, spürte den kalten, feuchten Hauch, der von ihm ausging. Der pulvrige Schnee schien aus sich heraus zu schimmern, doch dann sah ich, daß am zweiten Giebel eine nackte Glühbirne brannte.

Mir fiel auf, daß der Holzstapel größer geworden war. Die Axt war vom Klotz verschwunden. Im Treppenhaus gab es nirgendwo Licht. Je höher ich kam, desto mehr stieg ich in die Nacht zurück. Meine Schritte hallten, obwohl ich mir Mühe gab, so leise wie möglich zu sein.

Als ich die Tür des Malers erreichte, war mir wohler zumute. Ich preßte ein Ohr dagegen. Diesmal kein Summen des Windrädchens. Dafür Musik. Ganz schwach.

Ich klopfte, mehrmals. Erst leise, dann immer lauter. Endlich hörte ich Schritte. Die Tür öffnete sich einen Spalt. Hinter der sich straffenden Kette erschienen die fast ausdruckslosen, aber freundlichen Augen des Wohnungsinhabers. Er schien mich zu erkennen, denn er hakte das Kettchen aus und ließ mich ein.

»Was willst du?« fragte er. »Um diese Zeit?«

»Es gibt zwei Gründe«, sagte ich. »Unten in der Stadt gibt es etwas, das mich vertrieben hat. Außerdem muß ich mit dir reden.«

Er schien bei der Arbeit gewesen zu sein. Sein Malkittel war voller Farbe. Jetzt sah ich auch die Palette auf dem Tisch, die Staffelei mit der Leinwand, die erst teilweise ausgemalten

Umrisse eines Bildes. Ein riesiger, blauer Totenkopf, aus dessen Augenhöhlen Fische schwammen.

Derbacher sah meinen Blick. »Ich versuche etwas Neues, solange mir noch die Zeit dazu bleibt. Die ewigen Lichtungen ertrage ich nicht mehr. Ich habe mich gefragt, warum ich so viele Waldlichtungen gemalt habe. Es muß etwas mit der Sehnsucht nach Geborgenheit zu tun haben. Eine Lichtung ist eine so seltsame, märchenhafte Verbindung von Freiheit und Gefangensein. Verstehst du, was ich meine? Die DDR war eine Lichtung. Jetzt ist sie es nicht mehr.«

»Hast du Angst, daß dir etwas passieren könnte?«

Er nickte. »Ich habe Grund zu der Annahme, daß ich meines Lebens nicht sicher bin.«

»Du bist schon der zweite, der mir das sagt. Mein Freund hat mich aus dem gleichen Grund hierhergebeten. Ich bin Polizist und könnte ihm vielleicht helfen. Aber jetzt leugnet er plötzlich, in Gefahr zu sein. Doch warum meidet er dann neuerdings den Kontakt mit mir?«

»Ich kenne deinen Freund ein wenig. Er ist so ziemlich der einzige, der sich für meine Bilder interessiert hat.«

»Außer dem ehemaligen Koch des Altersheims.«

Er sah mich verstört an. Dann sprang er auf und lief unruhig hin und her.

»Du bist wirklich ein Polizist, Piet. Du hast gut recherchiert. Du kennst also Herrn Volz. Und du kennst dann wohl auch seine Frau.«

Ich nickte, und Derbacher setzte sich wieder.

»Ich kann mir denken, daß dein Freund vielen hier ein Dorn im Auge ist. Er ist schließlich Holländer, also die Verkörperung eines Freiheitswillens, den man uns hier seit langem ausgetrieben hat. Außerdem haben die Leute aus deiner Heimat hier in letzter Zeit einiges angerichtet. Sie sind nach der Wende wie die Aasgeier über uns hergefallen. Darf ich dir einen Tee anbieten? Einen Hibiskustee? Ich habe ihn von deinem Freund. Er hat mir ein großes Apothekerglas voller getrockneter Hibiskusblüten geschenkt. Er hat mir erzählt, daß auf der Autobahn ein LKW einen Sack davon verloren hat. Er fuhr zufällig dahinter und hat ihn mitgenommen.«

Heinz setzte Wasser auf und wechselte die Platte. Blues. Heinz war ein Bluestyp, wie er mir versicherte. Er brauche ihn beständig wie ein Sedativum. Es sei seine Grundierung der Leinwand des Lebens.

»Wir sollten uns vertrauen«, sagte ich. »Dann redet es sich leichter über unangenehme Dinge und schwerer über angenehme.« Ich reichte ihm die Hand. Er drückte meine. »Piet«, sagte er. »Du hast recht, wir sollten reden. Niemand hier redet wirklich. Dabei wird sehr viel geredet. Aber es ist schlecht synchronisiert. Wie bei einem chinesischen Film, dem ein deutscher Ton unterlegt wird. Die Lippenbewegungen stimmen nicht.«

Eine Zeitlang sprachen wir nicht. Wir lauschten nur der Musik. Lightning Hopkins. Der gute alte Countryblues hatte in dieser Umgebung etwas Subversives.

Schließlich kochte das Wasser auf der alten Elektroplatte. Heinz warf eine Handvoll Hibiskusblüten in eine alte Blechkanne, goß Wasser drüber und stellte große Tonbecher auf den Tisch. Ein säuerlicher Duft breitete sich aus und überdeckte den muffigen Schimmelgeruch des Raums.

»Warst du schon im Westen?«

»Ja. Ich bin von Beruf Automechaniker, und ich habe wie viele noch vor der Wende einen Ausreiseantrag gestellt und durfte raus. Ich habe eine Weile bei Stuttgart in einer Autowerkstatt gearbeitet, aber ich hielt den Streß nicht aus. Ich gehöre zu der gar nicht so kleinen Minderheit derjenigen, die die Öffnung der Grenze dazu benutzt haben, zurückzukehren.«

Der Hibiskustee schmeckte nach Ines. Meine Laune stieg. »Hast du malen gelernt?« fragte ich.

»Ich bin Amateur, aber meine Technik ist professionell, wenigstens vom Anspruch her. Ich bin ein typischer Schichtenmaler. Das ist eine alte und sehr langsame Malweise. Lasieren, eine dünne, durchsichtige Schicht über die andere legen. Das Motiv also vier- bis fünfmal malen. Jedesmal dazwischen trocknen lassen. Man braucht viel Geduld, aber das Ergebnis ist auch entsprechend. Nur bei dieser Technik gibt es wirkliches Licht, wirklichen Schimmer, wirkliche Tiefe. So ist es auch mit der Freiheit. Sie ist das Ergebnis von Geduld, von Warten. Schicht für Schicht, Kindheit, Begreifen, Schmerz, Liebe, Einsamkeit, alles, was man an Lebenserfahrung sammeln kann. Alles übereinandergelegt. Dann sieht man am Ende den Glanz der Freiheit.«

»Du meinst, man kann aus einem Gefängnis nicht ausbrechen in einem einzigen Akt der Befreiung?«

»Niemals. Man nimmt die Gitterstäbe immer mit hinaus. Es ist oft sogar noch schlimmer, ein Gefängnis ohne Mauer! Ich habe nur einmal ein spontanes Gefühl gehabt, frei zu sein. Das war an der Nordküste von Rügen. Ein Kliff wie ein Schiffsbug. Man sieht nach drei Seiten nur Wasser, nur den Horizont. Als ob die ganze DDR nach Norden unterwegs sei. Damals habe ich mich frei gefühlt. Seitdem bin ich jedes Jahr an diese Stelle gefahren, aber so stark hat sich das Gefühl nie wiederholt.«

»Ich war im letzten Jahr in Norwegen. Es gab da fast zuviel Weite, eine Überdosis Freiheit des Blicks, die einen depressiv machen kann.«

Derbacher erhob sich und ging unruhig auf und ab. Er kratzte sich seine braunen Locken. »Ich habe dort immer hinwollen, weg aus diesem Kessel. Die Vorstellung, daß unser Fluß irgendwo ins Meer mündet, reicht nicht als Trost. Am liebsten würde ich zur See fahren.«

Ich weiß nicht, warum ich es gerade jetzt tat. Ich griff in meine Reisetasche und holte die Uniform hervor, Jacke und Kopfbedeckung. »Das da hab ich gefunden, weißt du, was es ist? Es sieht nach Marine aus.«

Derbacher war stehengeblieben. Er wirkte bleich. Seine Augen blickten unstet. Seine Hände lagen an den Nähten seiner Hosenbeine. Fast sah es aus, als würde er vor der Uniform strammstehen.

Ich wiederholte meine Frage.

»Wo hast du sie her?« fragte er. Er ließ sich in seinen Sessel fallen und stützte seinen Kopf in beide Hände.

»Heinz«, sagte ich. »Ich habe die Jacke einem Toten ausgezogen. Du mußt mir jetzt sagen, was du weißt.«

Er blickte mich an mit Augen, die irgendeine Furcht gläsern machte.

»Eine Offiziersjacke der englischen Marine gegen Ende des neunzehnten Jahrhunderts.« Er brachte die Wörter nur mühsam heraus. »Der Mann, der sie trug, war tot?«

»Ja«, sagte ich. »Er saß am Steuer eines LKWs, der fast mein Hotel in Brand gesetzt hätte.«

Derbacher setzte sich.

»Die Uniform ist aus dem Fundus«, sagte er leise. Er schien sich wieder gefaßt zu haben. »Es gibt hier im Schloß ein Theater und einen dazugehörigen Fundus. Da hab ich solche Uniformen gesehen.«

»Kannst du mir zeigen, wo das ist?«

Er schien zu überlegen, dann schüttelte er den Kopf. »Es geht nicht«, sagte er. »Jedenfalls nicht jetzt.«

Er sah auf die Uhr. »Aber ich möchte dir etwas anderes zeigen. Kommst du mit?«

Ich folgte ihm durch den langen Flur. Die Wohnung war riesig. Am Ende des Flures war eine Klappe in der Decke. Derbacher zog sie auf und angelte mit einem Stock eine Leiter aus dem Loch herab. Er kletterte voran, ich folgte ihm in die Finsternis eines Dachbodens, die bald vom Licht einer einzelnen Glühbirne erhellt wurde. Es war eiskalt und zugig. Überall pulvriger Schnee, den der Wind durch die Schindeln gepreßt hatte. Derbacher führte mich zu einem flachen, von Tüchern verhangenen Gegenstand. Sein Format war höchst ungewöhnlich. Mannshoch und gut zehn Meter lang. Der Maler machte ein feierliches Gesicht, als er die Tücher wegzog. Ein Bild kam zum Vorschein, ein riesiges Panoramagemälde, über das jetzt der Lichtkreis einer Taschenlampe glitt.

Eine pittoreske Küstenlinie, bizarre Berge, Wasser davor, grau und manchmal perlmuttfarben irisierend, phantastische Wolkenbildungen mit lila und orangefarbenen Rändern, überraschend grüne Lichtpfützen darin, ein Prospekt von grandioser Schönheit und Melancholie. Ich war mir fast sicher, die Silhouette dieser Berge schon irgendwo einmal gesehen zu haben. Es war ein Pleorama.

»Die Lofoten«, sagte Derbacher. »Ich habe das Bild nach Fotografien gemalt. Eine Auftragsarbeit. Dies ist das Original. Es hat mir selbst so gefallen, daß ich eine Kopie gemacht habe. Die habe ich dann an den Auftraggeber verkauft. Er weiß nichts davon. Leider kann ich das Bild nicht in meine Wohnung hängen. Mein Flur wäre groß genug, aber es könnte sich herumsprechen.«

Er wirkte stolz, sah aus wie ein Seeheld auf der Brücke seines Schiffes. Die Uniform hätte ihm gut gestanden. Draußen heulten Windböen. Das Wetter schien sich zu ändern. Schnee stäubte auf. Ich hätte mich nicht gewundert, wenn das ganze Schloß inzwischen durch das Nordmeer getrieben wäre.

Derbacher verhängte das Bild sorgfältig. Dann stiegen wir wieder hinunter in die Wohnung. Wieder saßen wir schweigend da, tranken den kalt gewordenen Tee, hörten Blues. Ich fühlte mich hingezogen zu diesem Menschen. Er war so sanft, so leise. Seine Bilder waren nahe am Kitsch, aber sie hatten eine suggestive Ehrlichkeit.

Auch ihm schien meine Anwesenheit wohl zu tun. Es war sehr still. Vom Sturm draußen drang nichts durch die dicken Mauern. So war es kein Wunder, daß ich zusammenfuhr, als ein tiefes Rumpeln zu hören war. Man spürte auch eine Vibration. Ich sah meinen Gastgeber fragend an.

»Die Eisenbahn«, sagte er. »Der Tunnel geht mitten durch den Berg, auf dem das Schloß steht. Es soll auch Gänge geben, die von dort in die Kellergewölbe direkt unter uns führen.«

»Dein Bild ist sehr schön. Warum willst du es nicht der Öffentlichkeit zeigen?«

»Ich habe es ›Die Freiheit‹ genannt. Man macht sich mit solchen Motiven nicht beliebt hier.«

Er sah auf die Uhr. »Gleich fängt es an. Komm mit rüber ins Bad.«

Ich wußte nicht, wovon er redete. Was er Bad nannte, war ein armseliger Verschlag, in dem eine große, alte Wanne aus Gußeisen stand. Die Emaille war defekt, das Waschbecken halb aus der Wand gebrochen. Es hielt nur durch den Holzbalken, der daruntergeklemmt war.

In einer Ecke liefen mehrere dicke und dünne Rohre die Wand hinab. Derbacher winkte mich heran. Dann legte er sein Ohr an die Installation. Ich tat es ihm nach. Unsere Stirnen berührten sich fast, und ich roch den feinen Geruch dieses Mannes. Er erinnerte an den Geruch sauberer alter Männer, die sich oft mit billiger Kernseife waschen. Wahrscheinlich riechen auch Tote so, die man für die Beerdigung zurechtgemacht hat.

Plötzlich hob er den Finger und legte ihn an die Lippen. Da war tatsächlich etwas. Ein an- und abschwellendes Rauschen.

Ein stampfendes Geräusch, Maschinenlärm. Dann ein langgezogenes, klagendes Tuten, wie von einem Nebelhorn.

»Das wird jetzt eine Weile so gehen«, sagte er. »Wahrscheinlich bis in den Morgen hinein.«

»Was ist es?«

Er gab keine Antwort. »Komm, wir gehen rüber«, sagte er nur.

Wir saßen wieder in seinen unbequemen Sesseln. Es waren Attrappen, wie man sie im Theater benutzt.

Heinz legte eine Platte auf. Es war ihm anzumerken, daß er nicht reden wollte.

»Hör mal, Heinz«, sagte ich. »Es gibt hier mehrere Leute, die Angst zu haben scheinen und die auf eine dumme Weise verschwiegen sind. Das ärgert mich. Hier kannst du doch reden, oder fürchtest du, daß die Wände Ohren haben? Rechnest du mit Wanzen?«

Er schüttelte den Kopf.

»Noch eine Frage, was ist mit der verschleierten Frau? Hast du sie schon mal gesehen?«

Heinz Derbacher gab keinen Mucks von sich. So, wie er da saß, verstockt und plötzlich ohne Zutrauen zu mir, erinnerte er mich an Dick.

»Heinz«, sagte ich noch einmal, »du kannst mir vertrauen. Was geht hier vor? Was ist die Ursache der Dornenhecke aus Ängsten in dieser Stadt? Hat es etwas mit dem Deutschling zu tun?«

Wieder war da diese Furcht in seinen Augen.

»Deutschling? Ich weiß nicht, was du meinst.«

»Mein Freund Dick hat das Wort benutzt. Ich glaube, er meint damit einen Menschen, der Angst hat, ohne zu wissen, warum. Was ihn zuweilen gefährlich macht. Ein Mächtiger, der innerlich ohnmächtig ist. Der aus Schwäche um sich schlägt. Es gibt sie auch in meiner Heimat, aber hier scheinen sie besonders häufig zu sein. Weißt du etwas davon? Dick, Volz und du, habt ihr mehr miteinander zu tun, als ihr zugeben wollt?«

Ganz gegen meine Gewohnheit drang ich mit Fragen in ihn. Heinz wirkte unsicher. Hilflos. Ich spürte, daß er mich los sein wollte.

»Volz und Dick sind die einzigen, die Bilder von dir haben.«

Heinz beugte sich vor. Sein Blick war unruhig, schien dem Teppichmuster zu folgen.

»Bitte behalte bei dir, was ich dir jetzt sage. Alles hängt mit dem Theater zusammen. Es gibt hier eine freie Gruppe. Sie nennen sich die Nachtlöhner. Ich habe die Lofoten für sie gemalt. Es ist eine Bühnenkulisse. Aber mehr will ich mit ihnen nicht zu tun haben.«

»Die Nachtlöhner. Der Kerl aus dem Kulturkaffee mit dem Oberlippenbart gehört dazu?«

»Er ist der Chef. Wir nennen ihn ›Edwin‹.«

»Was spielen sie für Stücke?«

»Im Sommer hauptsächlich Ritterstücke wie den Götz. Auf der Freilichtbühne.«

»Auch Operetten?«

»Auch Operetten. Sie sind im Winter besonders beliebt. Es gibt auch Liederabende.«

»Eine vielseitige Truppe.«

»Das deutsche Liedgut ist einmalig auf der Welt. Es gibt in keiner anderen Nation etwas Vergleichbares. Das hat Ost und West immer zusammengehalten.«

Ich sah Derbacher voller Verwunderung an. Er sprach plötzlich ganz anders, salbungsvoll, wie ein Fremder.

»Das Lied, ist es so etwas wie der Blues der Deutschen?«

Er lachte. »So kann man es auch sagen. Ich habe gehört, daß es im Englischen auch ›the Lied‹ heißt, wenn von dieser Gattung die Rede ist.«

»Hast du etwas da?«

»Die Winterreise. Es ist der schönste Liederzyklus der Welt.«

Er erhob sich und legte die Platte auf. So hundemüde wie ich war, so intensiv wie jetzt hatte ich diese Lieder noch nicht gehört. Ich hörte die irren Hunde heulen, den Lindenbaum rauschen, vernahm das Posthorn. Dann, ganz am Ende, der Leiermann, Gevatter Tod. Dieses verrückte Lied, das im Text genauso wie in der Musik mitten in der letzten Strophe abbricht. »Wunderlicher Alter, soll ich mit dir gehn? Willst zu meinen Liedern deine Leier drehn?«

Ich schreckte auf, jemand hatte mich in die Seite gestoßen.

»Du bist eingeschlafen«, sagte Heinz. »Soll ich dir ein Bett bauen?«

Draußen wurde es hell. Ich wollte ins Hotel zurück. Wollte wissen, was aus dem LKW geworden war. Ich mußte die Spur wieder aufnehmen.

Heinz brachte mich hinunter. Ich bemerkte, daß der Haufen von Holzscheiten größer geworden war. Im Block steckte wieder die Axt. Seltsam, daß ich niemanden hacken gehört hatte. Dann standen wir vor der Einfahrt. Grauer Himmel lag über uns, voller schnell treibender Wolkenfetzen. Es regnete hart und kalt, wie bleierner Schrot, der Schnee auf dem Boden war voller kleiner Einschußlöcher.

»Typische Westlage«, sagte ich. »Der Wind kommt direkt aus Holland. Man riecht den Käse.« Es sollte ein Witz sein, und Heinz lächelte brav. Wir gaben uns lange und fest die Hand.

»Kannst du mich heute besuchen?« sagte ich. »Ich würde gerne einen Spaziergang mit dir machen. Sagen wir, heute nachmittag gegen vier?«

Er nickte.

»Und ich möchte ein Bild von dir kaufen, ehe ich fahre. Am liebsten die ›Freiheit‹, aber das wirst du kaum hergeben wollen, und es ist auch ein bißchen zu groß, um es mitzunehmen.«

Ich sah ihm nach, wie er im schwarzen Durchgang des Torhauses verschwand.

Vor dem Hotel stand ein Wagen der Feuerwehr. Die Unfallstelle war mit einem rotweißen Plastikband abgesperrt. Über das ausgelaufene Benzin hatte man irgendeine weißliche Substanz gestreut. Es stank immer noch bestialisch.

Dann lag ich endlich im Bett. Ich schlief wie ein Stein. Als ich erwachte, war es bereits Mittag. Ich mußte an Heinz Derbacher und Dick de Kuyper denken. Beide hatten wirklich viel gemeinsam, so unterschiedlich sie äußerlich waren. Der eine vierschrötig, massiv, der andere zart, zerbrechlich. Aber beide waren sie hoffnungslose Träumer. Sie kamen mir vor wie ein spezielles Menschheitselixier. Wie eine körpergewordene uralte fixe Idee, die Wahnidee eines kollektiven Glücks, das alle zu wärmen vermag.

Ich zog mich an, steckte die Kamera ein und ging hinunter in den hellen Tag. Er war wirklich sehr hell, wie in einem überbelichteten Experimentalfilm aus den fünfziger Jahren.

Die Unfallstelle war inzwischen geräumt, die Feuerwehr verschwunden. Auch der LKW war weg, die beiden Stümpfe der Zapfsäulen waren mit Plastiksäcken versorgt.

Ich hatte Hunger und ging in eines der Lokale am Marktplatz. Eine Pizzeria, die von sehr unitalienisch aussehenden Leuten betrieben wurde. Auf den Pizzen sah ich Scheiben von Thüringer Bratwurst. Ich bestellte einen Capuccino und einen großen Salat, der sich italienisch nannte. Er schien in einer Konservendose aufgewachsen zu sein und war gestorben unter einem Grabhügel von Mayonnaise.

Mit einem Zoomobjektiv fotografierte ich das Schloß aus verschiedenen Perspektiven. Ein schönes Motiv. Giebel, Türme und Dächer wurden von einer fremden Sonne beschienen, deren Strahlen nicht bis hier unten ins Tal drangen.

Ich benutzte die Kamera als Fernrohr, schwenkte sie über Fenster, Dachgauben, Türeingänge. Es schneite wieder.

Plötzlich sah ich Heinz. Er kam die Straße herab, die zum Schloß führte. Eine Zeitlang war er hinter Häuserreihen verschwunden. Dann erschien er in der Passage, in der ich kurz nach meiner Ankunft einen Tee getrunken hatte.

Warum war er so früh? Es war noch keine drei Uhr.

Ich lehnte mich gegen ein Autodach, um die Kamera ruhig zu halten, und stellte scharf. Sein Gesicht wirkte angespannt, er ging schnell, rannte fast, und ich hatte Mühe, ihn im Blickfeld zu behalten.

Plötzlich hatte ich eine Gruppe im Visier, vier junge Männer in Jeans und Bomberjacken. Sie gingen direkt auf Derbacher zu.

Ich drehte das Zoomobjektiv auf größte Brennweite und stellte noch einmal scharf. Als sie damit anfingen, Derbacher anzurempeln, begann ich, Fotos zu machen. Alles geschah unendlich langsam, in Zeitlupe, als beobachtete ich aus einem anderen Intertialsystem ein mit annähernd Lichtgeschwindigkeit vorbeifliegendes Raumschiff, für das bekanntlich die Einsteinsche Zeitdehnung gilt.

Sie schlugen auf ihn ein. Völlig lautlos war alles aus der Ferne. Dennoch glaubte ich trockene, dumpfe Schläge zu hören, gedämpft von Kleidern und Fleisch. Während ich instinktiv wieder und wieder auf den Auslöser drückte und den Film transportierte, fiel Derbacher. Er fiel übertrieben langsam, wie ein Ballon, der sanft zu landen versucht. Als er am Boden lag, packten sie ihn an Armen und Beinen und zerrten ihn auf die Fahrbahn. Dort ließen sie ihn fallen wie einen Sack.

Jetzt erst überwand ich meine Lähmung. Ich rannte und

rannte, aber es war, als käme ich nicht näher, weil ich mich in einer zähen Welt aus durchsichtigem Gummi bewegte.

Ich sah, wie die Männer nach allen Seiten davonrannten. Heinz lag immer noch regungslos da, ein zugebundener Sack, in dem ein Mensch steckte.

»Heinz«, schrie ich. »Heinz!« Sein Kopf bewegte sich, rollte auf die Seite.

Dann war da plötzlich ein blauer Lieferwagen mit einem gemalten nackten Hähnchen auf der Seite. Er bremste, doch es war zu spät. Der Menschensack verschwand unter seinen Rädern, und ich sah, wie er in veränderter Lage zum Vorschein kam.

Jetzt war der Ton des Films auch da. Bremsen kreischten. Aus irgendeinem Mund drang ein langer, spitzer Laut. Der Wagen kam schräg zur Fahrbahn zum Stehen, und jemand mit einem weißen Gesicht stieg aus, lehnte sich an das Fahrzeug und erbrach sich.

Leute näherten sich, schwarze Gestalten, die wie Statuen auf kleinen Postamenten das Bündel umstanden, das da auf schmutzige Schneereste gebettet lag. Man machte mir Platz. Ich fiel auf die Knie und legte meine Ohr an seine Brust. Wenn noch Leben in ihm war, dann pendelte es auf und ab wie ein kleines, rotes Jojo an einem dünnen Faden. Ich hörte ein leises Röcheln, das aus weiter Ferne zu kommen schien. Ein Streifen Blut rann aus seinem offenen Mund. Wie wünschte ich mir, daß dort wie auf mittelalterlichen Bildern ein kleines geflügeltes Wesen herauskroch, um zum Himmel zu fliegen, die Seele mit all ihren Träumen und Schmerzen und Erinnerungen. Aber so war es nicht. Da war nur dies kaum hörbare Röcheln, das von den Würgegeräuschen des anderen übertönt wurde. Alles an dieser Jammergestalt wirkte verrenkt, die Proportionen falsch, die Glieder, die Kopfhaltung, ein Leib ohne Zusammenhang, ein mutwillig zerstörtes Spielzeug, ein gewesener Mensch, der nun aus Teilen bestand, die nie mehr zusammenpassen würden.

»Heinz«, flüsterte ich. Er antwortete nicht. Die mir so vertrauten grauen Augen waren aus ihren Höhlen getreten, als sei es ihnen zu finster dort. Er war ein Fremder geworden, aber noch spürte ich jene Sehnsucht nach Freiheit, von der er geredet und gemalt hatte. Sie lag wie ein feiner Schleier über ihm.

Ich drehte den Kopf, sah an den schwarzen Statuen hoch und verlangte nach einem Arzt. Obwohl ich wußte, daß es zu spät war, schrie ich es heraus. »Holt sofort einen Arzt!«

Ich habe während meiner Ausbildung als Psychologe auch ein wenig Medizin studiert. Trotzdem bin ich nicht in der Lage, den Tod eines Menschen wie ein Fachmann zu diagnostizieren. Ich bilde mir jedoch ein, mit großer Sicherheit einen Exitus feststellen zu können. Es ist, als ob ein Toter auf eine Weise einsam ist wie niemals ein Lebender. Jemand ist fortgegangen, der dem Toten ähnlich sieht wie ein Zwillingsbruder. Ich weigere mich, diese fortgegangene Person Seele zu nennen. Ich würde sie lieber mit dem Vornamen des Verstorbenen bezeichnen. Heinz war gegangen. Er hatte jemanden im Schnee zurückgelassen, der nur noch einen Nachnamen trug.

»Holt einen Arzt, verdammt!« schrie ich noch einmal.

Jemand ging fort, die anderen rührten sich nicht. »Holt die Polizei«, schrie ich. »Es war Mord, ihr habt es alle gesehen, ihr seid Zeugen gewesen.«

Eine zweite Gestalt verschwand. Es war wie in einer sparsamen Choreographie.

Ich erhob mich und klopfte mir den Schnee von den Kleidern. Ich werde es nicht vergessen, daß ich in diesem Augenblick zu einer so mechanischen und banalen Handlung fähig war. Ein allzu schäbiger Beweis meiner Lebenstüchtigkeit.

»Ein Unfall«, sagte jemand. »Ich habe es genau gesehen. Er ist ins Auto gelaufen.«

»Wer die Mörder gesehen hat, bleibt hier, die anderen verschwinden. Los, verschwindet!« schrie ich. Ich war außer mir. Es gelang mir tatsächlich, die Menge zu zerstreuen. Nur zwei Frauen mit großen Einkaufstaschen blieben stehen.

»Wir haben was gesehen«, sagte die eine. »Es waren vier.«

»Ich glaube, es waren nur drei«, sagte die andere. »Ein Blonder war dabei. Er war nicht von hier, das könnte ich schwören.«

Ich kniete wieder neben dem Toten und tupfte ihm das Blut vom Mundwinkel. Dann hörte ich eine barsche Stimme. »Stehen Sie auf und kommen Sie mit.« Ich hörte auch das Blaulicht eines Unfallwagens.

Der Mann, der mich angesprochen hatte, war in Zivil. Ich folgte ihm. Auch die beiden Frauen kamen mit. Wir mußten in einen Polizeibus einsteigen. Dann saß ich auf der Wache. Das Verhör war kurz. Die ganze Zeit sah ich auf den hellen, rechteckigen Fleck an der Wand, wo vermutlich einmal das Bild Erich Honeckers gehangen hatte. Man hatte noch keinen Ersatz gefunden.

Ich gab zu Protokoll, daß ich Holländer sei und meinen Landsmann besucht hätte. Ganz privat. Die Abneigung des Kripobeamten war nicht zu übersehen. Daß ich den Toten kannte, verschwieg ich. Ebenso meine derzeitige Anstellung. Ich nannte nur wahrheitsgemäß als Beruf Psychologe. Dafür versuchte ich um so genauer den Tathergang zu beschreiben, die Täter, ihre Kleidung, den blauen Lieferwagen, die Richtungen, in die die Mörder gerannt waren.

Ich hatte den Eindruck, daß er mir nicht zuhörte. Eine andere Person im Raum schrieb mit. Er hackte auf eine uralte Schreibmaschine ein. Manchmal mußte ich eine Formulierung wiederholen, weil ein Buchstabe klemmte. Ich glaube, es war das »ö«, denn immer wenn ich von den Mördern sprach, fluchte der Mann und zerrte an einer Taste.

Ich vermochte die Situation so genau zu beschreiben, weil ich alles durch den Sucher gesehen hatte. Der Gesichtsausdruck beider Beamten sagte jedoch deutlich, daß sie mir kein Wort glaubten.

»Halten Sie sich noch länger hier auf?« fragte der Verhörende schließlich, als sei dies ein Vergehen.

»Ja«, sagte ich. »Noch mindestens drei bis vier Tage. Ich wohne im Hotel zur Grafenschenke.«

»Dann halten Sie sich bitte zu unserer Verfügung. Geben Sie Ihren Ausweis ab.«

Sein Blick ruhte begehrlich auf meiner Kamera. Ich wußte, daß er sie in alten DDR-Zeiten sofort requiriert hätte.

»Fotografieren ist mein Hobby«, sagte ich. »Aber jetzt ist mir der Spaß gründlich verdorben.«

»Haben Sie den Unfallhergang fotografiert?«

»Es war kein Unfall. Natürlich habe ich nicht fotografiert in so einer grauenhaften Situation.«

Ich war entlassen. Auf dem Weg zum Hotel querte ich den Platz. Er war leer. Über die Stelle, wo Heinz gelegen hatte, war schmutziger Schnee geschaufelt worden.

Als ich in meinem Zimmer war, hatte ich einen Anfall von Schüttelfrost. Ich saß auf der Bettkante und klapperte mit den Zähnen. Ich legte mich aufs Bett und schloß die Augen. Da war wieder dieses Lied. »Drüben hinterm Dorfe steht ein Leiermann, und mit starren Fingern dreht er, was er kann.« Ich sah Derbachers Kopf vor mir, sein Selbstporträt, ein Totenschädel, aus dessen Mund eine Straße quillt. Ich zweifelte nicht, daß er mir etwas Wichtiges hatte sagen wollen. Eine für ihn lebensgefährliche Information. Vielleicht auch lebensgefährlich für mich?

Als ich mich einigermaßen gefangen hatte, drehte ich den Film in der Kamera zurück und verstaute ihn in einem gefütterten Kuvert. Dazu legte ich einen Zettel: »Bitte entwickeln und Abzüge machen. Wichtige Beweisstücke in einem Mordfall.«

Ich ging zur Post und schickte den Brief an meine Dienststelle.

Auf den Straßen raste der Verkehr durch die abgasgeschwängerte Stadt. Das Schloß lag bleiern wie eine Krake über allem. Ich ging zurück ins Hotel. An der Rezeption gab man mir ein Kuvert, das meinen Namen in großen Druckbuchstaben trug. »Das wurde für Sie abgegeben«, hieß es.

»Von wem?«

»Keine Ahnung. Es war bei der Post.«

Im Zimmer angelangt, riß ich den Umschlag auf. Eine Postkarte kam zum Vorschein. Eine unscharfe Schwarzweißfotografie. Männer in Uniform, in ehrerbietiger Haltung, die Hände vor dem Hosenschlitz gekreuzt, ohne Kopfbedeckungen. Einer mit einer breiten Schärpe stützte sich auf einen Säbel. Die Gruppe stand in einem lichten Wald. Im Vordergrund konnte man sich eine Grube vorstellen, in die Sonnenstrahlen durch dünn belaubte Bäume fielen. Am auffälligsten waren zwei tief verschleierte Gestalten auf der linken Seite des Bildes. Gesichtslose, schwarze Kegel, Damen auf einem Schachbrett, dessen schwarzweißes Feld von den Schatten und Lichtreflexen des Waldbodens gebildet wurde.

Ich drehte die Karte herum. Auf der Rückseite stand nur ein einziges Wort: Peter. Der Buchstabe in der Mitte war wie ein Grabkreuz gemalt. Peter ist die deutsche Form von Piet. Eine Drohung nicht ohne Raffinesse. 97

Den ganzen Rest des Tages lag ich angezogen auf dem Bett bei herabgelassenen Rolläden. Mühsam versuchte ich, Ordnung in meine Gedanken zu bringen, mir Fragen nach dem Motiv des Attentats zu stellen. Ich kam nicht weit. Zwischen Dick, Derbacher und dem Koch des Altersheimes gab es allerdings eine Gemeinsamkeit: Alle hatten sie eine etwas verquere

Vorstellung von Freiheit. Alle besaßen sie diese Bilder, die Waldlichtungen und pflanzenhaften Totenköpfe. Es roch nach Verschwörung. Waren die Deutschen nicht immer schon hierin Meister? »Verschwörung«, »Dunkelmänner«, wieder kamen sie mir in den Sinn, diese melodiösen deutschen Wörter, die klangen, als würden sie tief im Keller der Seele von jemandem gesungen, der Angst hat.

Meine ziemlich vergeblichen Überlegungen endeten immer wieder bei der schwarz verschleierten Frau, die sich nun auf dem Foto auch noch verdoppelt hatte. Lilli, die Frau des Kochs und Hobbygeologen, hatte sie leibhaftig gesehen. Die deutsche Kaiserin. Ich bedauerte, daß meine Geschichtskenntnisse so schwach waren. Ich wußte nur, daß Wilhelm nach seiner Abdankung in Holland noch einmal geheiratet hatte. Eine deutsche Prinzessin aus Thüringen, aus dieser Stadt. Ich mußte mehr darüber wissen. Am besten war es wohl, mit jenem Doktor Vielbrunn vom Schloß Kontakt aufzunehmen.

Es war schon finster draußen. Das Sternbild der Schloßfenster schimmerte trübe durch neblig kalte Luft. Ich ging in verschiedene Lokale, trank ziemlich viel und aß ein paar Bratwürste. Ich kann mich nicht entsinnen, mich je so einsam gefühlt zu haben. Ich war in einem bösen Märchen, viel böser, als es sich die Brüder Grimm je hätten ausdenken können. Mehr denn je wünschte ich mir einen Freund in diesem Moment. Ich dachte an Ines, aber das war etwas anderes.

In den Kneipen stellte ich mich an die Theke oder setzte mich in die Nähe eines Stammtisches und lauschte den Gesprächen. Nirgendwo fiel Derbachers Name, niemand kam auf den Mord zu sprechen. Ein Schweigen, das mir obszön vorkam. Nur vom Tankstellenunglück war die Rede. Dabei ging es um technische Einzelheiten, versagende Bremsen,

Benzinpreise. Was mit der Umwelt geschehen war, interessierte niemanden.

Schließlich landete ich im Kulturkaffee. Immerhin waren dort schon Derbachers Bilder ausgestellt gewesen, und es war anzunehmen, daß wenigstens hier über seinen Tod geredet wurde.

Es war nur eine Gruppe Jugendlicher da. Sie redeten von einer Party, auf der sie sich bewußtlos getrunken haben wollten. Ich trank ein einheimisches Bier und einen Korn, dann stellte ich den Wirt mit dem Nietzschebart zur Rede.

»Ein schreckliches Ereignis«, sagte er hölzern. »Ein so lieber Kerl, der Heinz.« Er zwirbelte seine bekümmert herabhängenden Bartspitzen.

»Vermutlich rechtsradikale Skins von der Oberstadt. Hier unten gibt es keine Skins, aber oben, im Neubauviertel, da gibt es welche. Die Häuser so kahl wie die Schädel. Plattenbauweise, verstehen Sie.«

»Sie sahen aber nicht wie Skins aus, sie hatten ...«

Er unterbrach mich: »Vermutungen helfen nicht weiter. Wir müssen davon ausgehen, daß vieles nicht in Ordnung ist. Die Menschen sind enttäuscht. Es gibt Spannungen. Den Heinz hat es wahrscheinlich nur aus Versehen getroffen.«

Er ging in die Küche, um ein Steak zu braten. Ich legte einen Schein auf den Tresen und ging.

Mein nächstes Lokal war ebenfalls ein Café. Auch dies ein Jugendtreff. Und fast noch mehr eine Zeitmaschine als das Kulturkaffee. Die Tür von Café Harmonie öffnen hieß, mitten in die Sechziger zu gelangen. Dieser Effekt einer Zeitreise wurde nicht nur durch die Leute, ihre Kleidung und ihr Gehabe bewirkt, sondern auch durch die Ausstattung, das Mobiliar. Alles hatte etwas muffig Schickes, bis hin zu den verspiegelten Wänden der Bar. Nierentischexistentialismus.

Die Tische waren gut besetzt. Man unterhielt sich leise.

Viele Pärchen, die Händchen hielten und über die neueste CD redeten. Die Popmusik war dezent, wobei mir auffiel, daß Paul Simon in diesem Ambiente wie ein Marsbewohner wirkte. Die Kellner gaben sich höflich und dezent wie in einem Seniorencafé im Westen.

Ich setzte mich an die Bar, bestellte, wie es die meisten hier offenbar taten, Whiskycola und versuchte, den Barkeeper in ein Gespräch zu ziehen. Er gab vor, von dem Mord noch überhaupt nichts gehört zu haben. »Wir haben kaum Kriminalität hier«, sagte er, »verglichen mit dem Westen.« Es lohne sich offenbar nicht, hier Wohnungen auszurauben. Die Drogenszene sei auch ziemlich unbedeutend.

Ich fühlte mich genauso abgewiesen wie in den deftigen Kneipen zuvor, in denen einheimische Arbeiter und Handwerker verkehrten, und wollte schon gehen, als mich eine kleine Szene aufhielt, die das dezente Einerlei durchbrach. Jemand benahm sich laut, protestierte, daß der Kaffee lauwarm sei. Außerdem sah dieser Gast höchst ungewöhnlich aus. Bleistiftenge Jeans, Lederfransenjacke, Cowboystiefel und ein schwarzer Schlapphut. Und er war der erste Langhaarige, auf den ich in dieser Gegend traf. Mit seinem dichten, schwarzen Schnauzer sah er wie eine abgerissene Version von Frank Zappa aus. Der Wirt, der wie der Geschäftsführer eines Geldinstitutes gekleidet war, eilte zum Tisch und forderte den Randalierer zum sofortigen Verlassen des Lokals auf. Zappa machte ein paar Steppbewegungen, kippte den Rest Kaffee aus seiner Tasse in eine Vase mit Wachsblumen und verschwand.

In meiner Heimatstadt Groningen hätte niemand diese Situation auch nur im mindesten bemerkenswert gefunden, hier aber hatte sie etwas Märchenhaftes. Ich zahlte und eilte hinaus. Zappa hatte sich in Luft aufgelöst. Unschlüssig, wo ich noch hingehen sollte, folgte ich dem schwarzen Rauschen des

Flusses bis zum Ende der Stadt. Die Eiskanten an seinem Rand brachen stückweise weg in den Strömungswirbeln. Es taute. Um die seltenen Straßenlaternen hatten sich Dunstglocken gebildet.

Ich setzte mich in den kalten, halbgefrorenen Schlamm der Uferböschung. Wirklich, da floß etwas, da verließ etwas diesen Ort, strömte davon in Richtung Meer. Ich nahm mir vor, zu Hause in einem Atlas nachzuprüfen, in welchen Fluß dieser Fluß floß und wo die Mündung war.

Dann sah ich etwas herantreiben, etwas Helles, Weiches. Es drehte sich und bauschte sich ein wenig dabei. Haare fächerten auseinander im teerschwarzen Wasser. Ein weißes Kleid, blonde Haare. Eine Halluzination? Völlig hysterisch und dennoch zugleich ruhig nahm ich einen Stock und zog das Bündel heran. Es war tatsächlich ein weißes Kleid. Zweige und anderes Treibgut hatten es gefüllt und ihm Form verliehen.

Es wurde Zeit, sich unter lebendige Menschen zu begeben. Es war mir jetzt egal, mit wem ich zusammen war. Nur ein wenig reden. Flußabwärts hatte ich vom Park aus ein erleuchtetes Bierschild gesehen, das ich hier nie erwartet hätte. »Heineken« stand darauf, der Name der holländischsten aller holländischen Biermarken. Es zog mich an wie der Honig den Bären.

Es war ein Billardcafé, in dem tatsächlich holländisches Bier gezapft wurde. Wie gemacht für Dick als Stammlokal. Drinnen war Betrieb. Mehrere Tische wurden bespielt. Die Theke war winzig. Nur drei Barhocker, und auf einem von ihnen Zappa. Er schien bester Laune und trank ein Heineken nach dem anderen. Eines war mir klar: dies war ebenfalls kein Deutschling, was immer Dick mit diesem Begriff gemeint hatte.

Er musterte mich von der Seite. »Was treibt dich hierher, Kumpel, in dieses gottverlassene Drecksnest?« sagte er schließlich.

»Ich bin Journalist. Ich arbeite für eine deutsche Zeitung«, log ich.

»Dann frag doch, verdammt«, sagte er, »quetsch mich aus wie 'ne Zitrone. Wenn hier einer Bescheid weiß, dann bin ich es. Ich kann hier jeden roten Furz am Geruch unterscheiden, auch wenn er heute aus einem braunen Arschloch kommt.«

Er bot mir die Hand. Sie hing vom Handgelenk abgeknickt und war vollkommen schlaff. »Ich heiße Schläfti. Das kommt von schläfriger Typ. Als ich noch in Discos ging, bin ich immer direkt vor den Boxen eingepennt. Von daher habe ich den Spitznamen. Also, wie ist es? Wie heißt du?«

»Piet, aus Holland.«

Ich ließ seine Hand los. Die ganze Zeit hatte ich sie gehalten wie einen kalten, feuchten Lappen.

»Dann ist dieser Buchhändler dein Kumpel. Er hat hier übrigens Lokalverbot. Weißt du, warum? Weil er jeden im Billard fertiggemacht hat. So wie der spielt, kann es keiner von den Jungens hier. Ich war früher gut. Aber jetzt hab ich eine weiche Birne. Du siehst ja, was mit mir los ist. Dafür bin ich der einzige weit und breit, der sich ein Hühnerei auf den Kopf legen kann, ohne daß es herunterfällt. Komm, hol mal ein Hühnerei aus deinem Kühlschrank!«

Der Barkeeper verschwand und kam mit einem Ei zurück. Schläfti legte es auf seinen von langen, strähnigen, schwarzen Haaren bedeckten Schädel, und dort blieb es tatsächlich liegen. Er grinste stolz und sagte mit vorsichtigen Lippenbewegungen: »Ich habe da nämlich eine weiche Stelle. Da gibt es keinen Knochen drunter. Da kann man reindrücken. Wenn ich beim Kämmen nicht aufpasse, bin ich hin, sag ich dir.«

Er gab das Ei zurück. Ich hatte inzwischen zwei neue Pils bestellt. Schläfti gefiel mir von Minute zu Minute besser. Er steckte sich eine Zigarette an. Dabei arbeitete er mit seinen Händen wie ein Jongleur. Beide gehorchten keinen Nervenbefehlen, hingen einfach so herab. Er mußte die Trägheit nutzen, um sie zu bewegen. So schnickte er den Arm hoch, die Hand mit der Zigarette stellte sich, er schnappte zu mit dem Mund und hielt die Hand an der brennenden Zigarette fest. Er war unglaublich geschickt mit diesen beiden Handlappen. Auch wenn er ein Glas zum Mund führte.

»Ich bin Vollinvalide«, sagte er stolz. »Ich lebe in den Tag hinein. Niemand hier sonst versteht es, in den Tag hinein zu leben. Auch all die Arbeitslosen nicht. Sie strengen sich ungeheuer an, nichts zu tun. Ich nicht. Mir fällt es so zu.«

Er redete fast ununterbrochen. »Ich hatte vor drei Jahren einen Motorradunfall. Bin besoffen gegen eine Wand gefahren, und die Wand war so stur, nicht nachzugeben. Eine Woche im Koma, sag ich dir, das war es, was ich brauchte, um wirklich Abstand zu gewinnen von der ganzen Scheiße in diesem Land. Das war damals meine Mauer. Ich habe sie überwunden. Für mich kam die Wende schon ein Jahr früher. Deshalb bin ich hier allen voraus.«

»Kennst du den Maler Heinz Derbacher?«

»Natürlich kenn ich den. Ich bin auf dem Schloß groß geworden. Ich kenn jedes Zimmer, jeden Stein, jeden Geheimgang dort oben. Willst du mal mit mir aufs Schloß?«

»Ich war vergangene Nacht dort oben, bei Derbacher. Jetzt ist er tot.«

»Das weiß ich. Es war zu erwarten, daß man ihn umlegt. Und dein Freund, der Holländer, ist auch dran. Und wenn du noch lange hier bist und dich als Journalist von einer Wessizeitung ausgibst, garantiere ich auch bei dir für nichts.«

»Ist denn das wirklich so brutal hier?«

»Überhaupt nicht. Hast du nicht gemerkt, wie freundlich die Leute hier sind?«

»Doch, das habe ich.«

»Es ist alles Theater. Glaub mir. Da ist nichts echt. Hier ist überhaupt nichts echt. Du kommst in einem miesen Stück zur Welt, krabbelst aus dem Souffleurkasten, sagst deinen Text auf, natürlich im falschen Moment, und verschwindest in der Versenkung. Das Stück heißt übrigens ›Man lebt nur einmal‹. Es ist zum Totlachen. Eine echte Klamotte.«

Schläfti schnaubte verächtlich und schnickte sich noch eine Zigarette.

»Morgen kriegst du eine Schloßführung der Sonderklasse«, fuhr er fort. »Wo kann ich dich finden?«

»Im Hotel zur Grafenschenke.«

»Dann hole ich dich dort um elf Uhr ab.«

Er reichte mir seine schlaffe Hand. Ich zahlte die Runde und ging. Es war kurz nach Mitternacht. Der Tag vor Weihnachten war erst wenige Minuten alt.

Sechstes Kapitel

Ich klingelte und wurde eingelassen. Die Vertreterrunde saß am Stammtisch und zechte. Es wurden Lieder gegrölt. Schlieren von blauem Zigarrenrauch schwebten über den Männern. Ihre Gesichter glichen lackierten Masken. Ein Gefühl kam in mir auf, zufällig ins Wohnzimmer aller Wohnzimmer geraten zu sein, in dem das Unheil dieser Welt eine Orgie der Gemütlichkeit feierte.

Ich machte, daß ich nach oben kam, ging den langen Flur in meinen Schatten hinein, den ich vor der Neonröhre warf. Mein Zimmer lag ganz am Ende. Ich schloß auf und begann, mich im Dunkeln auszuziehen. Ich mußte wohl ziemlich viel getrunken haben, denn ich bewegte mich dabei so ungeschickt, daß ein Glas vom Waschbeckenregal herabfiel und zersplitterte.

Erst als ich die Bettdecke zurückschlug, nahm ich den Menschen wahr, der dort lag. Ich roch seinen Körper, diesen Duft nach Lavendelseife, Hautcreme, Broiler und Schnaps.

Ich lauschte den Atemzügen der Frau und wartete, bis sich meine Augen so an die Dunkelheit gewöhnt hatten, daß ich ihren Leib wahrnahm wie die undeutliche Schwärzung eines Negativs.

Ines schlief tief und fest. Ihr Mund stand offen. Ihre Zähne schimmerten schwach im matten Licht, das von einer Straßenlaterne draußen durch die Ritzen des Rouleaus fiel.

Vorsichtig schlüpfte ich ins enge Bett zu ihr. Sie war nackt. Ihr Körper strahlte eine Tierwärme aus, die mich sofort durchdrang. Sie grunzte im Schlaf und schlang die Arme um mich. Ihre Nähe tat mir wohl. Schon Zappa hatte mir gut getan. Das jetzt war noch besser.

Ines tauchte ganz langsam aus ihrem Kinderschlaf auf. Sie knipste die kleine Nachttischlampe mit dem roten schiefen Stoffschirm an, setzte sich rittlings auf mich und begann, mich zu streicheln. Ihre Haare hingen strähnig in ihr Gesicht. Die Schminke um ihre Lippen war verschmiert. Ihr eines Auge war blau umrandet.

Sie gab sich Mühe, mich zu stimulieren. Alles, was sie dabei tat, hatte etwas zugleich Routiniertes und Unbeholfenes. Dabei redete sie kein Wort. Ihr permanentes Lächeln wirkte wie eine Beschwörung, auch meinerseits kein Wort zu verlieren.

Jede Berührung tat mir wohl. Meine Überreiztheit ließ nach. Das Bild des toten Malers begann zu verblassen. Ich weiß nicht, was Ines wirklich empfand. Vielleicht simulierte sie ihre Erregung nur. Aber ich glaubte ihr in diesem Moment. Ich schwamm in einer Flut der Hingabe und des Vertrauens, begann, sie ebenfalls zu streicheln, sie an mich zu ziehen und zu küssen. Natürlich wußte ich selbst in diesem Augenblick irgendwo im Hinterkopf, daß ich Ines und ihren Körper als Medikament benutzte, aber ich fühlte nichts Schales dabei. Es war mein Recht, so zu empfinden. Ich hatte es verdient, dies war ein Akt der Menschlichkeit, ein erstes Erinnern an das Märchen erwiderter Liebe seit langer Zeit.

Als sie ermattet neben mir lag und ihren rechten Zeigefinger auf mir herumwandern ließ, fragte ich sie, wer ihr weh getan habe. »Dick«, sagte sie. »Du weißt doch, er ist eifersüchtig. Er hat was gemerkt. Ich war wohl nicht so nett zu ihm wie sonst.«

Ich war ihr noch immer so nah, daß ich fast körperlich spüren konnte, wie sie log. Aber ich weigerte mich, in diesem Moment den Polizisten zu spielen. Ich massierte ihr den Nacken und küßte ihr lädiertes Auge. Ihre Wimpern kitzelten auf meinen Lippen. Die Tusche schmeckte nach Schuhcreme. »O Gott«, flüsterte ich ungläubig, »du bist mitten in einer Liebesgeschichte.«

»Was hast du gesagt?« sagte Ines. »Du wirst doch nicht etwa romantische Gefühle haben.«

»Natürlich nicht«, beeilte ich mich zu beteuern. »Kratz mich«, sagte sie und wandte mir den Rücken zu.

Irgendwann schliefen wir ein. Ich lag an der Wand, Ines außen, ihr Arm über meiner Brust, ihr Oberarm pendelte ins Leere.

Als ich erwachte, war von meiner Freundin nur noch der Geruch und, wie ich beim Waschen in dem winzigen Waschbecken feststellte, der Lippenstift überall auf meiner Haut geblieben. Ich suchte das Zimmer ab, ob sie nicht wenigstens einen Zettel hinterlassen hatte. Nichts. Aber ich bemerkte, daß meine Kamera geöffnet worden war. Der Deckel klaffte auf.

Ich ging hinunter. Der Zigarrenqualm hing immer noch im Raum. Die Vertreter saßen alle einzeln an ihren Tischen, mit grauen, verschlossenen Gesichtern und köpften ungeschickt ihre Frühstückseier. In der Zeitung stand erwartungsgemäß noch nichts von dem Attentat.

Um kurz vor elf verließ ich das Hotel. Schläfti stand schon vor der Tür. Es hatte die Nacht über geschneit und war glatt.

Seit jenem schwierigen Ellbogenbruch, den ich mir damals in Lappland zuzog, bewege ich mich immer ein wenig ängstlich und ungeschickt in solchen Situationen. Schläfti schien es zu spüren und hakte mich unter. So sollte es immer sein, dachte ich: ein unheilbarer Invalide hilft einem geheilten.

Die Auffahrt zum Schloß war sehr rutschig, aber Schläfti trat eine Spur für mich am Rand, dort, wo der Schnee sehr tief war. Ich hörte die Hunde und scharfe, trockene Schläge, wie wenn Holz gehackt würde.

»Warst du schon bei Doktor Vielbrunn?« fragte Schläfti.

»Nein. Aber ich habe von ihm gehört.«

»Er ist der Archivar. Er weiß alles aus der Geschichte des Schlosses. Er wohnt auch da oben. Er hat immer das gleiche getan und immer gleich ausgesehen, solange ich mich zurückerinnern kann. Als Kinder haben wir ihn für einen echten Vampir gehalten. Du solltest nachher mit ihm sprechen.«

Wir gingen durch das Torhaus. »Bleib einen Augenblick hier und mucks dich nicht«, sagte mein Freund mit wichtig-vertraulicher Miene. Dann verschwand er in einem Seiteneingang. Es dauerte nicht allzulang, und er erschien mit einem großen, buckligen Mann mit dichten, grauen, gewellten Haaren und einem brutalen Kinn. Ich kannte ihn schon von meinem ersten Besuch. Er musterte mich und schien wenig erbaut von dem Ergebnis. Dann sagte er: »Man hat sich hier beschwert über Sie. Es heißt, daß Sie unseren jungen Mädchen nachstellen.«

Einen Augenblick lang war ich wütend über soviel Feindseligkeit, aber dann siegte die Vernunft. Schließlich wollte ich hier etwas. Schläfti war die Situation sichtlich unangenehm.

»Mein Kumpel ist in Ordnung, Wilhelm. Wir waren doch alle mal jung.« Er machte die Situation nur noch schlimmer. Der andere drehte sich um und wollte gehen. Aber Schläfti stellte sich ihm in den Weg. »Gib mir den Schlüssel, bitte, Wilhelm, ich zieh auch die Uhr für dich auf.«

»Ich darf niemand in den Turm lassen«, knurrte Wilhelm. »Die Uhr muß erst morgen wieder aufgezogen werden.«

Schläfti kniete nieder in den Schnee und faltete seine kaputten Hände, so gut es ging. »Ich flehe dich an, Wilhelm, bei unserer alten Freundschaft, mach eine Ausnahme, nur ein einziges Mal.«

Wilhelm schien noch ungehaltener: »Also dann, nur weil du es bist, Schläfti. Aber das nächstemal bringst du mir keinen hergelaufenen Casanova mit.«

Wieder erstickte ich meine Wut. Wir stapften im Gänsemarsch durch den Hof, in einer schmalen Spur im jungfräulichen Pulverschnee. Der Holzhaufen war erheblich gewachsen. Ich hatte Wilhelm in Verdacht, daß er es war, der mit solcher Besessenheit Holz zu spalten liebte.

»Wilhelm war mal der Schloßverwalter hier«, flüsterte Schläfti. »Jetzt ist er arbeitslos. Eigentlich ist er ganz nett.«

Der Gegenstand seiner Bemerkung drehte sich um und blickte uns böse an. Wahrscheinlich war jegliches Flüstern in seinen Ohren konspirativ.

Wir kamen an einer atriumartigen Mulde vorbei. »Hier wird im Sommer Theater gespielt«, sagte Schläfti.

»Ich weiß, Ritterstücke, wie der Götz.«

Wieder drehte sich Wilhelm um und warf mir einen vernichtenden Blick zu.

Leck mich am Arsch, dachte ich.

Wir erstiegen über das Treppenhaus eines Nebengebäudes und eine schmale, hölzerne Brücke den Felsen, der die Mitte der Anlage ausfüllte. Auf ihm erhob sich jener mittelalterliche Turm aus rohbehauenen Steinquadern, der wie ein Mast der Anlage die Form eines riesigen Schiffes verlieh. Eine Arche, die auf dem Gipfel des Ararat gestrandet war.

Wilhelm schloß mit einem rostigen Schlüssel auf.

»Haltet euch schön fest«, sagte er. »Ich will keine Leiche aus dem Loch da holen.«

Er zeigte in den schwarzen Brunnen, in den sich das Turminnere nach unten fortsetzte. Mir schwante nichts Gutes, vor allem bei meiner alten Neigung zur Höhenangst, die ich inzwischen zwar einigermaßen im Griff hatte, die mich jedoch hin und wieder attackenartig überfiel.

Der Brunnen sei zehn Meter tief, leierte Wilhelm mit der Stimme eines Fremdenführers. Er habe einst als Gefängnis gedient. Hier sei an Ausbruch nicht zu denken gewesen, fügte er mit einer Stimme hinzu, die offensichtlich den Ärger ausdrückte, daß diese Zeiten vorbei waren.

Über dem Loch schraubte sich eine schmale Holztreppe mit wackligem Geländer und offenen Stufen in die dämmrige Höhe. Ich spürte, wie sich mein Magen zusammenkrampfte und meine Pulsfrequenz stieg. Vor mir trampelte Wilhelm in schwarzen Lederschaftstiefeln hinauf, hinter mir hörte ich Schläfti schnaufen. Es gab keine Wahl, ich mußte weiter.

»Der Turm ist zwanzig Meter hoch«, sagte Wilhelm. Ich hätte ihn erwürgen können. »Gut festhalten jetzt und Vorsicht, hier fehlt eine Stufe.«

Ich versuchte den Blick in den gähnenden Schlund unter mir zu vermeiden. Endlich erreichten wir eine wenig vertrauenerweckende Plattform aus Brettern, zwischen denen handbreite Ritzen klafften. Hier tickte auch ein riesiges Uhrwerk, von dem aus vier Eisenstangen durch den Raum zu den Wänden liefen. Die Antriebswellen der Uhr. Wilhelm zog das Werk mit einer Kurbel auf. Die Gewichte kamen langsam an Stahlseilen aus der Tiefe emporgeschwebt. Ich hielt mich krampfhaft an einigen Holzverstrebungen fest und sah aus kopfgroßen Schießscharten hinunter. Der Blick war wirklich lohnend. Wir segelten oder, besser gesagt, dampften wie ein Schlachtschiff durch ein Dunstmeer aus Abgasen und den zahllosen Schloten entweichenden Rauchschwaden. Aus dem braunen Nebel ragten vereinzelte Dächer, die Türme des Unteren Schlosses und der Kirche wie Klippen hervor. Irgendwo dort unten gab es Menschen, die mir etwas bedeuteten, Dick vor allem, dessen derzeitigen Aufenthalt ich nicht wußte, Ines, die mir fremd war und doch jemand, dessen Nähe ich mir wünschte. Und es gab einen Toten, der mir nahe gewesen war, so nahe, daß ich sein Ende als Aggression gegen mich empfand.

Während ich hinunterstarrte, fühlte ich plötzlich eine schwere Hand auf meiner Schulter. »Der Tod durch einen Sturz aus großer Höhe soll mit Lustgefühlen verbunden sein.« Wilhelms grobes Gesicht war zu einem Lächeln verzerrt. »Es gibt Leute, die solche Stürze überlebt haben und berichten, daß das Fallen so schön war wie ein Liebesakt.«

Ich machte mich los und begann den Abstieg. Er bereitete mir weniger Mühe, als ich dachte. Wahrscheinlich half mir die Verachtung des Führers, die ich fast körperlich spürte. Als wir unten waren, bedankte ich mich. Wilhelm sah mich von oben bis unten an. »Lassen Sie in Zukunft unsere Mädel in Frieden«, sagte er knapp. Dann stiefelte er davon.

»Wo wohnt dieser Vielbrunn?« fragte ich meinen Freund. »Die Tür da drüben«, sagte er, »ich warte auf dich. Laß dir Zeit. Ich gehe ein bißchen spazieren.«

Ich wunderte mich, daß Schläfti nicht mitgehen wollte. Mein Freund klumpte etwas Schnee zu einer Kugel und begann, sie zu rollen.

Wollte er etwa einen Schneemann bauen? Es war ihm zuzutrauen.

Ich klingelte an einer hohen, mit reichem Schnitzwerk versehenen Tür. Nichts geschah. Ich klingelte noch einmal. Ich kam mir vor wie ein Vertreter, der einen unverkäuflichen Artikel anzubieten hat. Und noch ein anderes Gefühl mischte sich ein. Das Gefühl, meine Wahrheit meinem Vater verkaufen zu müssen. Diesem Mann, von dem ich nur aus Erzählungen meiner Mutter wußte.

Ich vermutete, daß Doktor Vielbrunn wie die Quersumme aller Väter aussah. Und so war es tatsächlich. Ein Mensch öffnete die schwere eichene Tür, dem man ansah, daß er Autorität besaß. Es war zweifellos Doktor Vielbrunn persönlich, groß, grau, gebeugt und dadurch noch größer wirkend. Er war jovial, wie man mit einem Ausdruck sagt, der heute veraltet wirkt, weil es kaum mehr echte Jovialität gibt.

Auch ich habe mein Studium der Psychologie mit dem Erwerb des Doktortitels abgeschlossen. Ich habe eine starke innere Abwehr gegen akademische Würden und gebrauche meinen Titel daher so gut wie nie. Diesmal aber hielt ich es für angebracht, mich mit Doktor Hieronymus vorzustellen.

»Ein schöner Name«, sagte Doktor Vielbrunn mit dem Bariton einer ausgebildeten Stimme. »Hieronymus im Gehäuse. Ein besonders erlesenes Werk des großen Dürer. Soviel Melancholie und Menschenliebe darin. Sie könnten ihm Modell gesessen haben, Doktor Hieronymus. Ich sage das ohne Spott.«

Ich hatte einen gebildeten Menschen vor mir. Meine Ähnlichkeit mit dem Selbstporträt des jungen Dürer war mir wohl bewußt und zuweilen peinlich. Aber jetzt diente der Vergleich uns offenbar als Brücke der Verständigung. Doktor Vielbrunn bat mich mit einer ausholenden Bewegung seines Armes herein in das Dunkel eines Flures mit mächtigen Dimensionen.

Mein Führer glich einem Renaissancegelehrten. Die hohe Stirn, die feinen, weißen Löckchen wie eine Halbperücke auf dem Hinterkopf, die starke Nase, der markante Mund. Sein schäbiger Anzug minderte die hoheitsvolle und von Bildung zeugende Erscheinung seiner Person keineswegs.

Doktor Vielbrunn führte mich in sein Arbeitszimmer und fragte mich nach meinem »Begehr«. Der veraltete Ausdruck wirkte in seinem Munde vollkommen angebracht. Das Arbeitszimmer hatte die Ausmaße eines Ballsaales. Der Schreibtisch war mit alten Folianten und Urkunden bedeckt, das spärliche Licht drang durch tiefe Fensterhöhlen, von denen aus man einen fast so schönen Blick auf die Umgebung hatte wie vom Turm. In einer der Fensternischen stand ein Messingteleskop. Der Tubus war abwärts gerichtet auf die Stadt.

Ich sei Journalist und arbeite für eine holländische Fachzeitschrift. Mein Begehr sei, sagte ich, etwas über die Geschichte des Schlosses zu erfahren, auch über seine Architektur, die Anlage, die Baugeschichte, ob es denn Pläne gäbe. Unsere Leser seien sehr interessiert an mittelalterlicher Architektur.

Doktor Vielbrunns Miene hellte sich auf.

»Ich sehe, Sie sind kein Historiker«, sagte er. »Dazu haben Sie eine der Gegenwart viel zu zugewandte natürliche Neugier. Aber ich freue mich immer, wenn ein junger Mensch sich für die Vergangenheit interessiert. Sie ist manchmal unsere schönste Form von Gegenwart.«

Er machte eine Pause, um die Wirkung dieses von seiner schönen Sängerstimme mit Tremolo vorgebrachten Satzes auf mich zu prüfen. Ich nickte. »Darf ich diesen Satz in meinem Artikel zitieren?«

Doktor Vielbrunn schien geschmeichelt. »Würden Sie mir das Manuskript bitte vor der Veröffentlichung schicken? Es könnten sich leicht Fehler, bedingt durch den Enthusiasmus des Nichthistorikers, einschleichen. Ich werde veranlassen, daß Ihnen das gewünschte Material in den Leseraum gebracht wird. Leider haben wir keine Pläne des Komplexes, aber zur Geschichte des Schlosses ist einiges schriftlich erstellt worden. Ich selbst habe zwei längere Aufsätze dazu verfaßt.«

Er erhob sich, trat ans Fernrohr und sah hindurch. »Wissen

Sie«, fuhr er fort, »dieses Schloß hat schon einiges an Veränderungen überstanden. Die Menschen da unten« – er zeigte auf den Ort, in dem immer noch Smogstufe eins herrschte, obwohl wahrscheinlich die nächsthöhere angebracht wäre – »haben lange Zeit an das geglaubt, was hier oben im Schloß für sie entschieden wurde. Sie waren treue Kinder des Landesvaters. Das hatte den Vorteil, daß es ihnen nie an der Orientierung fehlte. Nun aber ...«, er drehte an der Einstellschraube des Okulars, »wuseln sie aufgeschreckt und ziellos durch ihr kleines, jammervolles Weltall. Sehen Sie selbst!«

Er trat zur Seite und ließ mich durch das Teleskop blicken. Ich erkannte den Marktplatz, sah mein Hotel, sogar mein Zimmerfenster war auszumachen. Alles stand auf dem Kopf, wie es sich für einen astronomischen Refraktor gehört. Ich bewegte das Instrument in seiner Lagerung, schwenkte hinüber zum Buchladen und hielt den Atem an, denn plötzlich sah ich Ines. Sie kam aus dem Laden und ging quer über den Platz. In der Hand trug sie ein kleines Paket. Sie verschwand damit im Hotel. Hinter mir hörte ich den sonoren Bariton Doktor Vielbrunns: »Heute wissen die Menschen nicht mehr, woran sie sich orientieren sollen. Sie gleichen Planeten, die ihre Bahn um die Sonne verlassen haben, Irrläufer sind sie in der kalten Weite der Unendlichkeit. Alles verfällt. Auch wir hier oben haben nicht mehr viel Zeit. Wenn sich niemand im Westen findet, der aus unserem Schloß ein Luxushotel macht, werden wir den Kampf gegen die Zeit verlieren. Die meisten Dokumente, die wir besitzen, haben ihn schon verloren, wie Sie gleich sehen werden.«

Draußen hörte ich wieder die Schläge einer Axt. »Hier wird offenbar noch viel mit Holz geheizt«, sagte ich.

»Nein, nein. Die armen Leute hier heizen mit Braunkohle. Sie ist sehr schwefelhaltig und hat einen geringen Heizwert. Sie meinen das Holzhacken da draußen? Das ist der ehemalige Verwalter. Seit er nichts mehr zu tun hat, hat er die Hackeritis. Es ist besser so, sonst würde er bei seinen ungenutzten Kräften vielleicht noch zum Gewalttäter.«

Doktor Vielbrunn lachte und rieb sich die Hände. »Wilhelm ist verrückt. Aber er versteht es, dabei äußerst normal zu wirken. Ich möchte Ihnen jetzt das Archiv zeigen, Doktor Hieronymus.«

Wir durchquerten ein Nebenzimmer, wo eine junge Frau damit beschäftigt war, einen Stapel graues, brüchiges Papier, der wohl einmal ein Buch gewesen war, in ein hölzernes Gestell zu legen. Mein Führer öffnete eine zweite Tür. Sie führte in das Archiv.

»Wissen Sie, was das Besondere an unserem Ort ist?« sagte er. »Seine Doppelheit. Man könnte fast, um einen modernen Ausdruck zu benutzen, von Schizophrenie reden. Was die deutsche Nation nach dem Zweiten Weltkrieg erlitt, war hier schon vor Jahrhunderten Normalität. Wir wurden geteilt, weil das Fürstentum aus Erbschaftsgründen geteilt worden war. Die Grenze verlief mitten durch den Ort. Und so gab es alles doppelt. Zwei Schlösser, zwei Parks, zwei Seen, zwei Kirchen, zwei Marktplätze. Wenn Sie aufmerksam beobachten, werden Sie feststellen, daß es hier sogar zwei Arten von Menschen gibt. Der Kommunismus hat daran auch nichts geändert. Die einen gehen langsam, unsicher, fast ein wenig stolpernd, die anderen hasten, bilden sich ein, etwas Wichtiges vorzuhaben.«

Die Sängerstimme von Doktor Vielbrunn hallte in den Gewölben wieder, die wir betraten. Überall waren Bücher, Schriften, Zeitungen, Urkunden gestapelt. Es roch nach Schimmel, nach Moder.

»Es gibt seltsamerweise auch zwei Arten von Schriftstücken. Die einen halten sich wunderbar, die anderen zerfallen ganz plötzlich zu Staub. Und es gibt Menschen, die immer fleißig und brav gearbeitet haben, hervorragende Untertanen, unauffällig, aufrichtig, ohne große Ansprüche. Und plötzlich werden sie aus heiterem Himmel krank und sterben.«

Irgendwo raschelte etwas. »Es gibt Ratten«, sagte Doktor Vielbrunn, »erschrecken Sie nicht, wenn eine vorüberhuscht.« Er sagte tatsächlich »vorüberhuscht«, ein Ausdruck, den ich niemals mit einer Ratte in Verbindung gebracht hätte.

»Dann gibt es die Menschen, die sich an alles dranhängen, die Schmarotzer, die Geschickten, die Mitläufer, die, die hoch hinauswollen. Sie sind oft die Gesünderen, so ungerecht ist die Welt.«

Vielbrunn seufzte. Er schien aufrichtig bekümmert, lehnte in einer der Fensternischen und hob wie in Verzweiflung die Arme. »Es ist ihnen doch bekannt, Doktor Hieronymus, daß viele Menschen Ratten sind. Ratten sind an sich nichts Böses, aber sie sind Wirtstiere von Krankheitserregern.«

Er holte einen großen Schlüssel aus seiner Sakkotasche und öffnete die nächste Tür.

»Hier liegen die hoffnungslosen Fälle.« Er deutete auf endlose Regale, die sich unter ihrer Last bogen. Papier in allen möglichen Verfallsstadien, ein durchdringender Geruch nach Moder und Schimmel.

»Wir wissen absolut nicht, was sich hier für Schätze verbergen. Es gibt sogar Vermutungen, daß sich ein Tagebuch des letzten deutschen Kaisers darunter befindet. Der Zustand des Papiers ist so schlecht, daß es sich bei der bloßen Durchsicht in Staub auflösen würde.«

In einer der düsteren Ecken des Raumes stand ein hölzerner Schemel. Doktor Vielbrunn steuerte darauf zu und setzte sich. Er deutete auf eine weitere Tür. »Hier geht es weiter ins Niemandsland der Vergangenheit«, sagte er. »Wir wissen nicht, wie viele Räume noch voll mit Material sind. Es ist unmöglich, alles zu erfassen, bei unserer Personalsituation. Diese Tür ist versiegelt worden. Ich habe nicht mal einen Schlüssel.«

Er fingerte wieder in einer Jackentasche herum, und ich war gespannt, was seine Hand zum Vorschein bringen würde. Es war eine Banane, die er zu schälen begann. Er biß in ihr weißliches Ende hinein und kaute genüßlich. »Wissen Sie«, sagte er mit vollem Mund, »die Banane und die Bratwurst haben die Form in gewissem Sinne gemeinsam. Ist das nicht symbolisch? Wir sind eine Bananenrepublik, deren bekanntestes Produkt die Bratwurst ist. Das beschreibt doch eigentlich alles, unsere politische Situation, wie sie früher war und wie sie bei Licht besehen auch noch heute ist. Das Gefangensein und die Freiheit, sie sind sich nämlich ähnlicher, als wir denken. Haben Sie sich übrigens unsere Dächer mal genau angesehen, Doktor Hieronymus?«

Ich verneinte schuldbewußt. Dieser Mensch wurde mir von Minute zu Minute unheimlicher.

»Es gibt zwei herausragende Dinge auf unseren Dächern. Herausragend im wörtlichen Sinne. Es ist der Schlot, der die Luft verpestet, und die sogenannte Salatschüssel, will sagen, die Satellitenantenne. Der Schornstein ist das gebende Prinzip, er sondert ab, er stinkt in die Atmosphäre hinein, damit die Leute es warm haben beim Fernsehen, die Schüssel ist das nehmende Prinzip, das empfangende. Phallus und Vagina auf unseren Dächern. Eine gräßliche Form der Begattung findet tagtäglich dort oben statt. Dieses Leben aus zweiter Hand, das wir aus den westdeutschen Fernsehsendern empfangen. Aufguß der amerikanischen Form des Irreseins. Und dazu gleichzeitig diese Schlote, die den Treibhauseffekt verstärken. Braunkohle, die sinnloseste Form fossiler Energie, wird verfeuert, damit die Leute es warm haben bei Rudi Carrell.«

Doktor Vielbrunn legte die Bananenschale sorgfältig zusammen und stopfte sie in seine Jackentasche. Er schien keineswegs beunruhigt über das, was er an negativer Weltsicht zum besten gab. Eher wirkte er zutiefst zufrieden.

Ich hielt den Augenblick für günstig, meinem Gegenüber eine Frage zu stellen. »Wie gut sind eigentlich die Nachtlöhner?«

Die Reaktion war heftig. Doktor Vielbrunn starrte mich an. Sein Gesicht wurde rot, die Adern an seinen Schläfen schwollen wie Flüsse während der Schneeschmelze. Dieser Zustand dauerte einige Sekunden. Kein Wort fiel. Dann hatte er sich wieder in der Gewalt.

»Sind Sie wirklich Fachjournalist, Herr Hieronymus?« fragte er. Meinen akademischen Grad hatte er weggelassen.

»Die Leser unseres Magazins interessieren sich nicht nur für Baugeschichte, auch für Kulturgeschichte selbstverständlich. Mir wurde erzählt, es gebe hier oben auf dem Schloß eine lange Theatertradition. Es ist doch selbstverständlich, daß ich mich dafür interessiere.«

Seine Miene hellte sich wieder auf, und die Flüsse auf Stirn und Schläfen traten in ihr Bett zurück.

»Sie haben recht, Doktor Hieronymus. Und ich möchte mich für meine Skepsis entschuldigen. Wissen Sie, wir haben lange Zeit ein höchst zwiespältiges Verhältnis zu Verhören gehabt, daher wohl meine Überreaktion. Ja, wir haben hier eine bedeutende Theatertradition, wenn dies auch sehr wenig nach außen dringt und im Westen fast überhaupt nicht wahrgenommen wird. Hier spielen im Sommer viele freie Gruppen. Ritterstücke, Königsdramen, auch Komödien wie den Sommernachtstraum. Das eigene Ensemble des Hauses neigt mehr dem Singspiel zu. Aber auch dem experimentellen modernen Theater. Ich habe die Ehre, zuweilen in Nebenrollen aushelfen zu können.«

»Ich vermute, daß Sie auch singen.«

»Sie haben recht. Ich habe dieses schöne Hobby.«

Er stand auf und ging voran. Jede Tür hinter uns schloß er sorgfältig ab. Dann brachte er mich zum Lesesaal. Dies war ein im Vergleich zu den anderen Sälen recht kleiner Raum, vollgestopft mit Tischen, Stühlen und Menschen. Fast alles ältere Frauen, die wie Hausfrauen aussahen, jedenfalls nicht wie Wissenschaftlerinnen. Sie blätterten in großen Aktenordnern oder gebundenen Urkundensammlungen. Manche wisperten miteinander, worauf ihnen jedesmal ein junger Mann, der in der Nähe der Fenster hinter einem Stehpult am Fenster stand, strafende Blicke zuwarf. Meine Texte lagen schon bereit, und offensichtlich war auch extra Platz für mich geschaffen worden, denn man hatte einen Stuhl und ein Tischchen direkt vor das Stehpult gestellt, wodurch der dort arbeitende, irgendwelche Listen durchmusternde Jüngling über mir schwebte wie ein hölzerner Heiland.

Ich begann zu lesen, überflog die Seiten, ohne genau zu wissen, was ich suchte. Es waren alles langweilige, penible Ausführungen der Geschichte des Fürstentums, zur Baugeschichte, zu den nicht enden wollenden Erweiterungsbauten, alle Stilepochen hindurch. Bei jedem fürstlichen Kind wurde gebaut, Giebel, Seitengebäude, allein das Küchenhaus bekam allmählich die Ausmaße eines mittleren Landgutes. Das Schloß war wie ein wucherndes Geschwür, das allmählich die ganze Bergkuppe bedeckte. Leider fand ich keine Hinweise auf die unterirdischen Teile der Anlage, die mich besonders interessierten. Nur eine kleine Notiz: als der Eisenbahntunnel gebaut wurde, seien einige Tiefkeller zugeschüttet bzw. zugemauert worden, da sie von der Streckenführung berührt wurden.

Ich hatte genug. Die studierenden Hausfrauen verstanden es im übrigen prächtig, ohne ein Wort darüber zu verlieren, mir deutlich zu machen, wie lästig ihnen meine Anwesenheit sei. Ich hatte das Gefühl, sie wollten mich ausschwitzen wie einen Grippevirus.

Also nahm ich meine Notizen und ging ohne Gruß, nur von

einem mißbilligenden Kopfschütteln des Menschen am Stehpult verabschiedet. Plötzlich fiel mir Schläfti ein. Ich sah auf meine Uhr und stellte fest, daß ich mich vor gut zwei Stunden von meinem Freund getrennt hatte.

Zu meiner Verblüffung stand er draußen im Schnee neben einem Schneemann, der mir offensichtlich ähnlich sehen sollte. Einen so großen und so dünnen Schneemann hatte ich in meinem Leben noch nicht gesehen. Schläfti strahlte. Auf meine Entschuldigungen reagierte er nicht. Er klopfte mir auf die Schulter und fragte mich, ob ich weitergekommen sei.

»Wer sind diese forschenden Damen alle?« sagte ich.

»Du meinst sicher diese Leutchen, die nach Belegen für früheren Hausbesitz suchen. Es ist schon ein Kreuz, wenn eine Wolke beweisen muß, daß der Schatten da unten von ihr geworfen wird, wo es doch vom Stand der Sonne abhängt.«

»Schreibst du zufällig Gedichte, Schläfti?«

Er lachte. »Wie kommst du denn auf diese Idee!«

Wir gingen durch einen kleinen, niedrigen Nebenausgang vor die Schloßmauer. Ein schmaler Weg führte hier um die ganze Anlage herum. Links die alten Mauern der Burg, rechts ging es steil hinab in das Tal.

»Ich kenne jeden Winkel«, sagte Schläfti. »Wir haben immer Ritter gespielt. Das ist doch klar, wenn man so eine echte Burg zur Verfügung hat. Es gab die Stadtbande und die Schloßbande. Die anderen waren uns zahlenmäßig überlegen, aber wir kannten uns hier besser aus. Wir sind oft belagert worden, aber wir hatten Verstecke, die niemand fand. Hier zum Beispiel.«

Wir waren am vorderen Teil der Burganlage angelangt, am Bug des Schiffes sozusagen. Hier gab es eine Aussichtsplattform, von der aus man einen Blick über die Stadt hatte. An die Felswand lehnte sich ein halb verfallener Säulenpavillon.

»Dieser komische Tempel heißt ›Zur inneren Einkehr‹«, sagte Schläfti. »Eines unserer besten Verstecke. Siehst du das hölzerne Dach? Dort, wo es die Felswand berührt, gibt es ein paar lose Bretter. Man kann sie herausnehmen und hineinschlüpfen. Man hat den ganzen großen Dachboden für sich. Zwischen der Rückwand des Pavillons und dem Gestein klafft ein Spalt, in den man hinunterklettern kann. Von dort gibt es einen geheimnisvollen Gang ins Innere des Berges. Wir haben ihn damals ein Stück weit erforscht, aber dann hatten wir zuviel Angst.«

Wir gingen hinunter zur Stadt. Dabei war Schläfti eifrig bemüht, mich auf glatte Stellen aufmerksam zu machen. Ich wollte meinen neuen Freund zu einem Bierchen einladen, aber er wehrte ab. »Ich trinke am Tage keinen Alkohol«, sagte er. »Außerdem habe ich noch zu tun. Komm ins Billardcafé. Dort soll es eine Überraschung geben. Komm um zehn.«

Er gab mir seine schlaffe Hand. Irgend etwas schien ihn irritiert zu haben. Ich spürte, daß er sich hier unten in der Stadt nicht so gerne mit mir sehen ließ.

Ich ging in eins der Lokale am Markt und aß Leberknödel mit Sauerkraut. Alle Tische waren besetzt. Überall dampften große graue Klöße auf den Tellern, umgeben von bräunlichen Krautbergen. Immer sehen die Leute so aus wie das, was sie essen, dachte ich. Einen Moment hatte ich große Sehnsucht nach provenzalischer Küche und den gebräunten Kirschpflückern und Weinbauern der Gegend dort oder nach den fischmehlweißen, langen Norwegern der Westküste.

Ich war müde und wollte ins Hotel. Auf dem Weg dorthin sah ich Dick. Er ging über die Brücke Richtung Bahnhof. Ich erkannte ihn an seinen breiten Schultern, seiner Preisboxerhaltung und dem gedrungenen Schädel, der ihm fast halslos auf den Schultern saß. Ich beschleunigte meine Schritte, um ihn einzuholen. Auf der anderen Seite der Straße lief eine

Gruppe von vier jungen Männern, auf gleicher Höhe und im gleichen Tempo wie Dick. Sie trugen alle Parkas und Jeans. Ich glaubte die Schläger zu erkennen, die Derbacher auf dem Gewissen hatten.

Als Dick in einen Park einbog, blieben sie an einem Kiosk stehen. Einer steckte sich eine Zigarette an. Als Dick das andere Parktor erreicht hatte, setzten sie sich wieder in Marsch. Kein Zweifel, sie beschatteten ihn. Ich kannte das, diesen Wechsel zwischen Stehenbleiben und zu schnellem Gehen. Auch ich machte es jetzt so, beschattete die Beschatter. Beschatten setzt große Sensibilität voraus. Man muß sich gleichsam teilen, muß selber auch der andere sein, den man beschattet, um keine Fehler zu machen. Mir liegt diese Art der Persönlichkeitsspaltung. Ich genieße sie sogar.

Am Bahnhof sah ich Dick wieder. Er stand vor einem Plakat mit den Abfahrtszeiten und notierte etwas in ein kleines Heft. Die vier Typen umstanden einen offenen Grill, an dem ein Mensch im Metzgerkittel Thüringer briet. Mit Dick würden sie es nicht so leicht haben wie mit Derbacher, dachte ich. Aber ich hatte Angst um ihn. Ich duckte mich, so gut es ging, zog den Kopf ein, machte mich kleiner und folgte Dick die Treppen zum Stationsgebäude hoch. Die Männer am Würstchenstand schienen mich keines Blickes zu würdigen.

Die Halle war leer, niemand vor dem Fahrkartenschalter. Ich ging auf den Bahnsteig, auch dort war niemand.

Ich nahm mir die Bahnhofstoilette vor. Sie war in einem unbeschreiblichen Zustand. Es war kaum auszuhalten in der beißenden Luft, dem Lysol- und Fäkaliengestank. Auf der schmutzigen Wand stand: »Wir sind das Volk«, darunter ein kopulierendes Paar in dem üblichen, immer noch an archaische Felsmalerei erinnernden primitiven Zeichenstil.

Auch hier niemand, also probierte ich die letzte Möglichkeit: das Bahnhofsrestaurant.

Als ich die Tür öffnete, schlugen mir Lärm und Qualm entgegen. Es war voll, und es gab mehr Leben hier als in sämtlichen Lokalen, die ich bisher besucht hatte. Penner, Vertreter, Ossis, Wessis, Nutten, Schüler, Ehepaare, auf den ersten Blick schien es mir ein komprimierter Querschnitt der Bevölkerung hier zu sein. Eine Stimmung wie im Karneval, Gelächter, Zwischenrufe von Tisch zu Tisch, mehrere rotgesichtige Kellner, die mittranken, eine wohltuende kleine Säuferapokalypse.

Ich lauschte einen Moment den derben politischen Witzen, den Zoten und Anspielungen auf die rote Vergangenheit, auf die Arroganz der Wessis, auf die Lebenstüchtigkeit der Mitläufer. Dick war nicht hier. Hier hätte er sich wohl gefühlt. Das Mitropalokal kam mir wie ein Vorposten der Freiheit vor.

Ich trank am Tresen einen großen Korn und ging wieder. Nirgends ein Dick, auch die Männer am Würstchenstand waren verschwunden. Es gab nur eine Erklärung, mein Freund hatte sich über die Gleise davongemacht. Vielleicht war er schlau genug gewesen, seinen Aufpassern auf diese Weise zu entkommen. Ein Zug war jedenfalls die ganze Zeit über nicht abgefahren.

Den Rest des Nachmittages verplemperte ich in einem Café. Ich versuchte, Klarheit in meinen Kopf zu bekommen. Als Hilfsmittel benutzte ich einen Notizblock und einen Kugelschreiber, den ich im hiesigen Kaufhaus erstanden hatte. Wieder hatte mich das fast inbrünstige Kaufverhalten der Leute überrascht. Die Sachen waren nicht billig, Jeans, Lederjacken, T-Shirts, Parfums, Schuhe, Getränke, CDs, alles westlicher Standard, westliche Preise, und überall Schlangen vor den Kassen.

Ich wurde müder und müder, kritzelte Linien, schrieb Namen darüber, Ines, Vielbrunn, Schläfti, Dick, Derbacher, Wilhelm, Lilli, die die verschleierte Kaiserin gesehen haben wollte, ihr Mann, von dem mir jetzt auffiel, daß er sich mir nicht mit Namen vorgestellt hatte. Es ergab sich kein Muster, das Schlüsse zuließ. Nur eines setzte sich in meinem müden Schädel fest: Ich mußte herausfinden, was es mit der freien Theatergruppe der Nachtlöhner auf sich hatte, und ich mußte noch einmal ins Schloß, und zwar in seine unterirdischen Regionen.

Ich ging ins Kino. Wieder war es, als setzte ich mich in eine Zeitmaschine, um in die fünfziger Jahre zurückzureisen. Dieser heruntergekommene Bau mit der flackernden Neonschrift an der Fassade, wobei die Buchstaben »K« und »i« ständig ausfielen, so daß die Botschaft »no« wie ein Appell in rosa Flammenschrift an der Wand erschien, ein Menetekel, das gut paßte, wie ich fand. Drinnen war es, wie ich es aus der Jugendzeit kannte, als ich mich als Vierzehnjähriger für sechzehn ausgab, um einen ab achtzehn zugelassenen Film sehen zu können. Der lange Flur, die Kerzenlampen mit künstlichen Wachstropfen rechts und links, der kleine Verschlag mit dem Schalter, wo es Karten, Drops und Lakritzrollen gab, deren weichgekautes Ende man in die Haare der Mädchen kleben konnte, um zwei Reihen dahinter daran zu ziehen. Der zerschlissene Plüsch der Sitze, die spakige Stofftapete, die wie ein müder Mond verlöschende große Kugellampe an der Decke. Als sei ich dreißig Jahre zurückgebeamt worden in ein Damals, das genauso schauerlich spannend wie bedrückend gewesen war, ein Morast der heimlichen Vergnügungen, wobei es das Höchste war, sich einen Bonbon in den Mund zu schieben, während Brigitte Bardot daran ging, ihre Brust vor einem Spiegel zu entblößen.

Es war voll. Viele Gesichter kannte ich aus dem Kulturkaffee, dem Café Harmonie und dem Billardcafé. Man zeigte eine amerikanische Komödie neuesten Datums. Diese Mischung aus Nacktszenen, Schießereien und dummen Dialogen an der

Cocktailbar wirkte hier völlig unverständlich. Während einer bonbonfarbenen Kopulation auf einem Wasserbett riß der Film, und der trübe Mond ging auf.

Fünf Minuten nur raschelnde Tüten, eng beieinandersitzende Pärchen, Flüstern. Als es weiterging, wirkte die Stille im Raum so aufmerksam wie schon vorher. Kein einziger Lacher über die Verrenkungen und grotesken Regieeinfälle des Filmteams. Dieser Film mochte nicht jugendfrei sein, aber die Jugend war es offenbar auch nicht, und so kam es zu keinerlei Wirkung.

Anschließend stärkte ich mich in der Kinobar mit einem doppelten Doppelkorn, holländisch randvoll eingeschenkt von der Bardame-Kassiererin, die einer Operettenkönigin glich, Marika Rökk, obszön verlebt und verwelkt wie eine Blume auf dem Schminktisch der Zeit.

»Gehen Sie auch in die Csárdásfürstin?« fragte sie. »Das ist noch etwas fürs Herz, für die Ohren, für die Augen, den ganzen Menschen! Diese amerikanischen Filme können da nicht mithalten, junger Mann. Die sind nur für den Unterleib.«

Ich ging, beeindruckt von so viel Kunstverstand. Es war kurz vor zehn, und ich beeilte mich, pünktlich zu meiner Verabredung mit Schläfti zu kommen. Das Billardcafé war brechend voll. In einem kleineren Saal gab es mehrere Poolbillardtische, die alle besetzt waren. Der große Saal daneben verfügte nur über einen einzigen Tisch, der in der Mitte unter einer tiefhängenden Lampe stand. Hier wurde die edlere Art von Billard zelebriert, das Spiel mit drei Kugeln. Karambolage.

Es war still. So still, daß das Klacken der Kugeln von nebenan unnatürlich laut wirkte. Ich erkannte Schläfti, der, mit einem Bierglas in der Hand, in der vordersten Reihe der Zuschauer stand. Es waren viele Zuschauer. Sie umstanden den Kampfplatz in dichten Reihen. Der Zigarettenrauch über ihren Köpfen wirkte wie die Ausdünstung der Spannung im Raum.

Um mehr zu sehen, schob ich mich durch die Reihen, bis ich unmittelbar hinter Schläfti stand. Er drehte sich um und nickte mir zu. Er näherte seinen Mund meinem Ohr und flüsterte: »Er hat schon vierzehn. Eine tolle Serie.«

Ich verstand gerade genug von Billard, um zu begreifen, daß er die Serie des gerade Spielenden meinte. Vierzehnmal hintereinander hatte er ein Karambol geschafft, das heißt, die vom Queue gestoßene Kugel hatte nacheinander die beiden anderen Kugeln berührt. Bei einfacher Karambolage ist eine Serie von vierzehn nichts Besonderes. Aber hier wurde, wie ich bald merkte, die Königsdisziplin gespielt. Dreibandenbillard. Das bedeutet, daß der Spielball zwischen dem Berühren des ersten und des zweiten Balles dreimal gegen die Bande stoßen muß. Die geometrischen Komplikationen sind ungeheuer, das Vorausberechnen der verschiedenen Einfalls- und Ausfallswinkel setzt höchste Abstraktionsfähigkeit voraus. Meines Wissens steht der Weltrekord bei einer Serie von zwanzig Stößen.

Der Spieler, der sich nun entspannte und seine Queuespitze mit Kreide einrieb, war mir bekannt. Es war der Kerl mit dem Menjoubärtchen aus dem Kulturkaffee. Sein Gegner war niemand anderes als mein Freund und Landsmann Dick.

Dick stand mit gekreuzten Armen am Tisch und starrte abwesend auf das grüne Tuch. Er sah schrecklich aus. Das Gesicht verschwollen. Eine lange Platzwunde an der Stirn mit aufgeworfenen Rändern. Sie waren offensichtlich frisch genäht worden. Man sah die Fäden.

Dann war der andere soweit. Er beugte sich vor, formte mit auseinandergespreiztem kleinen Finger und Ringfinger den Bock, schob das Queue durch die Öffnung zwischen Daumen und abgebogenem Zeigefinger und ließ seine Spitze dreimal zwischen Kugel und Bock hin und her schwingen. Dann kam der Stoß.

Während die Kugel rollte, spürte ich fast körperlich, wie ihr alle mit den Blicken folgten. Aller Augen und Gedanken schienen in der Kugel eingeschlossen und trieben sie voran oder versuchten sie zu lenken. Es war eine weiße Kugel, und ich mußte an Schläftis Schneemann denken. Wurde sie nicht größer, während sie ihre Bahn zog? Ihr Effet war kräftig. Es war die Botschaft, die sie der anderen Kugel mitteilte und auch den Banden, die sie anschließend berührte.

Auch Dick folgte mit den Augen der Bahn der Kugel. Er lächelte zufrieden. Bald wußte ich den Grund: die Spielkugel kroch an der zweiten Kugel vorbei. Es fehlten nur Millimeter. Die Serie war beendet. Der Spieler stellte die Ballmarkierung an der Tischflanke auf vierzehn. Eine hervorragende Ausbeute.

Dick war an der Reihe. Anders als sein Gegenspieler wirkte er geistesabwesend, wie ein Schlafwandler eher. Er stellte sein Bierglas auf dem Rand des Tisches ab, drückte die Knie ein wenig durch, warf den Kopf in den Nacken, formte mit der Linken den Bock und stieß. Alles ging schnell. Zug um Zug wanderte Dick um den Tisch herum, in kleinen Schritten, wie ein Tanzbär an der Leine. Fast hatte man den Eindruck, er sei die vierte Kugel, die durch einen ungestümen Stoß über die Tischkante hinausgesprengt worden war.

Die Serie schien kein Ende nehmen zu wollen. Dichter und dichter wurden die Schwaden über dem Tisch, atemloser die Stille. Nur die kleinen Schweißperlen auf seiner lädierten Stirn verrieten, welche physische Anstrengung Dick sich abverlangte. Nach der vierzehnten Karambolage stieß sein Partner die Queuespitze wütend auf den Boden. Ungerührt spielte Dick weiter. Zug um Zug, die fünfzehn, die sechzehn, die siebzehn, die achtzehn.

Vor dem neunzehnten Zug lagen die Kugeln ungünstig. Das konnte sogar ich sehen. Dick bückte sich und peilte aus verschiedenen Richtungen über die Tischkante hinweg. Mehrmals umkreiste er den Tisch, schüttelte den Kopf, setzte zum Stoß an, brach ab, kratzte sich, trank. »Ein großes Bier und einen Doppelten!« rief er plötzlich.

Es war fast eine Erlösung, eine menschliche Stimme zu hören. Auch andere bestellten. Dann, als serviert worden war, kehrte die Stille zurück. Sie wirkte nun noch gespannter als vorher, so straff und glatt wie das kostbare, grüne, elektrisch beheizte Tuch des Tisches.

Dick kippte den Schnaps, zündete sich eine Zigarette an und drehte noch eine Runde, während der er die Lage der Kugeln taxierte. Sie lagen ziemlich weit auseinander, so weit, daß eine erneute Karambolage unwahrscheinlich war.

Dann tat mein Landsmann etwas Unerhörtes. Er stellte sein Bierglas mitten auf den Tisch zwischen die Kugeln. Wollte er sich ein zusätzliches Handicap verschaffen? Es war äußerst provozierend. Das weitere geschah wieder sehr schnell, wie in einem gleitenden Verschmelzen der Sekunden.

Die leichte Hocke, das Zurückwerfen des Kopfes, der Bock, das Schwingen des Queues, der Stoß, das Rollen der Spielkugel, ihr Aufprall auf die rote Kugel, ihre weitere Bahn haarscharf am Bierglas vorbei, der erste Stoß gegen die Bande, der zweite, der dritte weit entfernt auf der anderen Seite des Tisches, die lange Reise an der Klippe des Heinekenglases vorbei quer über den Filzozean auf die gelbe Kugel zu, das Einlaufen schließlich in den Hafen der Berührung.

Es war geschafft. Die neunzehnte Karambolage, fast schon der Weltrekord. Die Spannung löste sich. Niemand applaudierte. Dafür ertönten Rufe. »Betrug!« schrie jemand. Dick sah triumphierend in die Runde. Er sog an seiner Zigarette, so daß sie hellrot aufglühte, und drückte sie mit einer schnellen

Drehbewegung auf dem wertvollen Billardtuch aus. Man hörte es knistern, roch den verbrannten Stoff. Dann stürzte Dick zum Fenster, riß es auf und verschwand in der Nacht.

Schreie der Empörung folgten ihm in die kalte Luft. Schneeflocken wirbelten herein. Der Kerl mit dem Menjoubärtchen reagierte als erster. Er stürzte zum Fenster, sprang ebenfalls hinaus. Andere folgten, viele drängten zum Eingang.

Schläfti war plötzlich an meiner Seite. »Kein guter Ort für Holländer«, sagte er. Er zog mich in einen Gang, der an den Toiletten vorbei ins Freie führte.

Schläfti brachte mich auf Umwegen zum Hotel. »Sei vorsichtig«, sagte er. »Bleib ruhig mal einen Tag im Bett. Hier ist dicke Luft.« Dann verschwand er im Schneetreiben.

An der Rezeption lag ein Päckchen. Mein Name stand darauf. Niemand war da, und ich nahm es mit auf mein Zimmer, riß den Umschlag auf. Ein Holzscheit kam zum Vorschein. Ein einfaches, frisch geschlagenes Stück Holz, fast in der Form eines Buches. Ein Schriftzug ging über seine ganze Länge: »Wilhelm I. R.«

Ich saß auf dem Bettrand und wog das Holz in der Hand. Dem Gewicht nach war es Buche. »I. R.« hieß »Imperator Rex«. Dann legte ich das Scheit auf meinen Nachttisch und löschte das Licht. Während ich einzuschlafen versuchte, sah ich Dicks Kugeln in unwahrscheinlichsten Kometenbahnen über eine grüne, elektrisch beheizte Unendlichkeit ziehen.

Siebtes Kapitel

Heiligabend frühmorgens, der Tag, der in der Kindheit regelmäßig damit begann, daß meine Mutter mir die Schöpfungsgeschichte vorlas. Immer diese wohlige Stimmung wie vor Erschaffung einer neuen Welt. Ihr eigentlicher Schöpfer war meine Mutter. Sie verstand sich schon immer meisterhaft auf Stimmungen. Der auf der Anrichte schwebende Rauschgoldengel, der Geruch frischer Plätzchen, die auf dem Küchentisch abkühlten, der Duft einer im Backofen bräunenden Gans, die im Radio erklingenden Weihnachtslieder, der künstliche Schnee auf den Fenstersimsen und der Baum mit den neben Strohsternen Schlitten fahrenden Zwergen … die Inszenierung konnte nicht überzeugender sein.

Als ich jetzt in den Frühstücksraum hinunterging, war er wieder da, dieser Weihnachtsgeruch. Auf allen Tischen brannten Kerzen. Auf meinem Teller lag ein Umschlag, eine Schmuckkarte von meiner Mutter. Sie mußte sich bei meinen Groninger Kollegen extra nach meiner Adresse erkundigt haben. In silbernen Riesenbuchstaben stand dort unter einer Breughelschen Winterlandschaft: »In Gedanken bei Dir.« Daneben in ihrer zittrigen Handschrift allein das Wort »Mutter«. Es tat gut. Die Art, wie meine Mutter konventionell sein kann, hat für mich etwas Beruhigendes. Es bedeutet: die Welt existiert, auch wenn sie wahnsinnig ist.

Ich blätterte in der Zeitung. Für den Nachmittag war ein Konzert in der Musikschule am Ort angekündigt. Schüler würden im feierlichen Rahmen festliche Musik präsentieren. Ich war entschlossen, hinzugehen. Aber vor den Stunden bis dahin graute mir. Es gab Formen der Sentimentalität, die man niemandem zumuten kann, am wenigsten dem, der sie empfindet. Eine dumpfe Sehnsucht, ein süßliches Ziehen in der Brust, eine Unfähigkeit der Blicke, auf Wirklichem zu ruhen.

Ich ertappte mich dabei, nach Weihnachtsdekorationen Ausschau zu halten. Es gab erfreulich wenig davon. Auf dem Marktplatz wurden die Gehwege mit Asche gestreut. Ich ging zur Telefonzelle und versuchte, meine Mutter zu erreichen. Vergeblich. Immer wieder eine monotone Stimme vom Band mit dem Satz »Kein Anschluß unter dieser Nummer«. Durch die schmutzigen Glaswände der Telefonzelle sah ich jemanden vorbeigehen, den ich kannte. Der Kerl mit dem Menjoubärtchen. Er trug einen großen schwarzen Koffer in der Hand.

Ich stürzte hinaus und rannte ihm nach. »Hallo«, sagte ich. »Wir kennen uns, von der Lesung neulich im Kulturkaffee. Und ich habe Ihre phantastische Leistung beim Billard gesehen.«

Er schien nicht gerade begeistert. »Ich habe leider wenig Zeit.« Er legte mit einer ausholenden Armbewegung seine Uhr frei.

»Verreisen Sie?« fragte ich.

Er schüttelte den Kopf. »Ich habe zu tun. Wir proben.«

»Ach, wird hier auch Theater gespielt?«

»Natürlich, wir haben ein Theater, das wissen Sie doch ganz genau.«

Es war deutlich, daß er mich loswerden wollte. Er hielt den Koffer die ganze Zeit in der Hand, ohne ihn abzusetzen.

»Was wird gespielt?«

»Die Csárdásfürstin.«

»Die verschleierte Dame?«

Bis heute weiß ich nicht, warum ich diese Frage stellte. Seine Reaktion war überraschend. Er setzte den Koffer ab, legte beide Hände auf meine Schultern, sah mir direkt in die Augen und begann zu singen. Erst leise, dann immer lauter. Dabei wiegte er sich in den Hüften, griff mir unter den Arm und drehte sich und mich im Walzertakt.

»Liebchen, mich reißt es,
Liebchen, du weißt es,
Glühend, sprühend zu dir!
Herrlich ist's, mein süßes Leben,
Toll mit dir dahinzuschweben!
Schätzelein, gib einen Walzer zu,
keine kann tanzen wie du!«

Es war widerwärtig. Der Kerl stank penetrant nach Parfum. Passanten waren stehengeblieben und sahen uns zu. Ich wollte mich losmachen, aber die hypnotische Kraft dieses Menschen zwang mich dazu, mich im Kreise zu drehen. Ich hörte, wie einige lachten, dann flog ein Schneeball und traf mich am Ohr. Es brannte. Endlich ließ er mich los, nahm den Koffer und ging mit raschen Schritten davon.

Ich setzte mich auf eine verschneite Bank. Mir war zum Heulen zumute. Wenn ich heute daran denke, werde ich immer noch rot. Vielleicht liegt es daran, daß ich mich damals für Momente tatsächlich wie eine Frau gefühlt hatte.

Ich raffte mich auf und folgte ihm heimlich. Von Straßenecke zu Straßenecke. Es war nicht schwer, da der Koffer ein gutes Erkennungsmerkmal abgab. Er ging zum Bahnhof, wie gestern Dick, verschwand in der Wartehalle. Ich beobachtete ihn durch ein Fenster. Er saß auf einer der Bahnsteigbänke und starrte auf seine Finger. Ein Zug hielt, und er stieg ein.

Ich ging zurück zum Fluß und folgte ihm entlang der Straße, die Dick damals nach meiner Ankunft mit mir gefahren war. Mir war nach Familie zumute, nach Landsleuten, nach einem Rest von Weihnachtsstimmung, die man teilen muß, denn allein gibt es kein Weihnachten. Man muß wenigstens zu zweit sein. In weniger als einer halben Stunde erreichte ich den Weiler Am Weißen Berg.

Die Läden am Haus waren heruntergelassen. Auf mein Klingeln rührte sich nichts. Aus dem Schornstein kräuselte sich jedoch eine gelbliche Rauchspirale. Es war also anzunehmen, daß jemand da war.

»Dick«, rief ich. »Ich bin's, Piet.« Am Nachbarhaus bewegte sich ein Vorhang. Dort jedenfalls hatte ich Aufmerksamkeit geweckt.

Ich stieg über den Zaun und klopfte gegen den Laden, hinter dem ich Dicks Arbeitszimmer vermutete. Ich klopfte lang-kurz-lang-kurz, Pause, lang-lang-kurz-lang, oder genauer gesagt, stark-schwach-stark-schwach, Pause, stark-stark-schwach-stark, eine Art afrokubanischer Rhythmus, der jedem Funker vertraut ist als die Morsezeichenfolge »cq«. Sie bedeutet international »an alle« und wird einem Seenotruf vorangestellt. Ich wußte, daß Dick sein Funkerpatent gemacht hatte. Eine seiner Maßnahmen, um seinen Sumatratraum zu realisieren.

Irgendwann kam Leben in die Lamellen des Rolladens. Er wurde ein Stückchen hochgezogen, so daß Schlitze zwischen den Latten entstanden. Und dann sah ich seine Augen.

»Dick«, sagte ich. »Mach auf, laß mich rein. Ich will dir helfen.«

»Hilf dir lieber selbst«, sagte er. Seine Stimme klang dumpf durch das Fensterglas.

»Dick«, rief ich, »ich muß mit dir reden. Wegen Ines.«

»Hau endlich ab«, brüllte er, »du hetzt mir noch die ganze

Bande auf den Hals! Glaub doch nicht, daß du nicht beobachtet wirst!«

Ich drehte mich, sah die Straße hinab, musterte die gegenüberliegenden Baumreihen, die Schuppen in den Nachbargärten. Nirgends eine Menschenseele. Ein scharfes Geräusch ließ mich zusammenschrecken. Dick hatte den Rolladen wieder herabgelassen.

Ich kletterte über den Zaun und ging ums Haus. Auf der Rückseite gab es einen Geräteschuppen. Seine Tür stand halb offen.

Ich schlüpfte hinein und wartete eine Weile mit klopfendem Herzen. Als ich auf einen Rechen trat und sein Stiel mir gegen den Hinterkopf schnellte, war es mit meiner Geduld zu Ende.

Ich hämmerte mit den Fäusten gegen die Hintertür, und diesmal hatte ich Erfolg. Dick öffnete.

»Idiot«, sagte er. »Du machst die ganze Nachbarschaft rebellisch.«

Ich war wütend. »Dick, wir sind immer noch Landsleute. Ich habe ein Recht auf deine Gastfreundschaft.«

»Sie haben Derbacher umgelegt, so wie sie mich umlegen werden«, sagte Dick mit düsterer Stimme, während er eine Flasche Oude Kuyper aus dem Küchenschrank holte. »Hier. Besaufen wir uns. Es ist die letzte. Insofern stimmt das Timing.«

»Hör endlich auf, deine eigene Leichenrede zu halten.«

Er hob sein Glas. Es war heimatlich eingeschenkt. Bis zum Rand, mit sich darüber wölbender, von den van der Waalschen Kräften zusammengehaltener Oberfläche. Erstaunlich, daß Dicks Hand so wenig zitterte. »Fröhliche Weihnachten«, sagte er.

»Und ein gutes neues Jahr«, sagte ich.

Wir tranken, und einen Augenblick lang glaubte ich, einen

Rauschgoldengel auf der Anrichte zu sehen, der uns beschützte.

»Ich werde dir etwas zeigen, falls du immer noch meinst, ich leide an Verfolgungswahn«, sagte Dick. Ich folgte ihm in sein Arbeitszimmer. Auch hier waren die Rolläden heruntergelassen.

Er knipste das Licht an. »Sieh mal, was sie gemacht haben.«

Mein Herz krampfte sich zusammen. Das Bild von Sumatra. Es hing an seinem Platz, aber es war schrecklich verändert. Die silberne Mondlichtstraße war jetzt dunkelrot. Schwärzliche Tropfenbahnen waren bis über den Rahmen hinabgerollt.

»Es ist Blut«, sagte Dick. »Ich möchte wetten, sogar Menschenblut.«

»Warum haben sie das getan?«

Dick lachte kurz auf. »Für einen Polizisten fragst du reichlich naiv. Die Rache für das Billardtuch. Wie heißt es so schön? Auge um Auge, Zahn um Zahn. Seele um Seele, müßte man hinzufügen.«

»Ich habe dich in der Stadt gesehen. Ich bin dir gefolgt. Am Bahnhof hab ich dich verloren.«

Dick wirkte einen Moment zufrieden. Fast war er wieder ganz der alte, der kindliche Träumer. Er gab noch einen Genever aus.

»Ich habe meine Beschatter mit dem gleichen Trick abgeschüttelt wie offenbar dich, mein lieber Piet. Bin einfach über die Gleise. Bahnhöfe verführen jeden dazu zu glauben, man würde ihre Einrichtungen auch benutzen. Keiner hat so viel Phantasie, sich vorzustellen, wie einfach es ist, über Bahngleise zu gehen und auf der anderen Seite im Gebüsch zu verschwinden. Es ist nämlich verboten. Da sind selbst die größten Killer überfordert mit ihrer Vorstellungskraft.«

»Wo ist Ines?«

»Abgehauen. Einfach so. Ohne Abschiedsbrief. Das wäre auch nicht ihre Art. Sie konnte kaum schreiben. Dafür hat sie mir das hinterlassen.« Er tippte sich an die Stirnwunde. »Mit einer halbvollen Geneverflasche. Ich habe ihr auch eine gelangt, aber viel zärtlicher.«

»Ines hat mit mir geschlafen«, sagte ich.

»Ich weiß. Das war mir vom ersten Moment an klar. Es ist ihre Art, sich die Männer, die sie interessieren, vom Leibe zu halten.«

Mir fiel jetzt erst auf, wie schlecht Dick aussah. Es waren weniger die Wunde, die fahle Hautfarbe, die Trinkerschwellungen unter den Augen, der ungepflegte Bart, das schmutzige Hemd. Es war seine Haltung. Er wirkte unecht. Wie ein ausgestopftes Tier, wie jener Affe, jener Orang Utan aus seinem Schiff, dessen Glasaugen und mottenzerfressener Pelz einen seltsam realistischen Eindruck von Leben erweckt hatten, einem Scheinleben allerdings, in Form gebracht mit dem Stroh der Hoffnungslosigkeit.

Er schenkte schon wieder die Gläser voll. »Fröhliche Weihnachten«, sagte er noch einmal.

»Dick, es hilft nichts, wenn wir uns hier betrinken, obwohl mir auch danach zumute ist. Warum gehst du nicht zur Polizei?«

Er lachte. »Also wirklich, du bist naiver, als die Polizei erlaubt. Vielleicht sollte ich einen Privatdetektiv konsultieren. Weißt du, daß wir hier einen haben? In diesem Drecksnest gibt es tatsächlich Leute, die Leute beschatten lassen, aus Eifersucht vielleicht oder wegen Geld. Und weißt du, was das Tollste ist? Der hiesige Leiter der Detektei war früher Obermacker der Stasi. Du kannst dir vorstellen, über was für gute Informationen er verfügt. Und du meinst wirklich, ich sollte mich in dieses Dickicht von Erpressungen, Privilegien und Heuchelei begeben, um meine Rechte vertreten zu lassen? Mein lieber Piet, du scheinst nicht zu wissen, wo du bist. Du glaubst, wir befänden uns in einem freien Land. Du meinst, die Mauer sei gefallen! Ich sage, sie ist mitnichten gefallen, sie ist nur neu verlegt worden, diesmal perfekter, undurchlässiger, mit besseren Schießanlagen und vor allem billiger, denn sie führt direkt um die Köpfe herum, über den Augenbrauen, um die Stirn, die Ohren, den Hinterkopf. Keiner kann hier mehr ausbrechen, kein kühner Gedanke mehr, keine armselige Phantasie über diese perfekte Mauer klettern, und das Beste daran ist, man hat die Mauer immer dabei, auch wenn man nach Haiti fährt oder nach Sumatra. So und nicht anders ist es, und nun darfst du gehen und weiter Weihnachten feiern, lieber Piet. Und mich läßt du besser in Frieden. Ich habe jetzt noch eine Woche, und die will ich auf meine Weise verbringen, verstehst du. Ich bin nämlich depressiv. Und Depressive lassen sich nicht so ohne weiteres um das einzige betrügen, was sie haben: um ihr Selbstmitleid.«

Er reichte mir die Hand, und ich nahm sie. »Eine letzte Frage, Dick, was weißt du über diese Theatergruppe ›Die Nachtlöhner‹ und ihren Boß? Wie ich vermute, ist es dieser Kerl, gegen den du im Billard gewonnen hast.«

Dick legte seine Hände schwer auf meine Schultern. Einen Moment dachte ich, auch er würde jetzt mit mir Walzer tanzen. Aber er schüttelte mich nur, daß mir die Zähne aufeinanderschlugen.

»Hau endlich ab!« brüllte er. Er zerrte mich zur Haustür, schloß sie auf und stieß mich hinaus. Seine Kraft war so groß, daß ich nur mit Mühe das Gleichgewicht behielt. Ich ging am Fluß entlang zurück. Auf der Brücke lief mir Schläfti über den Weg. Er trug ein Stirnband, auf dem »Frohes Fest« eingestickt war. »Ein Geschenk von meiner Mutter«, sagte er. »Heute morgen hat sie mir beschert.«

»Ich würde gerne deine Mutter kennenlernen, Schläfti. Lebt sie noch auf dem Schloß?«

Schläftis Gesichtsausdruck verdüsterte sich. »Meine Mutter«, sagte er, »ist eine gute Frau, aber nicht mehr ganz richtig im Kopf. Sie lebt nicht mehr im Schloß, seit ihrem... ihrem ...«

»Selbstmordversuch?«

»Ja«, sagte er zögernd. »Sie hat versucht, sich umzubringen. Da hat man sie fortgeschafft, in eine Anstalt. Ins Altersheim, meine ich, aber das ist eine Art Anstalt, ein Irrenhaus. Nach der Wende ist sie wieder herausgekommen. Jetzt lebt sie am Bahndamm, in dem alten Bahnwärterhäuschen. Sie mag es, wenn die Züge vorbeidonnern.«

»Kann ich sie nicht mal besuchen?«

»Ich weiß nicht«, sagte Schläfti, »Besuch regt sie immer auf. Vor allem Fremde. Aber du bist ja kein richtiger Fremder mehr. Ich werde ihr von dir erzählen. Dann kannst du sie besuchen. Am besten übermorgen. Ja, das wird am besten sein.«

Ich erzählte Schläfti, daß ich noch mal zu Doktor Vielbrunn wolle.

Mein Freund wollte mich unbedingt begleiten. »Die mögen dich nicht da oben«, sagte er. »Es ist besser, ich komme mit. Vor mir haben sie Respekt. Sie wissen genau, daß ich das Schloß kenne wie kein anderer.«

»Was ist mit dem Theater«, fragte ich. »Wo wird im Winter gespielt?«

»Es gibt eine Bühne im Torhaus. Sie spielen manchmal Operetten dort und andere Sachen. Moderne Stücke.«

»Und die Proberäume, wo sind die? Und die Maske? Alles im Torhaus?«

Schläfti verfiel ganz gegen seine Art in Schweigen. Überhaupt erschien er mir verändert, weniger selbstsicher.

»Beunruhigt dich etwas, Schläfti?« fragte ich.

Er starrte vor sich hin. Wir gingen durch den Schnee, in dem eine braune Aschespur so schwankend verlief, als hätte ein Betrunkener gestreut.

»Man sollte einfach abhauen«, sagte er nach einer langen Pause, in der er nachzudenken schien. »Mir hat ein LKW-Fahrer angeboten, mich in die Türkei mitzunehmen. Er will alles bezahlen, sagt er. Wenn er nur jemand hätte, mit dem er sich die lange Strecke über unterhalten könnte. Bald kommt er wieder hier vorbei.«

»Was beunruhigt dich denn so?«

»Die Sache mit Heinz. Es wird immer brutaler hier. Die Leute sind schon zu lange ohne Hoffnung.«

Er hob beide Arme und senkte sie wieder. Wegen der schlaff herabhängenden Hände sah es grotesk aus.

»Sag mal, Schläfti, war es wirklich ein Unfall, oder haben sie dich zum Krüppel geschlagen?«

Er blieb stehen und sah mich voller Entsetzen an. Dann wandte er sich ab und ging die Schloßauffahrt hinab Richtung Stadt.

»Du wolltest mir doch helfen, Schläfti!«

Er drehte sich um und sagte: »Sie proben in der ›Grünen Grotte‹.« Dann lief er weiter, die Hände in seinen Jackentaschen vergraben. Ehe er aus meinem Blickfeld verschwand, rief er mir noch etwas zu. Es klang wie »Laß ab«. Dreimal rief er es. »Laß ab!«

Im Innenhof war geräumt worden. Der Holzstapel war ordentlich geschichtet, die Axt steckte im Block. Niemand war zu sehen, an der Tür zum Archiv klebte ein Zettel. »Bin am Nachmittag wieder da. Dr. V.«

Ich machte mich auf den Rückmarsch. Es war Mittag, und die Stadt wimmelte vor einkaufenden Menschen. Ich ging ins Kaufhaus, in die Abteilung elektronische Unterhaltung. Hier gab es alles, was es auch bei uns gibt. Elektrische Orgeln, Hifi-Anlagen. Ich entschloß mich, mir ein Weihnachtsgeschenk zu machen.

Zehn Minuten später verließ ich das Kaufhaus mit einem tragbaren CD-Player und einer Aufnahme der »Winterreise«. Es war eine andere Version als die, die mir meine Mutter geschenkt hatte. Die Stimme des Sängers war weniger exakt, aber sie war deutscher, düsterer, voller leicht verhalltem Gefühl und einem suggestiven Tremolo. Ich lag in meinem Zimmer auf dem Bett und lauschte. Die Musik wirkte wie eine Droge: »Fremd bin ich eingezogen, fremd zieh ich wieder aus …«

Das Bett war ungemacht. Es roch immer noch nach Ines. Ich schlief ein, mit dem Kopfhörer auf. »Am Brunnen vor dem Tore …« Ein Wiegenlied, das ich auch im Schlaf noch zu hören meinte.

Drei Stunden später stand ich wieder vor der Tür des Archivs. Der Zettel war verschwunden. Ich klingelte. Die Tür öffnete sich so schnell, als hätte jemand hinter ihr gelauscht.

Es war das Mädchen, das die Buchseiten gebunden hatte. Sie trug eine Schürze und roch nach Bratenfett. Ehe sie etwas Abweisendes sagen konnte, war ich schon durch die Tür. »Ich muß unbedingt Herrn Doktor Vielbrunn sprechen«, sagte ich.

Sie ging stumm voran durch den dunklen Vorraum, dann klopfte sie an seinem Arbeitszimmer. Ich hörte seine volle, tiefe Stimme, sah, wie sie die Tür einen Spalt öffnete, den Kopf hineinsteckte und etwas erklärte, wahrscheinlich wer der Besucher war.

Doktor Vielbrunn erschien. Er wirkte bei weitem nicht mehr so freundlich wie beim erstenmal. »Sie kommen zu einer ungewöhnlichen Zeit, junger Mann«, sagte er.

Er hatte eine Serviette umgebunden, und seine Mundpartie glänzte von Fett. »Wir bereiten gerade das Festessen vor. Für unsere Alten im Heim. Ich muß Sie bitten, Ihre Wünsche knapp zu formulieren.« Er sah auf die Uhr.

Ich hörte Stimmen aus einem Nebenzimmer und auch das Klingen von Gläsern.

»Ich habe nur eine Frage, dann gehe ich wieder, Herr Doktor. Bitte sagen Sie mir, gab es hier früher eine Laientheaterspielgruppe?«

»Wie kommen Sie denn darauf?«

Seine Stimme hatte plötzlich eine unglaubliche Schärfe, dann aber milderte sie sich wieder zu seiner typischen jovialen Freundlichkeit. »Ja, doch, gewiß. Sie haben ganz recht. Es gab mal so etwas hier bei uns auf dem Schloß. Jetzt im Sommer wird ja auch im Hof gespielt, aber früher gab es ein richtiges kleines Theater hier mit einem festen Ensemble.«

»Wann war das etwa?«

»Nun, es war während des Krieges. Des ersten, um genau zu sein. Manchmal verwechsle ich sie fast, wissen Sie, die beiden Kriege.« Er lachte. »Typisch für den Fachmann. Er weiß zuviel und verliert dabei den Blick für die Nuancen. Wir haben beide Kriege verloren, im gewissen Sinne war es ein und derselbe Krieg, der in zwei Phasen verlief.«

»Und heute, wird heute nicht mehr dort gespielt?«

»Selten, junger Mann. Gastspiele zuweilen. Aber ich muß jetzt wirklich wieder an die Arbeit. Kommen Sie nach den Feiertagen, wenn Sie noch Fragen haben.«

»Nur noch eine Information bitte. Wo ist die Bühne?«

Es war deutlich zu merken, wie lästig ich ihm war. »Im Dachstuhl des Torhauses«, sagte er knapp. »Sie können dort, wenn Sie wollen, morgen eine bekannte Operette sehen. Aber ich muß jetzt wirklich wieder an die Arbeit. Eva, bring unseren Gast jetzt hinaus.«

»Und die Probebühne? Ist sie nicht in der ›Grünen Grotte‹?«

Er packte ganz plötzlich meine Hand und schüttelte sie. »Wissen Sie, Doktor Hieronymus, Sie müssen nicht alle Gerüchte glauben, die Kinder in die Welt setzen. Ich habe Ihnen alles gesagt, was es zu sagen gibt. Und nun entschuldigen Sie mich bitte.«

Er schüttelte mir die Hand noch einmal übertrieben heftig. Dann verschwand er durch die Tür, aus der die Stimmen drangen.

Eva hatte die Haare hochgesteckt. Sie ging voran, und ich sah, daß in ihrem Haarknoten eine silberne Spange in der Form eines Adlers mit gespreizten Flügeln stak. Sie hielt mir die Tür auf, als wollte sie mich wie Dreck hinausfegen.

Ich ging um den schwarzen Felsen herum zum Torhaus. In der Durchfahrt hing immer noch das Plakat mit der verschleierten Frau. Quer über dem Plakat klebte ein Streifen mit der Aufschrift »Ausverkauft«. Ich las den Text. Die Namen der Sänger sagten mir nichts. Es sollte zwei Vorstellungen geben. Am ersten und am zweiten Weihnachtsfeiertag.

Ich ging die Treppe hoch. An der Tür mit dem Schild »Schloßverwalter« klingelte ich. Die Klingel funktionierte nicht. Ich klopfte.

Wilhelm öffnete. Er war kein angenehmer Anblick, mit seinem brutalen Kinn und dem Buckel. »Sieh mal einer an, der Mädchenhändler«, sagte er. »Na, wieder auf Damenjagd?« Hinter ihm sah ich seine Frau. Sie hatte sich Wickler in die dünnen Haare gedreht und stand unbeweglich da wie eine Gipsfigur.

Durch die offene Wohnzimmertür sah ich einen kümmerlichen Weihnachtsbaum mit Strohsternen und echten Kerzen. Wahrscheinlich waren elektrische Wilhelm zu teuer. Ich glaube auch, daß er unter normalen Umständen gewalttätig gegen mich geworden wäre, aber es war schließlich Weihnachten, das Fest der deutschen Liebe. »Gibt es noch Karten für morgen?« fragte ich. »Raus mit dir, du langer Lulatsch!« schrie Wilhelm. Er beließ es nicht bei der Rhetorik, er hatte mich auch am Kragen meiner Jacke gepackt. So schob er mich zur Tür. Er war viel kräftiger als ich, und außerdem schien mir Gegenwehr auch taktisch sinnlos. Ich ließ mich ins Treppenhaus schubsen und ging meiner Wege.

Es regnete inzwischen. Offenbar hatte sich eine Warmfront aus dem Westen hierher verirrt. Abgase aus dem Talkessel krochen unsichtbar die Berghänge empor.

Wilhelms Hunde kläfften ohne Pause. »Fröhliche Weihnachten«, sagte ich laut. Und ich meinte es auch wirklich. Meine Laune war zum erstenmal, seit ich hier war, gut. Es hatte den Anschein, daß ich endlich fündig geworden war.

Ein Stück unterhalb der Rampe, die vom Schloß herabführte, standen ein paar Büsche. Ich schob mich hinein und wartete.

Die Zeit verrann. Sie steckte in den Tropfen, die das Tauwetter aus den Schneehauben in den Zweigen molk.

Dann hörte ich endlich Schritte und das Knirschen von Rädern. Doktor Vielbrunn und seine Assistentin gingen vorbei. Sie zogen einen Leiterwagen hinter sich her, auf dem ein großer Topf stand. Ich folgte ihnen in gebührendem Abstand.

Tatsächlich gingen sie über verschlungene Waldwege auf jenes rote Gebäude zu, das mir der ehemalige Koch des Altersheims gezeigt hatte.

Ich verbarg mich, so gut es ging, hinter den Stämmen des lichten Waldes. Es war ein seltsames Bild: der massige Doktor Vielbrunn, die kleine Frau in dem braunen Mantel, der dampfende, waschkesselgroße Topf auf dem Wagen. Zwei kräftige Männer kamen die Treppe des Altersheims herab und nahmen den Kessel zwischen sich. Dann verschwanden alle vier durch das Portal des Barockbaus.

Ich hatte Glück. Die Tür ließ sich leicht öffnen, und im Inneren des Treppenhauses war niemand zu sehen. Die Wände und Fenster waren renoviert. Es roch nach Lack und Desinfektionsmittel wie in einem neuen Krankenhaus. Irgendwo winselte eine Orgel. Die Musik kam von oben, und ich schlich die breite Treppe empor. Aus einem der Fenster sah ich schwere Limousinen im Hof stehen. Eine von ihnen hatte eine schwarzrotgoldene Standarte auf dem Kühler.

Die Musik kam von einer halb offenstehenden Tür. Ich pirschte mich heran und blickte vorsichtig in den Saal dahinter. Was ich sah, glich einer der grandiosen Visionen meines Namensvetters. Pieter Breughel der Jüngere, genannt der Höllenbreughel.

Rechts und links der Türfüllung standen wie Karyatiden die beiden Muskelpakete. An den Wänden ringsherum Malereien in süßlichen Farben, frisch restaurierte antike Motive, die Elysischen Felder, Grazien, rosig dralle Nacktheiten, tanzende Jugend, die Schamlosigkeit einer vergangenen Kultur der Feinschmecker, reizende junge Venezianerinnen, nicht älter als siebzehn, mit schmachtenden Blicken hingelagert, bereit, Wollust zu geben und zu nehmen, die schmalen Hände auf die Scham gelegt, wie um die brennende Süßigkeit der Begierde abzukühlen.

Davor, an einem langen, weißgedeckten Tisch, zahllose verfallene Körper, die sich leicht wiegten wie Kornhalme, hin und her, vor und zurück, leere, stupide Gesichter, die das Alter von allen Gedanken und Gefühlen freigeräumt hatte, farblose Augen, Münder, die wie aufgemalt wirkten auf dünnwandiges Porzellan.

Es war der Hades der Alten, der Schattenwesen, die die Erinnerung an sich selbst verloren hatten, die vor einem kalten Feuer wie Scherenschnitte vorbeizogen und mit ihren Erinnerungen jene bonbonfarbenen Jugendvisionen an die Wände projizierten. Alle hatten sie irgendwann einmal auf Wiesen gelegen, hatten Lust empfunden und mit klopfendem Herzen genossen. Jetzt waren da nur noch diese fast gewichtlosen Puppen, die der Schmetterling des Lebens verlassen hatte.

Die Orgel war neu, und sie war sicherlich im Kaufhaus der Stadt erstanden worden. Ein junges, sehr dürres Mädchen spielte sie. Der künstliche Transistorklang erhöhte die Absurdität des Momentes. Daneben stand ein Mann in schäbigem Smoking, alt auch er, doch noch nicht ganz zur Mumie geworden. Seine Augen wirkten wie runde Scheiben, aus einem dunstigen Sommerhimmel gestanzt, seine Wangen waren von einem roten Netz geplatzter Äderchen geschminkt.

Er sang. Die Stimme mußte einst schön gewesen sein, man hörte immer noch den warmen, geschulten Ton heraus, aber nun fehlten ihr die Kraft und die Konstanz, der Atem. Ich bekam eine Gänsehaut, als ich die mir inzwischen so vertrauten Verse hörte:

Der Reif hatt' einen weißen Schein
Mir übers Haar gestreuet;
Da glaubt' ich schon, ein Greis zu sein,
Und hab' mich sehr gefreuet.

Doch bald ist er hinweggetaut,
Hab' wieder schwarze Haare,
Daß mir's vor meiner Jugend graut –
Wie weit noch bis zur Bahre!

Vom Abendrot zum Morgenlicht
Ward mancher Kopf zum Greise.
Wer glaubt's? Und meiner ward es nicht
Auf dieser ganzen Reise!

Die Orgelmusik zerrann in einer Mollphrase, der Sänger verneigte sich. Doktor Vielbrunn begann laut zu klatschen. Seine Mitarbeiterin ließ sich mitreißen, auch die Aufpasser klatschten zögernd. Nur die Alten reagierten nicht. Sie starrten auf den großen Suppentopf, der in der Mitte des Tisches stand. Freßgier war die letzte Botschaft, die das Leben in ihnen hinterlassen hatte.

Eva begann, die Teller mit einer großen Kelle nacheinander zu füllen. Niemand fing an zu essen. Der Grund war einfach, man teilte die Löffel erst aus, als die Suppe in allen Tellern war.

Nun hub ein Schmatzen und Grunzen und Schlürfen an wie in einem Viehstall. Die Löffel klapperten unentwegt. Die Münder verschmiert, die Kleidung, die Tischdecke bekleckert, so leerten sie die Teller mit der Energie unstillbaren Hungers, der übrigbleibt, wenn nur der Bauch noch zu füllen ist.

Nach höchstens zehn Minuten war es vorbei. Doktor Vielbrunn saß am Kopf der langen Tafel und hatte sich die ganze Prozedur angesehen. Nun erhob er sich und trat neben die Orgel. Das dürre Mädchen nahm auf dem Klavierschemel Platz und spielte die Introduktion. Dann begann seine Stimme den Saal zu füllen.

Er sang herrlich. Nicht perfekt. Wie ein begabter Amateur. Aber genau dies tat dem Lied erstaunlich gut. So überzeugend hatte ich es noch nie gehört.

> Am Brunnen vor dem Tore,
> da steht ein Lindenbaum …

Ja, man konnte ihn rauschen hören, man konnte den billigen Klang der Orgel vergessen, die unangenehme Leibesfülle des Interpreten, die stupiden Gesichter der Zuhörer, die nichts zu hören schienen. Während des ganzen Liedes hatte ich das eigenartige Gefühl, in ihm zu sein wie in einem grünen Sommermärchen. Ich träumte wirklich im Schatten des Baumes, ich schnitt wirklich manch süßes Wort in seine Rinde. »Ines, ich liebe dich.« Ich war verliebt, und ich dachte an meine Geliebte, während ich die Zweige rauschen hörte: »Komm her zu mir, Geselle, hier findst du deine Ruh'.«

Dann änderte sich das Wetter. Es wurde kalt, und ein eisiger Wind begann zu blasen. Mein Hut wurde mir vom Kopf gerissen, aber ich wandte mich nicht ab. Ich starrte wie gebannt auf die Szene. Als Doktor Vielbrunn geendet und die Orgel in verschwimmenden Tönen ausgewimmert hatte, wollte ich meine Hände zum Klatschen heben, doch rechtzeitig begriff ich, wo ich war. Ich zog mich unbemerkt zurück.

Es war früher Nachmittag, und ich war hundemüde. Unbedingt mußte ich vor dem Konzert in der Musikschule noch ein wenig schlafen.

Vor dem Hotel stand Schläfti. Er sah aus wie ein geprügelter Hund. »Ich habe dich im Stich gelassen«, sagte er. »Das war feige, das war nicht Schläftis Art. Ich habe vor niemandem Angst.«

Er wirkte nicht, als ob er für diese Behauptung seine gebrochene Hand ins Feuer legen würde.

»Alles in Ordnung, Schläfti«, sagte ich. »Du hast mir schon sehr geholfen.«

»Wenn du willst, zeige ich dir alles im Schloß. Auch die Grüne Grotte. Ich weiß einen Weg, den niemand außer mir kennt. Ich war schon da. Vor drei Jahren.«

»Als du deinen Unfall hattest?«

Ich betonte das Wort »Unfall« so, daß die Ironie nicht zu überhören war.

Schläfti nickte. Er bohrte seine Hände in die Jackentaschen.

»Sie haben dich entdeckt und dir dann sehr weh getan, so war es doch, Schläfti.«

Ich hatte, so viel ich vermochte an Freundlichkeit und Wärme, in meine Stimme gelegt. Die Folge war, daß Schläfti sich mir an den Hals warf. Wie ein junges Mädchen. Schluchzend, sich anschmiegend, Schutz und Liebe suchend, weil Schutz und Liebe eins sind.

Ich erwiderte die Umarmung, schlang auch meine Arme um ihn, preßte mein Gesicht an seines, streichelte seinen Rücken, flüsterte in sein Ohr: »Es wird alles gut, Schläfti, ich bin ja bei dir.«

Wir standen lange so vor dem Hotel im Regen. Die Passanten machten einen großen Bogen um uns. Jemand schaufelte wieder Briketts von einem großen Haufen, der den Bürgersteig versperrte, durch ein Fenster direkt in den Keller des Hotels.

»Wann kannst du mich zur Grünen Grotte führen?« fragte ich an Schläftis Ohr.

Er hob den Kopf und sah mich an, mit Tränen in den Augen. »Morgen, morgen ist eine gute Gelegenheit. Am ersten Weihnachtsfeiertag wird es leichter sein, da sind alle mit sich beschäftigt. Morgen mittag, wenn alle essen.«

Schläfti ging, und ich legte mich ins Bett und schlief bis gegen sechs, als es draußen schon dunkel geworden war.

Das Weihnachtskonzert sollte um acht Uhr im Unteren Schloß stattfinden. Ich war pünktlich und folgte den Hinweisschildern. Sie führten mich eine breite Sandsteintreppe mit prunkvollem schmiedeeisernen Geländer hoch in eine goldverzierte Kuppel, von der es in den ausgebauten Dachstuhl eines der Flügel des Gebäudes ging. Alles war in weitaus besserem Zustand als oben auf dem anderen Schloß. Man hatte renoviert, dabei allerdings auch einiges an sozialistischem Mief in die barocke Innenarchitektur eingeschleppt. Die Lampen im Musiksaal zum Beispiel erinnerten fatal an jene Scheinwerfer, mit denen man einst Grenzverletzungen beleuchtet hatte.

Aber es war doch im ganzen eine schöne, feierliche Atmosphäre, ein Ambiente, das die Nestwärme Gleichgesinnter, dem Wahren, Schönen und Guten verpflichteter Bürger vermittelte.

Ich setzte mich in die letzte Reihe des Gestühls und nahm das Programm zur Hand. Zwei von mir besonders geliebte Stücke würde ich im Verlauf des Konzertes zu hören bekommen. »Syrinx« von Claude Debussy und Bachs Sonate in C-Dur für Traversflöte. Ich spiele beide Stücke und spielte sie sogar in früheren Tagen recht gut. Ich war gespannt, ob es ideologisch bedingte Nuancen der Interpretation geben würde. Vielleicht mehr Drill hier, mehr Sehnsucht auch, gegenüber den fast immer ein wenig jazzig klingenden Versionen niederländischer Musiker.

Der Saal war halb gefüllt. Fast alles offenbar Familienmitglieder der Musizierenden. Auch die Lehrer waren anwesend. Der Institutsleiter hielt eine kurze Rede, in der er die auf einen berühmten Geiger zurückgehende Tradition der Schule rühmte und die Chancen der Wende für junge Musiker der ehemaligen Deutschen Demokratischen Republik pries, sich nun in der westlichen Musikwelt zu bewähren. »Wir haben nicht nur etwas geschenkt bekommen«, sagte der Mann in wohltuender Offenheit, »sondern wir haben auch etwas zu verschenken, unsere unverbrauchte Freude an einer Wirklichkeit nämlich, die weder Grenzen noch Tabus kennt. Es ist die unvergängliche Wirklichkeit der Töne, Rhythmen und Klangfarben. Sie hat nie Schaden genommen an den Verblendungen der Politik. Ich gehe so weit zu behaupten: politische Systeme sind in sich unmusikalisch.«

Der Applaus war dünn, offenbar war die Ansprache nach dem Geschmack der Anwesenden allzu kühn.

Dann kamen die einzelnen Auftritte, junge Gitarristen, Pianisten, viel ordentlich Geübtes, das meiste allzu lieblos reproduziert. Es wurde jedoch jedesmal heftig und beinahe verbissen geklatscht.

Dann kam Bach, die Sonate in C-Dur. Die Interpretin hieß Nadja, Nadja Reuter, so stand es auf dem Programmzettel. Sie trug eine Anzugjacke mit feinen Nadelstreifen und eine weiße Bluse, deren Rüschen zwischen den Revers hervorquollen wie eine Handvoll Kirschblüten.

Sie hatte jene atemraubende Mädchenhaftigkeit, die in jeder eckigen und unbeholfenen Bewegung an Reiz zu gewinnen scheint. Rote Flecken auf ihren Wangen verrieten ihre Aufregung, ich glaubte ihren Herzschlag wie ein zu schnell eingestelltes Metronom zu hören. Als die begleitende Pianistin, die wie eine LPG-Bäuerin aussah, in die Tasten hieb, verpaßte Nadja den Einsatz. Der Lehrer schüttelte den Kopf, die Prozedur wurde wiederholt, und diesmal schraubten sich die Töne der Traversflöte wie eine versilberte Lerche in die Höhe.

Nadja spielte hinreißend. Ihre Atemtechnik war mangelhaft, sie sog die Luft zu hastig und scharf ein in den Pausen, aber die Intensität ihres Spiels war unübertrefflich. Ihre Finger rankten über das Silberrohr, ihre Lippen wölbten sich zum Mundstück. Bei besonders schwierigen Passagen schloß sie die Augen, um dann mit nachtwandlerisch sicherer Intonation über sie hinwegzuschweben.

Ich verliebte mich noch während des ersten Satzes der Sonate. Als sie dann Syrinx spielte, versagte ihre Tonbildung in den Höhen. Der Ton wurde unsauber, kiekste, überschlug sich. Das steigerte nur meine Gefühle, mischte ein angenehmes Quantum Väterlichkeit hinein.

Der Lehrer klopfte ab, sagte, sie solle einen Schluck Wasser trinken, sie sei wohl überspielt, ihre Lippen zu trocken. Nadja tat wie geheißen, und dann überwand sie auch die Hürden dieser schwierigen Musik.

Nach dem Konzert wartete ich unter der goldenen Kuppel, bis auch die Musiker mit ihren Familienmitgliedern erschienen. Ich stellte mich neben den Lehrer, der die einleitenden Worte gesprochen hatte. »Hat es Ihnen gefallen?« sagte er. »Entspricht es dem Standard, den Sie gewohnt sind?«

Er hatte mich mühelos als Ausländer erkannt. »Alle waren gut«, sagte ich. »Und besonders die Flötistin.«

»Ja, sie könnte gut werden, wenn sie mehr an sich arbeitet.«

»Mir hat auch gefallen, was Sie über Musik und Politik gesagt haben.«

Er sah mich prüfend an. »Es ist meine Meinung, und sie ist hier nicht populär. Übrigens gilt sie nicht für Gesang, gleichgültig ob Oper oder Lied. Das ist politische Musik.«

»Wie meinen Sie das?« fragte ich. Er hatte mein höchstes Interesse geweckt.

»Die menschliche Stimme hat eine ganz andere suggestive Kraft als die Töne eines Instruments. Mit einem Lied können Sie ganz tief hinablangen in den Keller der Seele. Das schafft kein Instrument, kein Orchester, nicht einmal Marschmusik. Mit einem Lied aber können Sie Liebe oder Haß beschwören, Sie können einen Menschen betäuben, ihn verändern. Im Lied kann es archaische Süße und Wahnsinn geben, gesungene Stimmen aus der Hölle, dem Himmel, Engelszungen. Das Schreien eines Gefolterten geht in Gesang über, man sagt, ein sterbender Schwan singt. Viele politische Reden von Demagogen sind in Wahrheit Libretti. Reicht Ihnen das als Erklärung?«

Ich glaubte Spott in seinem Blick zu sehen. In diesem Moment ging Nadja dicht an mir vorbei. Sie streifte mich. Und ich spürte, wie ein Sog entstand, dem ich folgen mußte. Ich ging ihnen nach, Nadja und einem Paar, in dem unschwer ihre Eltern zu erkennen waren. Plötzlich war wirklich Weihnachten für mich. Ich dachte an Ines und sah Nadja vor mir, ein schmaler Schatten, fast verhüllt von der Nacht. Ich hatte ein unvermutetes Geschenk bekommen, zwei unerfüllbare kleine Liebesgeschichten. Die Unschuldige und die Verworfene, die zwei Kugelhalbschalen typisch männlicher Liebeslust.

Wieder war ich Beschatter, Mädchenjäger, an dem Wilhelm seine Freude gehabt hätte. Ich schlich ihnen nach durch die unbeleuchteten Gassen. Nadja ging eingehakt zwischen ihren Eltern. Dann verschwanden sie in einer Jugendstilvilla.

Ich stand noch lange auf der Straße, bis oben ein Licht anging und wieder erlosch in einem Raum, der sicher ein typisches Mädchenzimmer war. Auf dem Rückweg zum Hotel stellte ich mir vor, wie Nadja beim Einschlafen ihren Teddy umschlang.

Achtes Kapitel

Schläfti war wirklich ein seltsamer Vogel. So wie er mittags vor dem Hotel stand, in hautenger schwarzer Lederkluft, die Motorradbrille auf, die langen Haare zu einem Pferdeschwanz gebunden. Ich fragte mich, ob er »Easy Rider« gesehen hatte.

»Du siehst verdammt gut aus«, sagte ich.

»Es ist aus praktischen Gründen«, sagte er. »Man kommt besser durch die engen Stellen. Außerdem muß mich nicht jeder erkennen.«

Jeder, dem wir begegneten, rief so etwas wie: »Na, Schläfti, wie in alten Zeiten, was?« Mit seinem Inkognito schien es nicht weit her zu sein.

Wir gingen zum Fluß. »Kannst du Motorrad fahren?« fragte mein Freund.

»Ich habe als Schüler frisierte Mopeds gefahren«, sagte ich.

»Das wird reichen, wir wollen nicht allzuweit.«

Das Motorrad auf dem Parkplatz sah schlimm aus, verrostet, verbeult, schlammverkrustet. »Eine bewährte tschechische Maschine«, sagte Schläfti. »Nicht gerade ein Chopper, aber bei jedem Wetter gleich gut, außer bei schönem, da stottert sie leicht.«

Auf dem Tank war ein blauer, sehr perfekt gemalter Totenschädel, aus dem ein Straßenband quoll, das sich in einer roten Wüstenebene verlor.

»Der Rahmen ist seit dem Unfall leicht verzogen, du darfst nicht schneller als achtzig fahren«, sagte Schläfti.

Auf dem Gepäckträger waren zwei gelbe Bauhelme angeschnallt.

Ich trat den Anlasser. Zu meiner Verblüffung sprang der Motor sofort an. Ich schwang mich auf den Sattel, Schläfti kroch hinter mich. Seine Arme schlossen sich vor meiner Brust.

Als sich die blaue, stinkende Wolke um uns gelegt hatte, wies Schläfti mit dem Arm an mir vorbei. »Fahr dort lang, aus der Stadt raus.«

Wir fuhren. Die Federung der Maschine war extrem hart. Sie zog leicht nach links beim Bremsen. Aber insgesamt vermittelte sie ein solides Gefühl von Beweglichkeit.

Es ging an Dicks Wohnung vorbei. Die Rolläden waren heruntergelassen. Dann lagen die letzten Häuser hinter uns. »Und nun rein in den Wald«, sagte Schläfti hinter mir. »Du mußt in den ersten Gang runter.«

Wir bogen in einen steilen Waldweg ein. Der Boden war an der Oberfläche aufgetaut und rutschig. Mehrmals brachen die Räder aus, und wir mußten uns mit den Beinen abstützen.

»Bei dem Höllenlärm, den wir machen, weiß doch jeder, wo wir sind«, sagte ich.

»Es gibt genügend Leute, die mit der Kettensäge in den Wald gehen.«

»Am ersten Weihnachtsfeiertag?«

»Fahr«, sagte Schläfti. »Wir wollen den Eindruck erwecken, daß wir den Ort verlassen.«

Schließlich waren wir oben. Ein mit Schotter befestigter Waldarbeiterweg führte den Kamm entlang. Wir fuhren eine Weile, dann zeigte Schläftis Arm nach rechts. »Jetzt dort runter.«

Es ging ziemlich steil hinab. Dann hörte der Wald auf. Wir

standen am Rand eines Abgrunds, eine hellgraue Wüste von Schutt tief unter uns.

»Volz hat die Stelle entdeckt«, sagte Schläfti.

»Volz?«

»Der Koch vom Altersheim. Er ist Hobbygeologe. Er hat hier nach Fossilien gegraben und etwas anderes dabei entdeckt. Komm.«

Wir kletterten den Abhang hinunter. Immer wieder lösten sich Brocken von Gestein.

»Es ist Muschelkalk. Hier war mal ein großes Meer. Stell dir vor, ein Meer voller Muscheln, Fische, Wellen, Seetang, Nixen. Heinz war oft hier. Er sagte immer, er wolle dieses Meer malen, so wie es gewesen ist. Guck mal.«

Schläfti wies auf einen schmalen Spalt zwischen Gesteinstrümmern.

»Hast du mal was von ›Olga‹ gehört?«

Ich verneinte.

»Im Herbst 1944 haben die Nazis hier Olga gebaut. Ein bombensicheres Hauptquartier für den Führer. Ein ungeheurer Maulwurfsbau. Viele Kilometer Gänge und unterirdische Hallen. Die Arbeiter waren Juden aus Buchenwald, das in der Nähe liegt. 5000 sind draufgegangen bei der Schufterei oder erschossen worden, weil man keine Zeugen gebrauchen konnte. Dies Loch ist heute der einzig offene Zugang zu Olga. Alle anderen Zugänge hat die SS gesprengt, bevor die Amis hier waren. Auch drinnen ist überall gesprengt worden. Die meisten Gänge des Labyrinths sind verschüttet. Keiner weiß, was für Schätze im Inneren des Berges sind. Vielleicht sogar das berühmte Bernsteinzimmer. Volz hat lange danach gesucht. Komm jetzt. Du brauchst keine Angst zu haben.«

Schläfti zog eine Stablampe aus seiner Lederjacke und setzte den Bauhelm auf. Ich hielt ihn am Ärmel fest.

»Ich habe keine Lust zu dieser Expedition, Schläfti«, sagte

ich. »Ich war vor gar nicht langer Zeit im hohen Norden in einem Bergwerk. Mir hat es gereicht. Ich fühle mich nicht wohl in engen, dunklen Geburtskanälen.«

»Zieh den Helm auf und komm. Dein Freund, der Holländer, war auch schon drin. Er hat auch gesucht. Aber keiner kennt das Labyrinth so gut wie ich und Heinz. Außerdem willst du doch wissen, was auf dem Schloß so alles passiert.«

»Auf dem Schloß?«

»Es führt ein Gang dorthin. Komm jetzt. Es ist ziemlich weit.«

Er verschwand in der schmalen Öffnung. Mir blieb nichts anderes übrig, als meine Ängste zu überwinden.

Ich blieb ihm dicht auf den Fersen. Die Luft war trocken und gleichmäßig temperiert. Das helle Gestein reflektierte das Licht. Nachdem wir einige hundert Meter schweigend ausgeschritten waren, legte sich meine Ängstlichkeit und machte einem Unbehagen Platz. Diese glatten Wände strahlten die Unmenschlichkeit von Behördenfluren aus. Der Maulwurf Tod war ein penibler Innenarchitekt.

Irgendwann – ich hatte mein Zeitgefühl verloren – blieb Schläfti stehen und legte den Finger an den Mund. In der Grabesstille hörte ich ein fernes Rauschen, das an- und abschwoll. War es das Blut in meinen Ohren? Ich hatte ein ähnliches Geräusch vor kurzem gehört, in Derbachers Badezimmer.

»Die Grüne Grotte«, flüsterte Schläfti. »Jetzt müssen wir vorsichtig sein.«

Wir schlichen weiter. Schläfti löschte die Lampe und faßte mich an der Hand. Mit den freien Händen hielten wir Kontakt zur Wand des Ganges.

Dann ein knirschendes Geräusch. Ich war mit dem Helm gegen die Decke geschrammt. »Runter«, flüsterte Schläfti. Er zog mich an der Hand herab. Wir krochen weiter in eine Dunkelheit, die zäh wie Pech zu sein schien. Wieder ein Tunnel in die Zeit, in die Vergangenheit, wie ich bald erfahren sollte.

Überall lagen Steine. Es war schwierig, Geräusche zu vermeiden. Das Rauschen war lauter geworden. Ich meinte auch, Stimmen zu hören. Dann war die Dunkelheit nicht mehr so tief. Feine Schlieren bewegten sich in ihr. Schläfti bewegte sich schneller vorwärts. Ein Stein polterte zur Seite. Mein Freund sagte: »Wir haben Glück, sie machen so viel Lärm, daß sie uns nicht hören.«

Mehr und mehr nahmen meine in der Finsternis empfindlich gewordenen Augen von der Umgebung wahr. Der Gang erweiterte sich wieder. Wir konnten uns erheben. Dann erreichten wir einen kuppelförmigen Raum. Er lag in einem grünen Licht, das aus Öffnungen in den Wänden fiel. Schläfti setzte den Helm ab, tauchte die Hände in Kalkstaub, der überall herumlag, und puderte sich Haare und Gesicht. Ich machte es ihm nach. Wir sahen wie groteske Harlekine aus.

Wir steckten die Köpfe in die Öffnungen. Der Blick fiel schräg von oben in einen großen, langgestreckten Raum. Es war eine Art Salon mit holzverkleideten Wänden, Bullaugen, durch die grünes Licht fiel. Der Salon war von einer Gruppe von Menschen bevölkert. Sie saßen entspannt in Sesseln, rauchten und tranken. Jemand redete die ganze Zeit. Ein mittelgroßer Mann in weißer Tropenuniform, mit hochgezwirbeltem Schnauzer, eine Zigarettenspitze in der Hand. Er sprach mit unangenehm hoher, schnarrender Stimme: »Für mich sind diese Leute, gleichgültig ob sie sich Sozialdemokraten oder Sozialisten nennen, eine Rotte von Menschen, die es nicht wert sind, den Namen Deutscher zu tragen. Es ist eine Pest, die ausgerottet werden muß bis zum letzten Stumpf.«

Hinter den Bullaugen rauschte Wasser vorbei. In der Ferne sah man die Silhouette einer bergigen Küste. Sie schien sich zu bewegen. Wind heulte, und Gischtspritzer flogen gegen die

Scheiben. Ich hörte deutlich ein Maschinengeräusch, dumpfes Stampfen, wie es nur die langen Pleuelstangen und Kolben einer Dampfmaschine zu erzeugen vermögen. Die Illusion, auf See zu sein, war perfekt.

Der Mann in der Tropenuniform erhob sich und trat an ein Rednerpult.

»Ich komme jetzt, meine Herren, zum eigentlichen Thema unseres Treffens. Wir sind zwar auf einer Lustpartie und genießen die Schönheiten der nordischen Natur, wir haben jedoch angesichts der herrschenden Weltlage keinerlei Recht, uns verweichlichen zu lassen. Große Aufgaben stehen ins Haus unserer Nation. Wir müssen gerüstet sein für die überragende Rolle, die unser Land in der Weltgeschichte zu spielen hat. Seien Sie, meine Herren, also aufmerksam, spitzen Sie die Ohren, und seien Sie von jener germanischen Gelassenheit, die schon immer das beste Erbteil unserer Rasse gewesen ist.«

Der Redner schien seine eigenen Worte Lügen zu strafen, denn er machte einen höchst fahrigen und nervösen Eindruck. Zwar sprach er mit großer Eloquenz, aber immer wieder zuckten seine Gesichtszüge, sprang er auf, schob er den kurzen linken Arm in die weiße Uniformjacke und zog ihn wieder hervor. Mir war klar, daß es sich um niemand Geringeren als Wilhelm II. handelte, den letzten deutschen Kaiser. Wie in jenen Dioramen früherer Zeiten, in denen große Momente der Geschichte, die Schlacht bei Waterloo, der Untergang Pompeis oder Caesars Alpenübergang auf Jahrmärkten durch Gucklöcher zu sehen waren, blickten wir in die Vergangenheit, die mit Hilfe perfekter Kulissentechnik glaubhaft die Aura von Gegenwart simulierte.

In diesem Moment tönte tief die Schiffssirene. Wilhelm sprang auf und rannte an eines der Bullaugen. »Es kommt Nebel auf, meine Herren, ich nehme an, eine Situation, die zu keinerlei Besorgnis Anlaß gibt. Wir haben einen fähigen Kapitän auf der Brücke.«

Er trat ans Rednerpult zurück, steckte die linke Hand in die Jackentasche, trank einen Schluck Wasser und sagte:

»Ich komme also jetzt wie angekündigt zum eigentlichen Gegenstand unseres Treffens. Die Entwicklung der Panzerplatte und ihre Auswirkung auf den Ausbau unserer Flotte. Tirpitz, sollte ich einmal Unsinn reden, schreiten Sie ein und berichtigen Sie mich. Sie sind der eigentliche Fachmann.«

Ein großer, gedrungener Mann mit mächtigem Kinnbart, der ihm, in der Mitte geteilt, in zwei eisgrauen Zapfen bis fast auf die Brust herabhing, erhob sich aus seinem Fauteuil, stieß eine Wolke aus seiner torpedoähnlichen Zigarre, sagte: »Jawohl, Majestät, die Zukunft der deutschen Marine liegt auf dem Wasser« und setzte sich wieder.

»Ich habe Sie nicht nach Ihrer werten Meinung gefragt, Tirpitz, sondern nach Ihrer Bereitschaft, mich notfalls in fachlichen Details zu korrigieren.« Der Admiral erhob sich wieder, stieß eine neue Qualmwolke von sich und sagte: »Majestät, ich glaube kaum, daß Sie sich irren können. Sie wissen mehr über die Konstruktion von Kriegsschiffen als jeder Ingenieur.«

Der Kaiser neigte huldvoll seinen Kopf, zwirbelte seine beiden aufrecht stehenden Bartspitzen und sagte: »Keine Übertreibungen, Tirpitz. Vor allem kein Personenkult. Das schwächt unsere militärische Position, die durch die Verbindung russischen Temperaments mit englischer Kühle und deutscher Festigkeit gekennzeichnet ist.«

»Wo bleiben Franzosen?«

Es gab Gelächter, der Zwischenrufer war ein kleiner, schmaler, eleganter Mann im schwarzen Anzug. Seine Augen waren sehr hell, sein Gesicht von Lachfalten gemustert.

»Unser Kanzler beliebt zu scherzen«, sagte der Kaiser.

»Was hat die Liebe zu den Damen mit unserer militärischen Position zu tun?«

Wieder gab es Gelächter.

»Meine militärische Position ist gewöhnlich die von oben.« Auch dieser Zwischenrufer erntete Beifall. Es war die Stimmung einer Herrengesellschaft im fortgeschrittenen Stadium. Kellner erschienen und schenkten Sekt aus. Dazu gab es orangefarbenen Lachs.

»Die Panzerplatte im allgemeinen und im besonderen«, knüpfte der Redner an sein Thema an, »ist eine durchaus geniale wie zwiespältige Konstruktion, wie mir der anwesende Stahlfabrikant Friedrich Krupp bestätigen wird. Würden Sie dem Manne den gebührenden Beifall spenden, denn ihm verdanken wir die größten Fortschritte im Ausbau unserer wirtschaftlichen und militärischen Macht.«

Tosender Beifall. Ein kleiner, feister Mann mit Vatermörder und hellem Sommeranzug erhob sich, verneigte sich und fiel in seinen Sessel zurück. Seine Lippen und Wangen waren rot geschminkt.

»Das Besondere an einer guten Panzerplatte ist ihre Konsistenz«, fuhr der Kaiser fort. »Nicht die Dicke der Armierung allein entscheidet nämlich über die Kriegstauglichkeit eines Panzerschiffes. Wichtiger noch ist die Tatsache, daß es sich um ein inhomogenes Material handelt. Außen muß es möglichst hart wie Diamant sein, innen jedoch zäh und weich wie ein ... Knabenpopo.«

Überschnappendes Gelächter der Runde. Jemand rief: »Ein Lob unserem Caprifischer.«

Der kleine, feiste Mann erhob sich wieder und verneigte sich mehrmals.

Der Kaiser fuhr fort:

»Die Folge ist, daß ein von außen eindringendes Geschoß entweder schon an der harten Außenhaut zerschellt oder aber, wenn es eindringt, nur unschädliche Risse oder allenfalls Löcher hervorruft, nicht aber die ganze Platte wie Eis zerspringen läßt.

Ihnen, Exzellenz, mein lieber Freund Fritz Krupp, ist es neuerdings gelungen, die Panzerplatte wiederum erheblich zu verbessern. Wir haben Sie das angestellt?«

Der mit der geschminkten Gesichtsfarbe erhob sich zum dritten Mal und sagte, von häufigen Hustenanfällen unterbrochen: »Es bedarf eines Abstimmens des Kohlenstoff-, Nickel- und Chromgehaltes, um dem betreffenden Stahl die gewünschte Härte der Vorderseite durch Abschrecken mit eiskaltem Wasser zu geben und dabei die Rückseite zäh zu erhalten. Wir stellen seit 1895 einen Panzerstahl von 30 cm Dicke her, der so hart ist, daß man Glas damit schneiden kann, auf der Rückseite jedoch so zäh, daß keine Sprünge entstehen. Wir benutzen dazu das bekanntlich kohlenstoffhaltige Leuchtgas, das wir über die glühenden Platten leiten, wobei der Kohlenstoff aus dem Gas sich abscheidet und von den Platten wie von einem Schwamm aufgesogen wird. Je länger das Leuchtgas einwirkt, um so tiefer wird der Stahl durch den Kohlenstoffanteil gehärtet.«

»Danke sehr, Krupp, vielen Dank«, sagte der Kaiser. »Und hüsteln Sie nicht so viel, oder haben Sie etwa Pseudokrupp?«

Es wurde erneut und anhaltend gelacht. Die Schiffssirene heulte. »Wissen Sie, meine Herren, mein Freund, der wahre Geheimrat Friedrich Krupp, ist ein Genie; er baut abwechselnd bessere Panzerplatten und bessere Granaten. Mal macht er die eine, mal die andere Seite der Angelegenheit dadurch wertlos, und alle müssen kaufen. Von dem vielen Geld fährt er dann nach Capri und kauft sich eine Reihe hübscher Knaben und beschießt sie mit seinem Torpedo.« Das Gelächter kam wie auf Kommando.

Der Kaiser trat wieder an eines der Bullaugen.

»Es klart auf«, sagte er. »Wir werden dank des neuen Kruppschen Nickelpanzerstahls und der neuen Chromstahlgranaten die Defensiv- und die Offensivkraft unserer Flotte erheblich verstärken können.«

Während er weitersprach, ging er an seinen Platz zurück, setzte sich in den Sessel, zündete sich eine Zigarette an und parlierte im Salonton weiter.

»Wir werden noch eine ganze Reihe von capital ships bauen, meine Herren, Schlachtschiffe von unerhörtem Gefechtswert, den wir noch dadurch steigern werden, daß wir dank des neuen Stahls die Armierung dünner machen können, die Schiffe dadurch leichter und schneller. Bedenken Sie, daß der Anteil der Panzerplatten einschließlich der sie verbindenden Bolzen durchschnittlich über 38 Prozent am Gesamtschiffsgewicht beträgt. Jede eingesparte Tonne bedeutet mehr Kohle, mehr Maschinenkraft, größere Schnelligkeit und Reichweite, mehr Munition, höhere Feuerkraft. Die Zukunft unseres Landes liegt auf See.«

Tirpitz erhob sich und sagte mit dröhnender Stimme: »Sie haben recht, Majestät, die Zukunft unseres Landes liegt auf See. Was uns not tut, ist eine große Flotte, mit der wir die englischen Einheiten nicht zu scheuen brauchen.«

Der Kaiser nickte gnädig und sagte mit schnarrender Stimme: »Ich werde die deutsche Flotte so ausbauen, daß wir den englischen Marinestreitkräften Paroli bieten können. Deutschland ist eine Seenation. Neptuns Symbol, der Dreizack, gehört in unsere Hand.«

Er sprang auf und reckte den rechten Arm, als hielte er einen imaginären Dreizack. Offensichtlich war er aufs höchste erregt. »Wie ist das Kräfteverhältnis der Seestreitkräfte zur Zeit, Admiral?« schrie er mit einer plötzlichen Wut, der seine Stimme nicht gewachsen war. Sie schnappte über, als sei er im Stimmbruch.

»Majestät, die britische Marine besitzt 33 Schlachtschiffe, wir 6. Bei den Kreuzern ist der Unterschied noch größer.«

Der Bart von Admiral Tirpitz schwankte bedrohlich auf und ab. Irgendwie kam der Mensch mir bekannt vor. Seine hohe, kahle Stirn und die gewaltige Bartmatratze erinnerte mich an den Wirt des Kulturkaffees.

»Das ist eine Groteske!« schrie Wilhelm. »Unsere Nation hat das Schicksal, zwischen einer unermeßlichen Land- und einer unermeßlichen Wassermasse förmlich eingepfercht zu sein. Wir brauchen Schiffe, Schiffe, Schiffe, die Rettungsboote des Germanentums. Peter der Große hat es schon gewußt, als er seine Schiffe bauen ließ, keine Großmacht kann sich auf Dauer ohne schwimmende Kapazitäten über Wasser halten. Wie viele Schiffe brauchen wir, Tirpitz?«

»Siebzehn, Majestät.«

»Warum gerade siebzehn, zum Teufel?«

»Weil wir Linienschiffe brauchen, um eine gegnerische Flotte zu vernichten. Bei den heutigen Signalmöglichkeiten, die rein optischer Natur sind, können sich im Pulverdampf einer Schlacht höchstens acht in Geschwaderformation fahrende Schiffe verständigen. Wir brauchen also, wenn wir den Feind in die Zange zwischen zwei Geschwader nehmen wollen, um ihn zu vernichten, zweimal acht Schiffe und schließlich noch ein siebzehntes zur Koordinierung der gesamten Flotte.«

Der Kaiser klatschte sich vergnügt auf die Schenkel. »Tirpitz ist ein Genie des strategischen Denkens. Er würde sich auch zwischen zwei Frauen legen und dann eine dritte holen, um alles zu koordinieren.«

Gelächter erscholl.

»Aber im Ernst«, fuhr Wilhelm fort mit einer Stimme, die sich wieder auf normale Höhe und Lautstärke gesenkt hatte, »... wir werden das Kruppsche Stahlwunder auf Kiel legen, wir werden zeigen, daß der deutsche Adler Schwimmhäute zwischen den Krallen hat.«

Diesem gelungenen Vergleich wurde augenblicks Beifall gezollt. »Und nun, nach getaner Arbeit, das Vergnügen, meine Herren.« Die letzte Äußerung des Kaisers ging fast unter in der Ausgelassenheit der Anwesenden. Sie sprangen auf, prosteten sich zu, schnappten Lachsschnitten, Kaviarbrötchen, während sich die Tür öffnete und eine Kapelle anmarschierte, die, noch im Marschieren begriffen, einen flotten Marsch zu spielen begann. Hinter ihr hüpften leichtbekleidete Mädchen herein, sie hatten pfirsichfarbene Trikots an, die die Brüste freiließen. Ich sah, daß Ines dabei war.

Eine laute Stimme ertönte: »Und nun, meine Herren, als besondere Attraktion des Abends: General Graf Dietrich von Hülsen-Haeseler, Chef des Militärkabinetts!«

Eine gutgebaute Mannsperson erschien. Sie hatte ein rosa Ballerinenröckchen an und war ansonsten vollkommen nackt. Sie verneigte sich tief, stellte sich auf die Zehenspitzen des einen Fußes, winkelte das andere Bein graziös an und begann zu tanzen, mit zurückgelegtem Kopf und nach oben in den Tabaksqualm sich rankenden Armen. Bei Pirouetten sah man das Geschlecht des Tänzers.

Die Atmosphäre schien überzukochen. Die Anwesenden sprangen auf, schrien durcheinander, sangen, lachten johlend. Ines stand auf dem Tisch vor dem Kaiser, der seine Zigarette in den Fingern rollte und Rauchringe von sich blies. Sie begann, sich mit den traditionellen Schlangenbewegungen der professionellen Stripteasetänzerin weiter zu entkleiden.

»Rechnet jemand mit der Anwesenheit englischer Spione an Bord?« fragte jemand. Es war ein Hüne, ein Klotz von Mann. Die dünnen Haare nach hinten aus der Denkerstirn gekämmt. Er nahm eine Hornbrille ab und putzte sie. In diesem Moment erkannte ich ihn, Doktor Vielbrunn.

»Englische Spione? Ist eine solche Szene vorgesehen im Stück?« fragte Wilhelm II.

»Die Idee ist nicht schlecht. Wir sollten die Wände abklopfen.«

Der Kaiser sprang auf und ging auf Vielbrunn zu. Seine linke Hand zuckte vor und bohrte sich in dessen Bauch. »Ich habe eine bessere Idee. Singen Sie! Singen Sie uns ein schönes, deutsches Lied. Das vertreibt alle Sorgen.«

»Die Situation ist gefährlich«, sagte Vielbrunn. »Dieser Holländer ist uns auf der Spur.«

»Sie meinen den fliegenden? Ein guter Mann und Seeoffizier. Los, sing etwas, ein heiliges Lied, heiliger als alles andere, das gesungene Gedächtnis unserer Nation. Los doch, mehr Gischt, mehr Wind und Gesang.«

Doktor Vielbrunn stellte sich in Positur. Seine mächtige Brust wölbte sich wie bei einem balzenden Vogel. Er begann:

»Ich hatt' einen Kameraden,
einen bessern findst du nicht ...«

»Halt ein, Idiot!« schrie Wilhelm außer sich. »Kein Kriegslied, ein heiliges Lied, ein Lied des Friedens, bitte. Es ist Weihnachten, begreifst du nicht, du Trottel?«

Doktor Vielbrunn sang.

»Stille Nacht,
heilige Nacht,
alles schläft,
einsam wacht.«

Ich muß sagen, das Lied begann mich zu rühren. Es war wunderschön. Wirklich eine Hymne des Friedens, der Stille in all dem Lärm dieser Welt.

Schläfti zupfte mich am Ärmel. Ich zog den Kopf zurück. »Komm«, sagte er. »Ich bin für einen geordneten Rückzug.«

Den ganzen langen Weg zurück wurde ich die Bilder nicht los, die ich eben gesehen hatte. Es war wie nach einem Kinobesuch, wenn man ins Freie kommt und die Welt wie eine irreale Vision wirkt, unglaubwürdig, flächig, ohne die Dimension der Bewegung, ein angehaltenes Filmbild.

Es schneite wieder. Die Flocken fielen so langsam, daß der Eindruck entstand, der Boden, auf dem wir standen, höbe sich dem Himmel entgegen.

»Wir gehen ins Mitropa und tun so, als wär nichts gewesen«, sagte Schläfti.

Auf dem Weg zum Bahnhof hielt ich vor einer Telefonzelle an. Diesmal kam ich durch. Ich wünschte meiner Mutter frohe Weihnachten.

»Meine Weihnachten sind nicht mehr froh, mein Sohn«, sagte sie, »schon lange nicht mehr, also spare dir die Unverbindlichkeiten. Wie geht es dir? Nicht gut, wie ich höre. Ich spüre es durch die Leitung. Du atmest nicht frei. Es geht dir nicht gut, es ist besser, du kommst jetzt bald zurück. Die Russen bekommen dir nicht. Ich habe es befürchtet.«

Ich war ihr dankbar für ihre Schelte. Allmählich wußte ich wieder, wo ich war.

»Kannst du mir einen Gefallen tun, Mutter?«

Die Qualität der Leitung war erstaunlich gut. Es war, als säße sie hinter einem Paravent, als sie jetzt mit ihrer tiefen Stimme sagte: »Ich würde meinem Sohn nie einen Gefallen tun, ich würde mich schämen, schon beim bloßen Gedanken daran. Aber wenn ich dir helfen kann, dann sag es bitte, und ohne die ganzen Redereien um den heißen Brei. Bedenke, wie teuer das Telefonieren ist, vor allem wenn man fast vom Ural aus anruft.«

»Ich brauche eine Information. Es ist mit ziemlich viel Umständen für dich verbunden, Mutter. Ich möchte dich bitten, nach Doorn zu fahren. Dort gibt es ein Schlößchen, in dem der letzte deutsche Kaiser viele Jahre im Exil gelebt hat.«

»Ich weiß, von November 18 bis Juni 41.«

»Verrückt, woher weißt du so genau Bescheid, Mutter?«

»Sein Schicksal hat uns alle damals sehr bewegt. Als er starb, war ich fünfundzwanzig. Es war meine schönste Zeit mit deinem Vater, du warst noch nicht auf der Welt. Ich habe den Kaiser noch gesehen. Er war ein armer Kerl, ich glaube, er liebte nur seine Hunde. Warum soll ich also nach Doorn fahren?«

Ich steckte Münzen nach. »Mutter, fahre hin und gehe durch seine Räume, sein Arbeitszimmer, sein Schlafzimmer, sein Wohnzimmer, sieh dir alles an, die Bilder, die Möbel, die Teppiche, laß es auf dich wirken, und dann sage mir, was der deutsche Kaiser für ein Mensch war. Und versuche auch, einen Eindruck von seiner letzten Frau zu bekommen. Du kannst so etwas, ich weiß es. Ich rufe dich morgen abend wieder an.«

Die Münzen waren verbraucht, das Gespräch unterbrochen.

Schläfti mit seinem Frohes-Fest-Stirnband hatte die ganze Zeit vor der Telefonzelle Schmiere gestanden, wie er sich ausdrückte, und nichts Verdächtiges gemerkt. »Aber gerade das ist verdächtig«, sagte er. »Es dürfte nicht schwer sein, uns beide lange Lulatsche zu beschatten. Aber sie haben gar keine Lust dazu.«

»Wer sind ›sie‹?« fragte ich.

»Diese Leute«, sagte Schläfti. »Es sind keine besonderen Bösewichte. Aber es sind diese Leute, die immer etwas im Schilde führen. Anders sind sie nicht zufrieden. Komm, wir stärken uns erst mal.«

Im Mitropa-Restaurant war wieder die Hölle los. Der Kellner, der wie nach dem Lehrbuch ständig die Hand hinterm Rücken hielt, huschte zwischen den Tischen hin und her, um den Flüssigkeitspegel in vielen Gläsern zu erhalten. Schläfti wurde mit Hallo begrüßt. Auch ich erntete freundliche Blicke. Schläfti bestellte sich einen Kaffee und mir ein Bier. Wir saßen direkt an der Garderobe, halb versunken in muffig riechenden Wintermänteln. Es war so laut, daß wir brüllen mußten, um uns zu verständigen. »Der Boden ist heiß!« schrie Schläfti. »Du solltest dich verstecken.« Wir bestellten Leberknödel mit Pommes frites. »Ich kann dich leider nicht mit zu mir nehmen«, brüllte mein Freund. »Ich hab zuviel Besuch.«

An unserem Tisch saß ein Mensch, der mir jetzt erst auffiel. Er war schmächtig und hatte ein schiefes Gesicht, große Augen, die sehr aufmerksam beobachteten. Die wenigen Haare fielen ihm strähnig in die Stirn. Beim Trinken hielt er das Bierglas mit beiden Händen fest, ähnlich wie Schläfti. Als er sich erhob, um zur Toilette zu gehen, sah ich, wie verrenkt seine Gestalt war. Er bewegte sich eckig und schien Mühe zu haben, eine gerade Linie einzuhalten.

Als er zurück war, mischte er sich in unser Gespräch ein. Er hatte natürlich alles mitgehört.

»Ich weiß ein gutes Versteck für Sie«, sagte er mit einer Stimme, die kaum zu verstehen war. »Ich wohne im nächsten Ort. Da gibt es leerstehende Baracken. Sie gehörten einst zum KZ Buchenwald. Dort sucht Sie bestimmt niemand.«

Die Vorstellung war einigermaßen schauerlich. Schläfti reichte unserem Tischnachbarn die gebrochene Hand. »Du bist auch nicht gerade das blühende Leben«, sagte er. »Ich bin Vollinvalide, wie du«, sagte der andere. »Es gibt fast keinen Knochen in mir, den ich nicht schon bei einem Anfall gebrochen habe. Und ich muß Windeln tragen, meine Schließmuskeln sind auch kaputt. Ich bin Epileptiker.«

Er sagte es, als sei dies ein Verdienst, als gebühre ihm dafür wenigstens eine Tapferkeitsmedaille, und höchstwahrscheinlich verdiente er sie auch. Ich taufte ihn innerlich den »verrenkten Menschen«.

»Das Gute an meinem Körper ist«, sagte der verrenkte Mensch, »daß ich nie in die Lage kam, mich fort aus diesem Land zu wünschen. Die Mauer existierte für mich nicht, sie war zu weit weg. Ich kann mich nicht weiter als ein paar Kilometer von meinem Haus entfernen. Auch der Abriß der Mauer existiert deshalb nicht für mich. Ich habe keinerlei Fluchtwünsche, weil es sich nicht lohnt, mit diesem Leib zu fliehen. Aber ich lese gerne. In Büchern kann ich noch am weitesten herumkommen. Leider ist der Buchladen hier geschlossen worden, wie man mir sagte. Der Buchhändler ist fortgezogen, heißt es. Das ist schade, denn der Mann war gut. Er hatte Bücher am Lager, mit denen man bis ans andere Ende der Welt reisen konnte.«

»Der Mann ist mein Freund«, sagte ich. »Er ist noch hier. Aber er versteckt sich.«

Das Essen kam, grau, fett, dampfend, mit zwei Salatblättern am Rand wie krause Entschuldigungen.

»Ich wünsche guten Appetit«, sagte der verrenkte Mensch. »Sagen Sie Ihrem Freund, er kann zu mir kommen, ich habe Platz, wenn er sich verbergen will.«

Draußen wurde es allmählich dunkel. Für Schläfti hieß das, daß er Alkoholika trinken durfte. Er holte seinen Rückstand schnell nach, indem er zum Tresen ging, sich zwei Bier zapfen ließ und sie mit je einem Doppelkorn herunterspülte. Dann gab er dem verrenkten Menschen und mir einen aus. »Du darfst auf keinen Fall zurück ins Hotel«, sagte er.

Jemand griff in die Kleiderberge und zerrte sich einen Lodenmantel heraus. Ich sah eine rote, stark behaarte Hand. »Der war bei der Stasi«, sagte Schläfti, als der Mann gegangen war. »Jetzt ist er bei der Polizei.«

»Fast alle Polizisten sind paramilitärisch ausgebildet«, sagte der verrenkte Mensch. »Ich würde mich nicht mit ihnen einlassen. Kommen Sie lieber mit mir, ich bringe Sie nach Buchenwald.«

Ich hatte ein Gefühl im Magen, als hätten diese beiden Leberknödel ihre Form trotz Kauens behalten und rollten jetzt dampfend in meinen Gedärmen herum. Schläftis Stirnband mit seiner Aufschrift »Frohes Fest« sah unnatürlich nah aus, als hätte ich alles Empfindungsvermögen für Abstände verloren. Der Schnaps in meinem neu gefüllten Glas war ein See, in dem man ohne Probleme ertrinken konnte, die spastischen Bewegungen des verrenkten Menschen hinter den Rauchschlieren ließen mich daran denken, erneut in eine Breughelsche Hölle geraten zu sein, wo Abnormitäten und Monster die Inkarnation verderbter Gefühle sind.

Ich sprang plötzlich auf und fingerte meine Jacke aus dem prallen Kleiderbündel der Mäntel an der Garderobe. Ich glaube, ich zerriß etliche Aufhänger dabei. Ich ging. Niemand hielt mich auf.

Als ich draußen im Schneematsch ausschritt, kehrte ein wenig Hoffnung zurück. Obwohl mir klar war, wie betrunken ich war, schien mir mein Verstand zu arbeiten wie schon lange nicht mehr. Ich hatte ein Ziel. Es gab nur eine Richtung für meine Schritte, die Straße, in der Nadja wohnte.

Die Nacht war hereingebrochen. Ich hatte keine Orientierungsmöglichkeiten, aber ich verfügte über den Kompaß der Sehnsucht nach einem Menschen, der mich lieben sollte. Ich rannte um Ecken, stolperte über Plätze, und plötzlich war ich vor ihrem Haus.

Nirgendwo brannte Licht. Ich klingelte, was ich im nüchternen Zustand nie riskiert hätte. Niemand öffnete. Während ich in meinem verwirrten Zustand noch auf der Treppe stand, die zwei Marmorlöwen mit abgebrochenen Tatzen flankierten, hörte ich Schritte. Jemand kam immer näher. Es war ein leichter, rascher Schritt, wie ein zu schnelles Metronom. Ich drehte mich um und sah Nadja.

Sie bemerkte mich erst, als sie den oberen Treppenabsatz erreicht hatte und dabei war, den Haustürschlüssel zu zücken. Sie stieß einen kleinen Schrei aus und hob die Arme, als erwarte sie eine Tätlichkeit. Ihre Augen schimmerten hell, trotz der Dunkelheit.

»Haben Sie keine Angst, bitte, ich tue Ihnen nichts. Ich bin es, der Angst haben muß. Bitte, geben Sie mir die Gelegenheit, mit Ihnen zu reden.«

Meine Stimme war zu einem Flüstern gesenkt. Ich schien sie überzeugt zu haben, denn sie schloß auf, trat zur Seite und ließ mich ein. Dann schloß sie die Tür von innen ab.

Jetzt erst machte sie Licht. Wir standen in einem Flur, dessen kultivierte Gestaltung mich überraschte. Hier war nichts von dieser heruntergekommenen, muffigen Stimmung, die draußen herrschte und auch in alle Innenräume gedrungen war, die ich bisher in dieser Stadt erlebt hatte. Wenige, erlesene Graphiken, eine Serie von Stierköpfen Picassos, ein hochfloriger roter Läufer, von geputzten Messingstangen gehalten, ein Oleanderbaum, der in einem offensichtlich antiken Tontopf überwinterte.

»Sind Ihre Eltern nicht da?« fragte ich.

Sie schüttelte den Kopf. »Sie sind in den Westen gefahren. Nach Bamberg. Sie gehen dort ins Konzert.«

Sie ging voran, die Treppe empor, ich sah, wie schön sie sich bewegte, keinerlei überflüssige Drehungen, kein haltsuchendes Berühren des Handlaufs, fast sah es aus, als schwebte sie über die Stufen.

Ich folgte ihr mit klopfendem Herzen. Oben machte sie wieder Licht, nachdem sie die Treppenhausbeleuchtung gelöscht hatte.

Sie bat mich in ihr Zimmer. Alles war weiß hier, selbst die beiden Sesselchen. Ein weißes Klavier, ein weiß bezogenes Bett. Weiße Vorhänge, hinter denen sie jetzt ein Rouleau herabließ. Farbe kam nur von zahllosen Stofftieren, ganzen Menagerien, die überall Herden bildeten. Man konnte mit den Augen auf Safari gehen.

Ein Notenständer war auch da, aufgeschlagene Noten darin. Ich sah in das Heft. »Syrinx«, sagte ich, »mein Lieblingsstück.«

»Sie scheinen Noten lesen zu können.«

»Ich spiele auch ein wenig Flöte«, sagte ich. »Ich habe Sie gestern gehört.«

»Und ich Sie gesehen.«

»Sie sind sehr, sehr gut.«

»Sie spielen bestimmt besser als ich.«

»Vielleicht habe ich mehr Routine. Aber Sie haben etwas viel Wichtigeres. Sie können mit Ihrer Flöte die Seele eines Stückes aus dem Korb der Noten locken, sie wie ein Schlangenbeschwörer tanzen lassen.«

Sie lächelte. »Warum geben Sie sich so viel Mühe, mir zu schmeicheln?«

»Ich meine, was ich sage. Ich drücke mich vielleicht ein wenig gestelzt aus, aber ...«

Sie setzte sich, hielt die makellosen Beine damenhaft parallel. »Spielen Sie mir vor«, sagte sie, »dann verstehe ich vielleicht besser.«

Sie hatte eine Autorität, die mir keine Wahl ließ. Ich nahm die Flöte, die auf dem Klavier lag, befeuchtete meine Lippen, atmete tief durch, spielte, hörte mir selbst dabei zu. Ich war nicht schlecht, trotz meiner Trunkenheit, die die schwarzen Notenköpfe wie Eierkohle zwischen den Linien hin und her rollen ließ. Meine Verliebtheit wirkte sich offenbar aus, das Stück so zu interpretieren, als wäre es gerade komponiert worden. Zweimal verspielte ich mich, aber selbst das fügte sich ein in den Zusammenhang der Töne. Die Noten waren längst davongeflogen wie die Schwalben, die sich im Herbst von Überlandleitungen erheben.

Ich legte die Flöte an ihren Platz zurück und setzte mich auf den anderen Sessel.

»Sie sind sehr, sehr gut. Wie ein Schlangenbeschwörer.«

»Warum geben Sie sich solche Mühe, mir zu schmeicheln?«

»Ich meine, was ich sage.«

Wir mußten beide lachen, wie Gleichaltrige, wie Verschwörer, die sich einig sind. Es war deutlich, daß ich ihr Zutrauen gewonnen hatte. Sie begann, von ihren Musikstunden zu erzählen, ihrem Lehrer, der alles zu genau nehme, der sie mit der Flöte exerzieren ließ wie mit einem Gewehr. »Er ist ein Verehrer Friedrichs des Großen. Ich muß immer dessen Stücke spielen, obwohl ich sie nicht leiden kann. Sie haben keine Seele, die man aus einem Notenkorb locken könnte.«

Es war deutlich, daß ihr Gesprächspartner fehlten. Sie zwitscherte ohne Pause, wie ein Wellensittich, und ich hörte zu. »Meine Tiere«, sagte sie, »sind alle in Wirklichkeit lebendig. Sie haben sich nur als Stofftiere verkleidet. Manchmal, vor der Morgendämmerung, legen sie ihre Verkleidung ab. Dann höre ich sie galoppieren, ich höre, wie sie Gras rupfen, wie sie schnaufen und sich aneinander reiben.«

Ich sah auf ihre Lippen, die sie zuweilen befeuchtete, als sei sie dabei zu spielen. Ich spürte den wachsenden Wunsch, sie zu küssen, und ich fühlte zugleich, wie unnahbar Nadja war in ihrer Mädchenhaftigkeit. Dann erzählte ich von mir und von Dick. Von Ines sagte ich kein Wort. »Es gibt hier Verhältnisse, die den Unterschied von Wirklichkeit und Theater verwischen. Auch den von Tod und Leben. Das Schloß über der Stadt ist ein gigantischer Maulwurfshügel. Was darin lebt, könnte eines Tages aus seinem Bau kommen, um alles zu vernichten.«

Sie sah mich verständnislos an. »Liebst du Märchen?« sagte sie. »Du erzählst so schön.«

Ich kam gar nicht auf die Idee, daß ich auch sie in Gefahr bringen konnte durch mein Hiersein und ihre Mitwisserschaft. Sie schien mir gefeit gegen alles Böse.

»Hast du was zu trinken?« sagte ich. »Ich meine, etwas für schwache Nerven.«

»Du meinst etwas Alkoholisches?«

Wir duzten uns mühelos. »Ja«, sagte ich, »ein Cognac oder so etwas Ähnliches würde mir gut tun.«

Sie führte mich hinunter in die Bibliothek. Zwischen erlesenen Ausgaben, Nachschlagewerken, Klassikern, großformatigen Kunstbänden stand eine Flasche Carlos Primero. Sie nahm sie mit nach oben. Ebenso zwei großbauchige Cognacschwenker.

Dann zündete sie eine Kerze an. »Weihnachten«, sagte sie, »ich hasse Weihnachten, aber jetzt gerade ist mir feierlich.«

Ich trank und setzte mich ans Klavier und spielte mehr schlecht als recht »Norwegian Wood« und »Yesterday«. Sie saß im Schneidersitz auf dem Boden, nippte am Cognac und summte die Melodien mit. »Du bist nett«, sagte sie. »Für dein Alter. Mein Vater sollte sich eine Scheibe abschneiden. Er ist lieb, aber ein bißchen steif. Sind in Holland die Männer so ähnlich wie du? Ich meine, lockerer als die Männer bei uns?«

»Man könnte den Eindruck haben, aber das meiste ist Fassade, ist Lebensstilistik. Am besten, du überzeugst dich selbst. Du kannst ja neuerdings jederzeit ins Ausland reisen. Besuch mich doch!«

Sie nippte an ihrem Glas.

»Bist du verheiratet?«

»Nein.«

»Hast du eine Freundin?«

»Nein. Keine richtige. Die letzte hat mich verlassen. Es ist noch nicht lange her.«

»Warum verlassen dich die Frauen? Weil du so groß bist? Draußen größer als drinnen?«

»Du weißt gar nicht, wie richtig du liegst.«

»Wenn du ein Stofftier wärst, dann wärst du eine Giraffe.«

Ihr Lachen ging in ein Gähnen über.

»Ich habe morgen Stunde. Wir sollten zu Bett.« Sie sah meinen verdutzten Gesichtsausdruck und lachte wieder. »Getrennt natürlich. Du kannst in mein Bett, und ich schlafe unten im Wohnzimmer auf der Couch.«

Ich stammelte meinen Dank.

»Und du darfst mir einen Gutenachtkuß geben.«

Sie stand auf und reichte mir ihre Lippen. Sie waren trocken und weich.

Dann nahm sie einen großen Teddy aus ihrem Bett und verschwand.

Ich legte mich angezogen unter ihre Bettdecke und schloß die Augen. Aber der Schlaf wollte nicht kommen. Im Morgengrauen hörte ich die Herden von Giraffen, Gnus und Antilopen über die Savannen galoppieren zusammen mit meinem wie wild schlagenden Herzen.

Neuntes Kapitel

Als ich aufwachte, schien die Sonne durch weiße Vorhänge, die sich im Wind bauschten. Ich lag an Deck eines schnellen Segelschiffes, das nach Sumatra fuhr. Mein Freund schaukelte über mir in einer Hängematte. Das Meer war unnatürlich grün bis zum Horizont, wie auf einem echten Derbacher.

Dann begriff ich, wo ich wirklich war. In Nadjas Zimmer. Das Fenster stand halb offen. Ich wunderte mich, daß die Luft so gut war, die von dort hereindrang. Mein Schädel fühlte sich an, als ob er in eine Schraubzwinge geraten wäre.

Nadja kam mit einem Tablett ins Zimmer. Sie stellte es auf einem Tischchen ab, das sie neben das Bett geschoben hatte. Tassen, eine Thermoskanne, Butter, Brötchen, Marmelade, russischer Kaviar. Der Sketch spielte im Paradies, und Nadja war meine Geliebte.

»Du hast vielleicht einen Schlaf«, sagte sie. »Als ich das Rouleau hochgezogen habe, hast du nichts gemerkt.«

Sie setzte sich zu mir auf den Bettrand. »Soll ich nicht aufstehen? Ich bin doch nicht krank«, sagte ich. Sie lachte und sagte: »Doch, du bist krank, so verliebt wie du bist, und so verkatert.« Dann gab sie mir einen Kuß auf die Stirn und begann, auf einem Brötchen hellgelben Honig zerlaufen zu lassen. Sie gab es mir in die Hand, schenkte Kaffee ein, erzählte von sich, ihren Plänen. Sie wolle nach dem Abitur in den Westen auf eine Musikhochschule. Vielleicht würde sie es schaffen, von der Musik zu leben. Sie zwitscherte und kaute und sprach mit vollem Mund und lachte an Stellen, wo niemand es erwarten würde, und ich lag da und war wild entschlossen, die Situation für einen Traum zu halten.

Doch dann fiel mein Blick auf eine weiße Kuckucksuhr. Es war Mittag. Ich warf die Bettdecke beiseite und stand auf.

»Willst du schon gehen? Meine Eltern kommen erst heute abend. Du kannst ruhig bleiben. Wir können ein wenig zusammen musizieren.«

Der Abschied war merkwürdig. Wir umarmten uns wie ein altes Ehepaar, das durch eine Reise vorübergehend getrennt wird. Nadja reichte mir eine Tüte mit geschmierten Brötchen, Reiseproviant. »Komm heil wieder zurück«, flüsterte sie.

»Sollten wir uns hier nicht wiedersehen, besuch mich in Holland, in Groningen. Es gibt ausgezeichnete Musiker dort.« Ich gab ihr meine Telefonnummer und meine Adresse. »Aber nicht weiterzeigen«, sagte ich. Sie sah mich mit großen Augen an und preßte ihre Arme noch fester um meinen Hals. »Dir kann nichts geschehen«, sagte sie ernsthaft, »ich beschütze dich mit meinen Gedanken.«

Auf meine Bitte hin ließ sie mich durch die Hintertür hinaus. Ich gelangte durch einen großen Garten auf einen schmalen Weg, der an einem Waldrand entlang zurück in die Innenstadt führte.

Jetzt war mir auch klar, warum die Luft hier so gut war. Der Ortsteil, in dem Nadja wohnte, lag flußaufwärts in einem Talarm, der aus dem Kessel herausführte. Von hier strömte kühle Luft nach, die dann im Zentrum durch die Öfen und Schlote erwärmt und verpestet wieder aufstieg.

Ich fühlte mich leer. Mit jedem Schritt verlierst du an Identität, dachte ich. Sie rieselt aus dir heraus wie Korn aus einem aufgeschlitzten Sack.

Vielleicht litten wir alle inzwischen an Verfolgungswahn. Vielleicht war dies die seelische Grundverfassung allen Lebens. Verfolgungswahn vom Augenblick der Geburt an. Irgend jemand war hinter uns, der es auf uns abgesehen hatte. Dieser Jemand waren wir selbst oder das, was wir zu sein beanspruchten. Da wir immer hinter unseren Ansprüchen und Wünschen zurückblieben, bildete sich ganz allmählich über die Jahre jenes Phantom der Enttäuschung aus, das uns auf den Fersen blieb, bis es uns in die Grube gehetzt hatte. Vielleicht gab es nur einen Ausweg: die Flucht nach vorn. Die Flucht in die Einbildung hinein, in die Phantasmagorien, in all das Erfundene und Erträumte, das noch nicht der Desillusionierung zum Opfer gefallen war.

Ich beschleunigte meine Schritte, ging geradewegs und am hellichten Tag zum Schloß empor. Bald hörte ich die irren Hunde bellen. Plötzlich wußte ich, daß es die Hunde des Kaisers waren. Und dann hörte ich Axthiebe, pausenlos, immer wieder der trockene Aufprall der Schneide und das kurze Aufstöhnen sich spaltenden, zerreißenden Holzes.

Dann sah ich sie. Eine schwarzgekleidete Frau, tief verschleiert. Sie stand vor dem Plakat, als sei sie eben aus ihm herabgestiegen. Und sie starrte mich an, wie mir schien, obwohl ihre Augen nicht einmal als Glitzern zwischen den dichten Maschen ihres Schleiers zu erkennen waren. Dann ging sie zum Eingang des Treppenhauses und verschwand.

»Ausverkauft« klebte quer über dem Plakat. Irgendwie hatte mich ihr Gang an meine Mutter erinnert. Sie hatte die Angewohnheit, zu kleine Schritte zu machen, als koste jede Entfernung zuviel Energie, die sich am Ende nicht lohne. Übrigens erinnerte sie mich auch an Frau Holle. Alle Mütter dieser Welt haben etwas von Frau Holle. Man muß für sie arbeiten, um Anerkennung und Liebe zu finden. Betten schütteln, daß es schneit. Selbst im Sommer.

Während ich noch unschlüssig vor dem Eingang stand, hörte ich von drinnen plötzlich ein Lied:

Machen wir's den Schwalben nach,
Bau'n wir uns ein Nest!
Bist du lieb und bist du brav,
Halt ich zu dir fest!

Bist du falsch, o Schwalberich,
Fliegt die Schwälbin fort!
Sie zieht nach dem Süden hin,
Und du bleibst im Nord!

Ich sang mit, es ging gar nicht anders, und ich hatte dabei das Gefühl, daß eine fremde Stimme aus mir sang, eine brüchige Stimme: die meiner Mutter. Ja, sie war es gewesen, die diesen Schlager oft in meiner Kindheit gesungen hatte, wenn sie wollte, daß ich einschlief. Dabei hatte sie in mein Bettchen gegriffen und bei den Worten »Bau'n wir uns ein Nest« die Kissen und das Federbett eng um mich gedrückt.

Ich glaubte damals, es sei unser Lied. Erst viel später erfuhr ich, daß das Lied aus der Csárdásfürstin, ihrer Lieblingsoperette, stammte.

Ich trat ein und stieg das Treppenhaus hoch. Vorbei an der Tür des Verwalters. Ein Stockwerk höher lag ein großer Flur. Offenbar diente er als Foyer. An den Wänden hingen Bühnenfotos. Auf einigen von ihnen erkannte ich den Schauspieler aus dem Kulturkaffee. Er schien den Edwin zu spielen, die männliche Hauptrolle. Eines der Fotos zeigte ihn, wie er vor einer frivol gekleideten Dame kniete. Sie hatte ihre nackten Arme besitzergreifend auf seine Schultern gelegt. Beide sangen aus vollem Halse, wobei sie sich in die tiefdekolletierte Brust warf und ihr Bein aus dem seitlich geschlitzten Kleid streckte. Es war laszive Fünfzigerjahre-Erotik, Ehebruch zwischen Topfpflanzen auf falschen Perserteppichen, Büstenhalterreklame in Lesezirkelmappen.

Unter dem Bild stand folgender Text: »Edwins Beziehungen zu Stasi haben sich gebessert. Schon beratschlagen sie miteinander: ›Komm, machen wir's den Schwalben nach!‹«

Ich fragte mich, ob irgend jemand aus dem hiesigen Publikum überhaupt die hanebüchene Ironie wahrnahm, die im Namen der zweiten weiblichen Hauptrolle, der Komtesse Stasi, lag. Aber vielleicht tat ich den Leuten hier Unrecht, vielleicht war dieses Moment von Realsatire einer der Gründe für die offensichtliche Beliebtheit der Operette.

An der den Fenstern gegenüber liegenden Wand war eine große Flügeltür. Ein Schild hing daran: »Nichtöffentliche Generalprobe, bitte nicht stören.«

Wieder erklang das Lied, schnulzig überdehnt in übertriebener Duettseligkeit. Dann hörte ich eine markige Stimme: »Das genügt. Es ist scheußlich genug, was ihr da bringt. Den Leuten wird's gefallen.« Dann hörte ich trippelnde Schritte. Die Tür wurde geöffnet, und eine Dame erschien. Sie trug ein weißes Kleid und einen schwarzen Hut, schwarze, zu enge Netzstrümpfe, zwischen denen das weiße Fleisch hervorquoll, schwarze Stöckelschuhe und weiße Handschuhe, die bis zum Ellbogen reichten. Ihr Gesicht war weiß gepudert und die Augen schwarz umrandet. Sie wirkte wie eine nackte Schaufensterpuppe, frivol und leblos zugleich.

Sie gefiel mir nicht. Es war nicht die exaltierte Aufmachung, die nuttenhafte Art, sich zu bewegen, die Tatsache, daß sie im Gehen aus einer überlangen Zigarettenspitze rauchte. Das alles hätte mich eher amüsiert. Es war die sexualisierte Kälte, die von dieser Person ausging.

Merkwürdigerweise erinnere ich mich an meine Kindheit nur in Schwarzweiß. Wahrscheinlich, weil ich eine Menge

Schwarzweißfotos und Filme aus der Zeit gesehen habe und auch das Fernsehen damals noch nicht farbig war. Jetzt stand diese schwarzweiße Frau vor mir, und ich hatte das seltsame Gefühl, mich in einen Wust von Erinnerungen an früher zu verlieren. Ich erkannte sie sofort. Nach dem Bühnenfoto, das ich eben erst betrachtet hatte. Die Komtesse Stasi. Zugleich überkam mich das Gefühl, in großer Gefahr zu schweben. Vielleicht haben wir doch noch zuweilen Reste jenes Urinstinkts, der Tiere warnt, wenn ihre Existenz auf dem Spiel steht. Genauso instinktiv trifft ein Tier Gegenmaßnahmen, gleichgültig, ob sie in Angriff oder Flucht oder Tarnung bestehen. Für Kopfnaturen wie mich stand in diesem Augenblick keiner dieser drei Wege offen. Ich wartete ab.

»Sie sind ein schöner junger Mann«, sagte die Komtesse. »Man könnte es direkt mal mit Ihnen versuchen.«

»Ich würde gerne den Hauptdarsteller sprechen.«

»Den süßen Edwin? Er ist im Augenblick ein wenig von der Rolle, könnte man sagen.« Sie lachte so übertrieben, so geziert, wie man nur als professioneller Bühnenmensch lachen kann. »Dann kommen Sie mal mit, mein Herr.«

Sie nahm meine Hand und zog mich in den Raum hinter der Tür. Er überraschte mich durch seine Größe. Mindestens zwanzig Stuhlreihen rechts und links. Die Bühne ganz in Schwarzweiß dekoriert. Ein Salon. Sie hielt mich immer noch an der Hand, geleitete mich eine Treppe neben der Rampe empor. Ein großes weißes Sofa auf der Bühne, daneben zwei schwarze Figuren, nackte Knaben mit Pfeil und Bogen, Liebesgötter. Die Komtesse Stasi zog mich aufs Sofa. Sie nahm meine Hand, streichelte sie, summte: »Machen wir's den Schwalben nach …« Ich saß da, wußte nicht, was diesen Traum so wirklich erscheinen ließ. Die Komtesse hob den Schleier und bot mir ihre Lippen dar. Ich küßte sie. Noch immer frage ich mich, warum ich so leicht zum Mitspielen zu bewegen war. Ich war aus vollem Herzen Statist. Eigentlich war mir alles egal. Sie räkelte sich, schwang die Beine hoch und legte sie über meine Oberschenkel.

»Edwin ist unser Sorgenkind. Er ist ein schrecklich sensibler Mensch, aber er ist genial, wenn er in Fahrt kommt. Jetzt behauptet er plötzlich, er könne heute abend nicht singen. Am liebsten spielt er Adlige, dann kann er seine Arroganz rauslassen. Du solltest ihn mal als Kaiser sehen, unglaublich, wie gut er ihn bringt. Diese Mischung aus Dummheit und Eleganz, aus Macht und Schwäche, phantastisch, ein Hamlet oder ein Shylock, ganz wie er will, mal schmierig, mal besessen, mal verrückt, mal eiskalt. Schade, daß er in diesem Nest seine Perlen vor die Säue werfen muß. Komm, ich bring dich zu ihm. Vielleicht kannst du ihn überreden, doch zu spielen.«

Ich hätte ihr mit geschlossenen Augen folgen können, denn die Komtesse Stasi stank bestialisch nach einem beißend süßlichen Parfum. Wir gingen durch einige leere Räume, dann eine Wendeltreppe hinab. Ich mußte mich beim Gehen bücken, weil sie voranging und immer noch meine Hand festhielt.

Wir landeten vor einer verschlossenen Tür. Stasi legte das Ohr an sie und horchte. »Die Probebühne«, flüsterte sie. »Ich glaube, er übt seine Rolle gerade. Gehen Sie voran, aber möglichst leise.«

Ich spürte die Knöchel ihrer Hand in meinem Rücken, die Tür öffnete sich, und sie schob mich hinein.

Ein kahler Raum. An seiner Decke brannte eine Glühbirne. Direkt unter ihr ein nackter Mann, der in seinem Schlagschatten saß wie in einer schwarzen Pfütze. Mittelgroß, roter Schnurrbart. Sein linker Arm kürzer als sein rechter, die linke Hand ungewöhnlich klein. Er bedeckte sein Geschlecht mit ihr, als schämte er sich vor meinen Augen. Die Rechte streckte er mir entgegen. Ich sah plötzlich, daß er nicht vollständig nackt war. Er trug einen Ring. Den Spektralfarben nach, die von ihm ausgingen, war es ein Brillantring. Auch ich streckte meine Hand aus. Er ergriff sie und drückte zu.

Unter normalen Umständen hätte ich aufgeschrien. Es tat sehr weh. Als wären meine Finger in einen Schraubstock geraten. Hier aber hinderte die künstliche Atmosphäre jede direkte Gefühlsregung.

Als er meine Hand freigab, lachte er kurz und militärisch auf. Er deutete auf das Blut, das von meinem kleinen Finger tropfte. Ich sah dort eine kleine, tiefe Wunde. Er hatte also den Ring mit dem Stein nach innen geschoben, ehe er mir die Hand gab.

»Sie müssen jetzt sagen: ›Ihro Majestät, ich begrüße Sie im Namen der niederländischen Regierung und wünsche Ihnen einen angenehmen Aufenthalt in unserem Land‹«, flüsterte die Komtesse in meinem Rücken.

Ich sagte: »Es ist mir eine außerordentliche Ehre, Majestät im Namen der holländischen Regierung zu begrüßen und Ihnen einen der Bedeutung Ihrer Person angemessenen Aufenthalt zu wünschen.«

»Fabelhaft«, sagte die Komtesse.

»Sie haben die Probe bestanden«, sagte er. »Sie sind ein ganzer Mann.« Er drehte den Ring in die alte Position zurück. Dann erhob er sich von dem rohen Hocker, auf dem er die ganze Zeit gesessen hatte. Ich sah, wie er vor Kälte zitterte.

»Gib mir meinen Mantel, Hermine«, sagte er. Die Komtesse kicherte. »Hermine ist noch nicht dran, Wilhelm«, sagte sie. »Noch bist du mit Dora, der Kaiserin, verheiratet.« Sie verschwand im Hintergrund und kam mit einem schmutzigen, zerrissenen Hermelinmantel zurück und legte ihn dem Kaiser um die Schultern. Dann sahen mich beide herausfordernd an.

Ich fühlte, es gab nur eine Chance für mich: spielen. Wenn ich es mit einem Fanatiker zu tun hatte, dann mußte ich ihn dort packen, wo seine Leidenschaft ansetzte. Hier war es, wie mir schien, die absolute Besessenheit, in einer Rolle so sehr aufzugehen, daß sie in Realität überging.

Ich verneigte mich tief und sagte mit fester Stimme: »Majestät, man hat Sie lange warten lassen. Zu lange, wie ich finde. Es ist unangemessen, einen Herrscher warten zu lassen, auch wenn sein Volk einen Krieg verloren hat. Denn Warten ist eine Form der Demütigung mit den Mitteln der Zeit. Die Zeit wird als Werkzeug benutzt, einem Wartenden die Würde zu nehmen. Sie macht ihn nackt.«

Er wirkte, als träfen ihn meine Worte wie Axthiebe. Stöhnend krümmte er sich hin und her, sein verkürzter Arm zuckte hoch. Seine Hand griff in sein wirres Haar.

»Darf ich fragen, welche Funktion Sie in der holländischen Regierung bekleiden?« ächzte er.

»Ich bin Adjutant der holländischen Krone und als solcher befugt, Sie im Namen Ihrer Majestät, der holländischen Königin, herzlich in unserem Land willkommen zu heißen.«

Es schien, daß ihn plötzlich ungeheure Wut packte. Er lief auf und ab, gestikulierend, schreiend: »Wir haben den Krieg zwar verloren, aber nicht umsonst. Wir haben die äußere Macht gegen die innere vertauscht. Weißt du, was das heißt?« Er sprang auf mich zu und packte mich am Kragen. Ich roch seinen scharfen Schweißgeruch, seinen sauren Atem: »Es heißt, daß ich mir gelobt habe, aufgrund meiner Erfahrung aus der Geschichte niemals nach der Weltherrschaft zu streben. Denn was ist aus den großen sogenannten Weltreichen geworden? Alexander der Große! Napoleon der Erste! All die genialen Kriegshelden, im Blute haben sie geschwommen, unterjochte Völker zurückgelassen, die beim ersten Augenblick wieder aufgestanden sind und die Reiche zum Zerfall gebracht haben!«

Er nahm erneut meine Hand und verstärkte den Druck seiner Finger, so daß ich Mühe hatte zu atmen. Obwohl er ein ganzes Stück kleiner war als ich, verfügte er über enorme Kräfte.

Er fuhr fort zu brüllen: »Das Weltreich, das ich mir geträumt habe, soll darin bestehen, daß vor allem das neuerschaffene Deutsche Reich von allen Seiten das absolute Vertrauen als ein ruhiger, ehrlicher, friedlichen Nachbar genießen soll und daß, wenn man dereinst vielleicht von einem Deutschen Weltreich in der Geschichte reden sollte, sie nicht auf Eroberungen begründet sein soll durch das Schwert, sondern durch gegenseitiges Vertrauen der nach gleichen Zielen strebenden Nationen, kurz ausgedrückt, wie ein großer Dichter sagt, außenhin begrenzt, im Innern unbegrenzt!«

Er stieß mich von sich mit einer Gewalt, die mich zum Straucheln brachte. Dann setzte er sich wieder auf den Hocker. Ich sah, wie er seinen linken Arm verkrümmt hinter seinem Rücken barg, und ich sah im kalten Licht der Glühbirne die Komtesse Stasi, wie sie auf den Mann zuging, ihren Rock hob, sich auf ihn schob und auf seinem Schoß zu reiten begann, wobei sie ihre lange Zigarettenspitze nicht aus der Hand legte, sondern Qualmwolken ausstieß, die zur Lampe zogen.

Dann sangen die beiden abwechselnd.

Ich warte auf das große Wunder, trallala,
Von dem man so viel spricht.

In Wirklichkeit ist alles anders, trallala,
Die Wunder kommen nicht.

Ich denke mir die Ehe himmlisch, trallala,
So immerfort zu zwei'n,

Das ist gewöhnlich nur im Anfang, trallala,
Dann ist man gern allein!

Meine kleine Rolle schien zu Ende extemporiert. Weder Edwin noch die Komtesse kümmerten sich weiter um mich. Sie gaben sich ganz der Szene hin. Die Rauchschlieren über ihnen tanzten. Dafür schienen sich andere für mich zu interessieren. Aus dem dunklen Hintergrund sah ich vier Kerle auf mich zukommen. Sie trugen Fliegerstiefel und schwarze Lederjacken. Ich kannte sie bereits. Und ich wußte, Gegenwehr hatte keinen Zweck.

Stasi sang:
»Ich lasse mich nicht bange machen, trallala,
Ich richte mir das ein schon, wie ich's brauch'!«

Edwin sang:
»Ei! – Ich finde die Idee famos, trallala,
Genauso mach' ich's auch!«

Sie packten mich, zwei von hinten, an den Oberarmen und am Hals, zwei von der Seite an den Händen und Unterarmen.

»Ich werde dich mir schon erziehen, trallala,
Es kommt nur auf ein kleines Pröbchen an!«
sang Stasi.

»Gut! Du findest mich gefaßt, mein Kind, trallala,
Ich tu' halt, was ich kann!« sang Edwin.

Während sie mich abführten, wobei sie mich durch die Hebelwirkung meiner langen Arme niederzwangen, so daß ich mit eingeknickten Beinen und gesenktem Kopf gehen mußte, hörte ich, wie die beiden Stimmen zusammenfanden:

»Machen wir's den Schwalben nach,
Bau'n wir uns ein Nest!«

Edwin und Stasi fielen übereinander her. Sie wälzten sich auf dem Boden und stöhnten dabei.

Einmal sah ich noch etwas, ehe die muffigen Bahnen eines Samtvorhanges um mich zusammenschlugen wie die Flügel eines riesigen Falters. Ich sah die Komtesse, wie sie sich unter den Rock zwischen die Beine griff und einen silbrigen, zappelnden Fisch hervorholte. Es kann jedoch sein, wie ich heute manchmal denke, daß dies eine Halluzination war.

Noch nie in meinem Leben war ich abgeführt worden. Jetzt erfuhr ich, wie schlimm das ist. Es glich einer Folter mit den Mitteln der Bewegung. Man wurde in eine Richtung gezwungen, in der das Unheil lauert. Abgeführt werden, das ist es, was Schlachtvieh, was Schweine auf dem Transport zum Schlachthaus wie Menschen schreien läßt. Verrückt, diese Vermenschlichung von Tieren in höchster Todesangst! Ich habe sie oft beobachtet in der Kindheit, weil wir in der Nähe einer Metzgerei wohnten. Menschen werden in vergleichbaren Situationen zu Tieren. Irgendwo treffen sich mit wachsender Angst beide Gattungen auf halbem Weg, der Mensch halb Tier, das Tier halb Mensch, zwei leidende Zentauren.

Als meine Bewacher stehenblieben, um einem von ihnen die Möglichkeit zu geben, sich eine Zigarette anzuzünden, war ich es, der weiterwollte, der vorwärtsdrängte, als hätte ich mich bereits der Strömung angepaßt, als sei Todessehnsucht das Hauptmotiv weiterzuleben.

Man warf mich in einen Raum. Es war völlig finster. Der Boden kalt. Ich hatte das Gefühl, geschlagen worden zu sein, alles tat mir weh, jeder Knochen im Leib, aber man hatte mir nichts getan, die Schmerzen waren eingebildet, aber so perfekt, daß sie völlig real waren.

Mühsam kam ich hoch, erst auf die Knie, dann stand ich schwankend da, lauschte, rieb meine Augen, sah das rötliche Flimmern, das mein pulsierendes Blut auf die Netzhaut bannte. Ich bewegte mich mit kurzen, unsicheren Schritten, streckte meine Hände vor, um nirgends anzustoßen, aber ich fühlte sie nicht. Ab den Gelenken waren sie taub, wie amputiert.

Als ich mit dem Fuß gegen etwas Weiches stieß, hörte ich ein Stöhnen. Kein Zweifel, da lag ein Mensch auf dem Boden. Ich bückte mich, tastete mit den Händen, fühlte, daß der Boden glitschig war, roch den säuerlichen Gestank von Erbrochenem. Dann fühlte ich ein Gesicht. Sofort wußte ich, wer es war. Auch wenn man den Bart offenbar abrasiert hatte und auch sein Kopf völlig kahl zu sein schien.

»Was ist mit dir, Schläfti?« flüsterte ich. »Was haben sie mit dir gemacht?«

»Piet? Bist du es?«

Er stöhnte und sprach undeutlich. Unverkennbar, daß er große Schmerzen hatte. Ich schob einen Arm unter ihn und stützte ihn hoch.

»Schläfti, was haben die mit dir angestellt?«

»Nichts, sie haben mir nichts getan.« Er lachte. Es klang wie eine Ziege. »Das ist nämlich das Gemeine, daß sie mir nichts getan haben. Sie haben nur diesem blöden Kerl etwas getan, in dem ich stecke.« Er hustete. Es war ein richtiger Anfall. Als er vorbei war, flüsterte er: »Komm, Piet, erzähl mir was Schönes. Ein Märchen.«

Ich lehnte mich gegen ihn. Wir saßen Rücken an Rücken in der Stockdunkelheit. Schwach klang die Musik von draußen, die zündenden Melodien Emmerich Kálmáns.

»Was für ein Märchen möchtest du hören, Schläfti?«

»Am liebsten eines mit einem Schloß und einer Prinzessin. Und es soll ein wenig grausam sein, aber nicht zu sehr.«

»Dann erzähl ich dir das Märchen vom Meerhäschen.« Ich hatte es auf der Herfahrt im Zug gelesen und entsann mich noch gut seiner bizarren Einzelheiten.

»Es war einmal eine Königstochter, die hatte in ihrem Schloß hoch unter der Zinne einen Saal mit zwölf Fenstern. Die gingen in alle Himmelsgegenden. Von dort aus konnte man alles sehen im Reich. Aus dem ersten Fenster sah man schon schärfer als Menschen, aus jedem weiteren immer noch schärfer, und aus dem zwölften konnte die Prinzessin sogar alles sehen, was hinter Mauern oder unter der Erde war. Nachts leuchteten die Fenster wie Sterne.

Weil die Königstochter aber stolz war und sich niemand unterwerfen wollte, ließ sie im Reich verkünden, sie werde nur den heiraten, der sich so gut verstecke, daß sie ihn vom Saal aus nicht sehen könne. Wer es aber versuche und sie entdecke ihn, dessen Haupt werde abgeschlagen und auf einen Pfahl gesteckt.

Bald standen siebenundneunzig Pfähle mit toten Köpfen vor dem Schloß, und niemand traute sich mehr, sich zu melden. Nun bin ich für immer frei, dachte die Prinzessin. Da aber erschienen drei junge Brüder, um ihr Glück zu versuchen. Der erste versteckte sich in einer Grube voller gelöschtem Kalk. Er war ganz weiß wie ein Schneemann. Die Prinzessin entdeckte ihn schon aus dem ersten Fenster und ließ ihn köpfen. Der zweite versteckte sich in dem Keller des Schlosses. Auch ihn sah die Prinzessin bereits aus dem ersten Fenster. Sein Kopf war der neunundneunzigste. Der jüngste Bruder aber bat um einen Tag Bedenkzeit und darum, daß er zweimal bei Entdeckung das Leben geschenkt bekäme. Beim drittenmal würde er es willig hergeben. Weil er so schön war, war die Königstochter damit einverstanden.

Der Bursche nahm eine Flinte und ging auf die Jagd. Da sah er einen Raben. Als er ihn schießen wollte, rief der Vogel: ›Schieß nicht, ich will dir's vergelten!‹ Er schoß nicht und ging weiter an den See. Ein großer Fisch kam an die Oberfläche, er legte an. ›Schieß nicht!‹ rief der Fisch, ›ich will dir's vergelten!‹

Er ging weiter und traf einen hinkenden Fuchs. Diesmal schoß er, aber er fehlte. Da sagte der Fuchs: ›Laß ab, zieh mir lieber den Dorn aus dem Fuß. Ich will dir's vergelten.‹ Der Junge ließ ihn laufen.

Am anderen Tage sollte er sich verkriechen. Da er sich keinen Rat wußte, ging er in den Wald und fragte den Raben. Der holte ein Ei aus dem Nest, teilte die Schale und schloß den Jüngling hinein. Dann setzte er sich zum Brüten darauf. Die Prinzessin trat ans erste Fenster und sah nichts, ebenso nicht am zweiten Fenster. Sie wurde schon unruhig, aber im elften Fenster sah sie ihn. Sie ließ den Raben erschießen, das Ei holen und schenkte dem Jüngling das Leben.

Am nächsten Tag ging er zum See und fragte den Fisch. ›Komm in meinen Bauch‹, sagte dieser. Er verschluckte ihn und tauchte zum Grund des Sees. Wieder brauchte die Königstochter elf Fenster, um ihn zu finden. Der Fisch wurde getötet und dem Jüngling zum zweitenmal das Leben geschenkt.

›Morgen kommt dein Kopf auf den hundertsten Pfahl‹, sagte die Prinzessin und ärgerte sich beinahe ein wenig.

Er ging zum Fuchs, der nahm ihn mit zu einer Zauberquelle. Der Fuchs tauchte unter und verwandelte sich in einen Kaufmann. Auch der Jüngling mußte untertauchen. Er wurde in ein Meerhäschen verwandelt. So zogen sie in die Stadt. Das Volk staunte über das Meerhäschen. Zuletzt kam die Königstochter, und weil sie großen Gefallen an dem Tier hatte, wollte sie es kaufen. Der Kaufmann nahm viel Geld dafür. Bevor er ihr das Meerhäschen übergab, flüsterte er in eines seiner langen, blauen Ohren: ›Wenn die Prinzessin ans Fenster geht, schlüpfe schnell unter ihren Zopf.‹

Die Prinzessin wollte ihn nun suchen. Am ersten Fenster sah sie nichts, auch am zweiten nichts und so fort. Als sie auch beim zwölften nichts sah, schlug sie es vor Wut so gewaltig zu, daß das Glas zersplitterte und das ganze Land erbebte. Plötzlich fühlte sie das Tier unterm Zopf. Sie schleuderte es zu Boden und rief: ›Fort mit dir!‹

Der Bursche ging zum Kaufmann zurück, und der führte ihn zur Zauberquelle. Beide nahmen sie ihre urspüngliche Gestalt wieder an.

Der Jüngling ging zum Schloß zurück, wo die Prinzessin bereits ergeben auf ihn wartete. Die Hochzeit wurde gefeiert, und er war nun König. Er erzählte seiner Frau niemals, wie er sich zum drittenmal versteckt hatte, und so glaubte sie, er habe alles aus eigener Kraft getan, und darum hatte sie Achtung vor ihm, denn sie dachte: Der kann doch mehr als du! Sie sah auch nie mehr zu den Fenstern hinaus, sondern abends saßen die beiden im Saal und lasen, und immer war ein anderes Fenster erleuchtet. So lebten sie glücklich und in Frieden, und wenn sie nicht gestorben sind ...«

»... dann leben sie noch heute!«

»Wer von uns dreien ist jetzt der jüngste Bruder, Dick, Piet oder Schläfti?«

Wir schwiegen eine Weile und lauschten. Draußen sangen sie:

Hurra! Hurra!
Man lebt ja nur einmal!
Und einmal ist keinmal!
Nur einmal lebt man ja!
Hurra! Hurra!
Zum Lachen und Scherzen,

Zum Küssen und Herzen,
Hurra! sind wir da!
Nur du! Nur du!

Schwört jeder immerzu!
Man girrt und schnäbelt,
Süß benebelt,
Nützt die flüchtige Zeit, die goldene!
Drum tanz, mein Lieber,
Eh's vorüber!
Heut' ist heut'!

»Ich würde jetzt gerne tanzen mit dir, aber sie haben mir die Fußgelenke gebrochen«, sagte Schläfti.

»Warum haben sie das getan?«

»Weil ich dir geholfen habe.«

Er begann plötzlich zu weinen, wie ein ganz kleines Kind. Ich tastete nach seinem Gesicht, es war naß von Rotz und Tränen.

»Schläfti«, flüsterte ich, »du brauchst dich nicht zu fürchten. Ich bin doch bei dir.« Meine Stimme hatte den typischen, singenden Ton, wie ich ihn von meiner Mutter her kannte, wenn sie mich beruhigen wollte.

»Du meinst, du bist wirklich bei mir?« Schläfti begann zu kichern. Dann sagte er: »Und ich bin wirklich bei dir.«

Ich erhob mich und tastete die Wände entlang. Drüben wurde ein neues Lied geprobt.

So ein lustiger Roman
Geht vorüber!
Und man stirbt nicht gleich daran,
Nein, mein Lieber!
So ein lustiger Roman

Ist zum Lachen!
Ja, da kann man
Nichts mehr machen!
Lalalalalala!
's ist zum Lachen!
Lalalalalala!
Nichts zu machen!

Ich spürte kaltes Glas unter den Händen, dann fiel etwas zu Boden, ein Kamm, ein Döschen vielleicht. Plötzlich hatte ich ein Kästchen in der Hand, in dem es bei jeder Bewegung rasselte. Ein typisches Geräusch, das jeder Raucher kennt, eine Streichholzschachtel. Ich fischte ein Hölzchen heraus, riß es an, eine Flamme zuckte, der Raum tanzte voller Schatten, im Spiegel erschien mein Gesicht wie eine Karnevalsmaske. Ich fand eine Kerze und zündete sie an, dann kümmerte ich mich um Schläfti.

Er lag am Boden, und ich zerrte ihn auf einen Stuhl. Er sah fürchterlich aus. Ohne Haare glich er der Karikatur eines Skins.

Wir waren im Schminkraum. Spiegel, Waschbecken, Perücken, Trockenhauben, Cremes, Puder, es war alles vorhanden. Auch ein Regal mit den verschiedensten Bärten: Kinn-, Schnurr-, Backen-, Vollbärte in allen Größen und Farben. Schläfti begann, sich zu schminken. »Hilf mir mal«, sagte er, »wie sah der Kaiser aus? Hatte er nicht einen rötlichen Bart?«

»Ja, mit nach oben gezwirbelten Enden.«

Wir fanden tatsächlich einen »Es ist erreicht«, wie des Kaisers Bart im Volksmund hieß. Schläfti klebte ihn sich an. Dann stülpte er sich künstliche Haare über, blonde, leicht gewellte, nach hinten gekämmte Haare.

»Sehe ich nicht schneidig aus?« sagte Schläfti. »Jetzt bist du dran, du bist Hermine.«

»Das wird schwierig sein. War sie nicht klein und pummelig?«

»Es reicht, wenn du einen schwarzen Schleier trägst.«

Draußen sang jemand: »Mutzi, mich reißt es, Putzi, mich schmeißt es, juckend, zuckend zu dir! Hupf mit mir, du süßes Mopsi, mach mit mir ein kleines Hopsi!«

Ich bückte mich mit der Kerze und untersuchte Schläftis Fußgelenke. Sie waren dick geschwollen, aber sie schienen nicht gebrochen zu sein.

»Morgen kommt mein türkischer LKW-Fahrer. Meinst du, er wird den deutschen Kaiser mitnehmen?«

Ich fand einen schwarzen Hut mit Schleier und setzte ihn auf. »Kannst du aufstehen?« fragte ich.

Schläfti probierte es. Er schien große Schmerzen zu haben, aber er stand auf wackligen Beinen und machte kleine Trippelschritte. »Es geht«, sagte er. »Sie haben mir nichts gebrochen. Obwohl sie sagten, sie würden meine Fußgelenke genauso behandeln, wie sie es damals mit meinen Handgelenken gemacht haben.«

»Was haben sie noch mit dir gemacht?«

»In den Magen geschlagen. Immer wieder. Alles herausgeschlagen, was drin war.«

»Komm, wir gehen«, sagte ich. »Man behandelt das deutsche Kaiserpaar hier nicht gut.«

Nebenan wurde geklatscht. Dann sagte jemand »Toitoitoi, auf eine gelungene Premiere.« Türen schlugen, es wurde still.

»Man nimmt uns hier nicht ernst«, sagte Schläfti.

»Wir sind im Exil«, sagte ich. »Wir müssen zurück in die Heimat.«

»Niemand will uns, weder daheim noch in der Fremde, komm, Hermine, wir gehen.«

Ich legte meinen Arm um die Hüften des Kaisers und führte ihn hinaus. Die Bühne war leer, der Zuschauerraum verlassen. Auch im Foyer war niemand. Keine Tür war abgeschlossen.

Dann standen wir in der Toreinfahrt. Es war später Nachmittag, der Himmel schwefelgelb. Vor uns lag die Rampe, die zur Stadt hinunterführte. Ich stellte mir vor, wie hier früher die Kutschen mit angezogenen Bremsen hinuntergerollt waren, mit brennenden Stecklaternen, Lakaien auf den Trittbrettern.

Jetzt lag der Weg leer da, man hatte Salz gestreut, denn Schnee und Eis waren geschmolzen. Wir sahen sie gegen den dunklen Untergrund erst spät. In Mäntel gehüllte Gestalten krochen die Auffahrt hoch, einzeln, in Paaren, in Gruppen. Ein endloser Strom winterlich vermummter Seelen, die Gesichter blaß, die Augen darin wie Schneemännerkohlen, so stiegen sie aus der Schattenwelt ihres wirklichen Lebens herauf. Sie zogen an uns vorbei, die wir da standen und uns umschlungen hielten, eine stumme Prozession. Alle sahen uns, aber niemand reagierte, niemand feixte. Niemand zog den Hut oder verneigte sich. Schläfti dankte dennoch huldvoll, indem er leicht den Arm hob zu einem kaiserlichen Gruß.

Ich weiß nicht, was die Leute von uns hielten. Vielleicht hielten sie uns für Statisten. Die Menschenschlange riß nicht ab. Der halbe Ort schien auf den Beinen. Plötzlich schlug mein Herz schneller. Ich erkannte Nadja. Sie war hell gekleidet in einen weißen Lammfellmantel. Neben ihr ging ein junger Mann. Auch er sah in seiner pelzgefütterten Lederjacke schicker aus als die meisten. Rechts und links von ihnen gingen die Eltern. Nadjas Begleiter hakte sie unter, deutete auf Schläfti und mich und flüsterte ihr etwas ins Ohr. Nadja lachte. Ich war versucht, meinen Schleier zu lüften. Aber dann waren sie schon vorbei.

Es kamen noch andere, die ich kannte. Volz und Lilli. Beide im dunklen Stoff schwerer Mäntel wie zusammengewachsen.

Lilli blieb stehen, als sie mich sah. Dann löste sie sich von ihrem Mann und kam näher. Sie kniete nieder vor mir im Schnee. Plötzlich wirkte sie wie ein junges Mädchen auf ihrem ersten Ball.

Ich bückte mich und nahm ihre Hand. »Ich wünsche Ihnen schöne Festtage«, sagte ich. Frau Volz stammelte etwas, das ich nicht verstand. Dann zog sie sich mit gesenktem Haupt zurück.

Eine Gruppe alter Leute näherte sich. Sie krochen langsam, unsicher, manche hüpften, andere blieben immer wieder stehen, um Atem zu schöpfen. Ein großer Mann war ihnen auf den Fersen und trieb sie mit seinem Spazierstock wie Gänse an. Er trug einen erstaunlich hohen Zylinder, den er lüftete und schwang, als er uns sah, Doktor Vielbrunn.

Auch andere erkannte ich, die Wirtin der Grafenschenke, junge Leute aus dem Café Harmonie, den Polizisten, der mich vernommen hatte, den Dichter, der mit seinem Samtjäckchen, dem langen Wollschal und der Baskenmütze wie die Karikatur eines Kunstmalers aussah.

Dann sah ich Ines und Dick. Sie hielten sich an den Händen, und sie stritten sich. Ines in ihrem Kaninchenfellmantel, Dick in einer Jeansjacke, das Hemd provozierend offen. Schnee fiel in großen Flocken. Sie waren gelb, und wenn sie auf der Hand schmolzen, blieb ein dunkler Rand zurück.

Ich zog Schläfti mit mir fort, ehe Dick uns erkennen konnte. Wir versteckten uns hinter dem Holzstoß im Innenhof. Was war nur los mit Dick, warum zeigte er sich plötzlich in aller Öffentlichkeit?

Wir warteten, bis wir sicher sein konnten, allein zu sein. Dann gingen wir den Weg hinunter, durch den Matsch, Schläfti humpelnd und fluchend, ich in einer Stimmung, die so undefinierbar war, daß sie einer Betäubung gleichkam.

Unterwegs warfen wir unsere Verkleidungsstücke fort. Irgendwo im Dreck lagen nun ein Kaiser-Wilhelm-Bart, eine blonde Perücke und ein schwarzer Schleier. Am Ehrenmal der russischen Armee trennten wir uns. Schläfti sagte: »Geh in den Park und versuche, möglichst ohne Aufsehen zu dem kleinen Bahnwärterhäuschen zu kommen, das vor der Tunneleinfahrt liegt. Sage einen schönen Gruß von mir.«

Er gab mir die schlaffe Hand. »Du mußt mir versprechen, morgen mit dem LKW-Fahrer abzuhauen«, sagte ich.

»Ich schreib dir aus der Türkei. Gib mir deine Adresse.«

Ich zog die Weihnachtskarte meiner Mutter aus der Jacke und gab sie ihm. »Bin in Gedanken bei dir«, sagte Schläfti.

Wir umarmten uns und klopften uns auf die Schulter. Dann verschwand er um eine Ecke, und ich bog in eine leere Straße ein, wobei ich mich am Sternbild der Schloßfenster orientierte, um die Richtung zum Park einzuhalten.

Als ich an einer Telefonzelle vorbeikam, fiel mir meine Mutter wieder ein. Ich erreichte sie auch, aber ihre Stimme klang diesmal sehr fern.

»Ich war dort«, sagte sie. »Mein Urteil: dieser Mensch, dein Wilhelm, war einsam, er war unsicher, er war schwach. Allein die vielen Militärmotive an den Wänden sprechen eine deutliche Sprache, mein Sohn, es ist überdeutlich, daß er mit seiner Rolle als Kaiser überhaupt nicht klarkam. Ein Pantoffelheld war er, und er war aggressiv wie alle Pantoffelhelden. Natürlich nicht öffentlich, aber dafür um so mehr privat. Als Vierjähriger soll er unter dem Tisch einem Onkel ins Bein gebissen haben. Er trug dabei einen schottischen Kilt und einen Dolch an der Seite. Es war anläßlich der Hochzeit seines Onkels. Ein muffiger, kleiner, bösartiger Kerl war dein Kaiser, ich glaube, er hatte einen Großmutterkomplex.«

»Einen was, bitte?« schrie ich ins Telefon.

»Schrei nicht so«, sagte meine Mutter. »Und überhaupt, warum schnaufst du dauernd? Hast du Probleme?«

Offensichtlich war die Verbindung auf ihrer Seite exzellent.

»Auch wenn dein Freud keinen Großmutterkomplex kennt, laß es dir gesagt sein, es gibt ihn. Dein Kaiser hatte immerhin eine Großmutter vom Schlage der Queen Victoria. Kein Wunder, daß er sein Leben lang nicht aus den Windeln kam, das arme Kerlchen. Deshalb war er auch homosexuell. Ich habe nichts gegen Schwuchteln, aber sie sind wahrscheinlich nicht kaiserfähig, dazu sind sie viel zu nett, wenn man sie nur läßt. Ich sage dir, sei froh, daß ich dich nicht auch so an mich gebunden habe. Ich habe immer darauf geachtet, daß du dich abnabeln konntest. Wann kommst du endlich zurück, mein Sohn ...« Das Gespräch war zu Ende. Ich hängte den Hörer ein und ging auf die Straße.

Die Dunkelheit war gerade im richtigen Moment gekommen. Sollte ich Beschatter haben, würde ich sie abschütteln können. Es gab genug Bäume im Park. Teilweise bildeten sie kleine Wäldchen, in denen schon tiefe Nacht herrschte.

In eines dieser Wäldchen trat ich und verhielt mich vollkommen still. Nichts war zu hören außer dem durch die Büsche gedämpften Straßenverkehr und dem Rauschen des Flusses. Über mir sah ich echte Sterne zwischen den Zweigen. Auch der kohlschwarze Schatten des Schlosses war zu sehen mit seinen gelben Fensteraugen. Dort wurde jetzt aus voller Kehle gesungen, Paare, die sich trennten und wieder verbanden, Liebe im Dreivierteltakt, die Komtesse Stasi mit Edwin Ronald Fürst von und zu Lippert-Weylersheim, Graf Boni mit Silvia Varescu, der verschleierten Chansonette. Die Männer Schwindler, die Frauen Drachen, die Liebe ein Witz im Verwechslungsspiel. Eigentlich ein zutiefst dekadentes und defätistisches Stück, diese Csárdásfürstin, dachte ich. Eine gesungene Form der Gewalt. Alle Gewalt hat etwas von einer Operette.

Als ich mich einigermaßen sicher fühlte, verließ ich mein

Versteck und ging am Seeufer entlang Richtung Tunnel. Zwischen der Straße und dem Park verlief die Trasse der Bahn. Das Bahnwärterhäuschen am Ende des Sees schien unbewohnt. Alles war dunkel, die Läden geschlossen. Ich klopfte und hörte tatsächlich sogleich Geräusche. Die Tür öffnete sich einen Spalt. Ich konnte nichts sehen, aber eine tiefe Stimme, die mich an die meiner Mutter erinnerte, fragte mich, was ich wolle.

Ich bat darum, eingelassen zu werden.

Erstaunlicherweise öffnete sich jetzt die Tür vollständig, und im schwachen Schimmer eines kaum beleuchteten Hintergrundes sah ich die Silhouette einer Frau. Ich trat ein, und sie schloß und verriegelte die Tür hinter mir.

Ich folgte ihr in einen Raum, in dem es angenehm warm war. Ein Feuer flackerte in einem offenen Kamin. Jetzt nahm ich das Äußere meiner Gastgeberin deutlicher wahr. Sie schien ziemlich alt zu sein, hielt sich schlecht, ihre Haare waren ungekämmt, zottelig und grau. Die beiden oberen mittleren Schneidezähne fehlten ihr, die Gesichtspartien unterhalb ihrer Augen waren angeschwollen. Ihr Blick war unstet und dennoch liebenswürdig. Die Wesensähnlichkeit von Mutter und Sohn war nicht zu übersehen.

»Setzen Sie sich ans Feuer«, sagte sie. »Ich hole uns was zur Stärkung.«

Merkwürdig, wie vertraut mir alles war. Ich zog den alten Ledersessel, dem an verschiedenen Stellen das Stroh aus den Nähten wuchs, näher ans Feuer und versank darin. Sie kam mit einer Flasche ohne Etikett zurück und zwei großen Gläsern, setzte sich zu mir auf einen Korbstuhl. Wir tranken uns zu. Das Zeug war scharf, irgendein Kartoffelschnaps vermutlich. Als hätte sie meine Gedanken erraten, sagte sie: »Wodka. Von den Besatzern. Ich habe einen Vorrat. Er war billig, und er ist ehrlich. Er schmeckt nicht, aber er wirkt.«

Lange Zeit starrten wir stumm in die züngelnden Flammen. Zuweilen stand sie auf und legte Holz nach. Auf einer Kommode summte ein Samowar. Hin und wieder holte ich mir eine Tasse schwarzen, süßen Tee.

Es tat gut, daß sie mir keine Fragen stellte. Sie sagte nur einmal: »Sie sind ein Freund meines Sohnes. Das ist schön. Er hat nicht viele Freunde hier.«

Langsam trank ich, in sehr kleinen Schlucken, abwechselnd Tee und Schnaps, um nicht zu schnell betrunken zu werden. Immer tiefer versank ich in einen Frieden, wie ich ihn lange nicht mehr empfunden hatte, vielleicht seit frühester Kindheit nicht mehr.

Plötzlich begann sie zu reden. Der Ton ihrer Stimme war undeutlich, wahrscheinlich lag es weniger an den fehlenden Zähnen oder dem Alkohol als daran, daß sie nur mit sich selbst zu sprechen gewohnt war.

»Heute ist es genau vierzig Jahre her. Es war am zweiten Weihnachtsfeiertag, als sie auf unseren Hof kamen. Morgens um sechs Uhr, als alles noch finster war und meine Eltern noch schliefen. Zwanzig Männer in schweren grauen Mänteln. Die Autos hatten sie vor dem Hoftor stehen lassen.

Niemand vom ganzen Dorf wagte sich an diesem Tag auf die Straße, weil alle die Autos sahen. Als die Sonne am Himmel stand und die rauhreifüberzogene Landschaft beschien, lag alles erstarrt wie unter einer Angst. Selbst das Vieh im Stall, die 45 Rinder, die 120 Schweine, verhielt sich stiller als sonst.

Jeder Winkel wurde durchsucht, jedes Buch durchblättert, in jede Schublade gesehen. Die Männer sprachen kaum, wenn, dann sehr leise und in knappen, abgehackten Worten. Als ich eintraf, ich war damals siebzehn und, das können Sie sich wohl nicht mehr vorstellen, ein hübsches Mädchen, war es schon Nachmittag. Ich hatte einen Kuchen dabei, den meine Tante gebacken hatte. Als ich die vier Autos sah, erschrak ich so, daß ich den Kuchen fallen ließ. Ich werde nie vergessen, wie der rote Überzug aus Erdbeergelee eine scheußliche Lache im Schnee an der Hofmauer bildete. Als hätte man dort jemanden erschossen.

Ein Polizist, der das Tor bewachte, packte mich am Arm und zog mich hinein. Diese Berührung, sie war irgendwie primitiv und zugleich hilflos. Sie hatte etwas von der Art, wie einen ein schüchterner Vergewaltiger behandelt. Gierig und zugleich voller Angst. Ich sah die Männer, die mit amtlicher Miene in allen Hofecken und Ställen herumstöberten, und ich sah meine Eltern, wie ich sie noch nie gesehen hatte. So hilflos, so erniedrigt. Sie wirkten auf mich wie Tote, die man in der Anatomie hin und her schob. Kein Ausdruck im Gesicht meines Vaters. Das Gesicht ganz starr. Der Mund so schmal über verzweifelten Worten zusammengepreßt.«

Sie begann heftig zu schluchzen, wie ihr Sohn vorhin. Ohne Kontrolle, wie ein kleines Kind. Der Stuhl, auf dem sie saß, knarrte zu den heftigen Bewegungen ihres alten Körpers. Ich hielt sie am Arm, hoffte, daß es ihr Kraft gab.

»Sie haben sie mitgenommen, beide. Weil sie zehn Paar Arbeitshandschuhe gefunden hatten. Das galt als verbotene Warenhortung, ein Wirtschaftsverbrechen, auf das Zuchthaus stand. Der Staatsanwalt war dabei und hat noch in der Nacht ihre Verhaftung angeordnet. Später haben sie acht Jahre bekommen. Erst vier, dann, nach der Berufung, wurde die Strafe verdoppelt. Das war so üblich zur Abschreckung. Wer gegen eine Strafe protestiert, der liebt seinen Richter nicht, und auch das mußte bestraft werden.

Alles nahm man ihnen ab, das Geld, den Hof, die Sparbücher und, fast am schlimmsten, die Erinnerungen. All die Pappschachteln mit vergilbten Fotos, den Seidenschal, den meine Mutter bei der Verlobung getragen hatte, das Brautkleid. Nur die Kleider, die sie am Leib trugen, durften sie behalten. Der Hof gehörte jetzt der LPG, und der Jungknecht wurde sein Verwalter. Er hatte uns denunziert, aber beweisbar war das natürlich nicht. Es war nur logisch. Das Denunzieren war die Form der Menschenliebe, die die Bewohner dieses Staates zusammenhielt. Meine Eltern haben es nicht überlebt. Sie wurden nach vier Jahren amnestiert, aber sie waren gebrochene Menschen. Meine Mutter starb vier Monate nach der Entlassung, gerade sechzig Jahre alt. Mein Vater starb als Invalide vier Jahre später im Altersheim, er war erst sechsundsechzig. Ich glaube, er hat sich umgebracht, auch wenn ich das nicht beweisen kann. Er hat nie mehr darüber geredet, wenn ich ihn besuchte. Er hat nur so eine merkwürdige Art gehabt, einen anzusehen, als sei man verrückt geworden und als habe er Mitleid mit einem.«

»Was geschah mit Ihnen damals?«

»Sie fuhren mich mit dem Auto um drei Uhr morgens weg und ließen mich irgendwo auf die Straße. Ich ging zu Fuß zu meiner Tante und klingelte sie aus dem Bett. ›Hat euch der Kuchen geschmeckt?‹ war ihre erste Frage. Und dann: ›Wo kommst du denn jetzt her, um diese Zeit?‹ Ich habe so heulen müssen, daß es lange dauerte, bis sie verstanden hat, was geschehen war. Aber richtig verstehen kann man es nicht. Niemand kann so was verstehen, wegen ein paar Handschuhen zwei Menschen, die sich geliebt haben, voneinander zu trennen, ihnen alles zu nehmen, was ihr Leben war.«

»Und Sie? Was haben Sie später gemacht?«

»Was schon. Das Übliche natürlich. Ich habe geheiratet. Einen lieben Mann übrigens. Er hat nicht viel Freude an mir gehabt. Ich hatte immer Angst, vor jeder Autoansammlung bekam ich Panik. Ich habe zu trinken angefangen, hatte einen Sohn, um den ich mich kaum kümmerte. Er lebt immer noch hier, aber wir sehen uns fast nie. Mein Sohn ist nichts geworden. Ein liebenswerter Taugenichts. Mein Mann war bei der

Reichsbahn. Er starb vor sieben Jahren. Er hat mir nicht viel hinterlassen. Dieses Häuschen und ein Paddelboot. Einen alten Puch-Zweier. Sein ganzer Stolz. Er war Sportpaddler in seiner Freizeit. Immer wenn wir viel Wasser im Fluß hatten, war er dort. Bei jeder Kälte. Es war ihm egal. Nur die Eskimorolle wagte er nicht, weil das Wasser zuviel Gifte enthielt. Jetzt ist es besser geworden, seitdem die Fabriken geschlossen sind. Jetzt würde er auch die Eskimorolle machen. Er sagte immer: ›Irgendeine Form von Fluchtfahrzeug muß man doch haben.‹«

»Warum hatte er einen Zweier? Das ist doch ungünstig für Wildwasserfahren.«

»Er hoffte immer, daß ich eines Tages mit ihm fahren würde. Er hatte übrigens eine Spritzdecke und kam damit ganz gut zurecht, wenn er das vordere Loch zumachte.«

»Trotz der Wiedervereinigung dieses Landes scheint es hier immer noch Leute zu geben, die Gewalt für eine Antwort auf scheinbar unlösbare Fragen halten. Zum Beispiel, wer ist gut, wer ist böse? Wenn ich den Guten totschlage, höre ich auf, böse zu sein, das ist eine grausame Art der Rechtfertigung.«

Sie sah mich freundlich an wie eine Lehrerin, die einem Schüler die unbeholfene Ausdrucksweise verzeiht.

»Dieselben Leute von damals gibt es noch heute. Es gibt Gewalt hinter jeder Tür, auf den Straßen, in der Luft. Manchmal kann man kaum atmen. Es ist ein Irrenhaus, die ganze Welt.«

Sie wollte mir das Glas wieder vollschenken, aber ich hielt die Hand darüber. Sie schenkte sich ihres voll und trank. Sie wirkte genauso wie am Anfang. Der Alkohol schien keine Macht über sie zu haben.

Ich versuchte noch einmal, das Gespräch anzufachen. »Es gibt hier eine eigenartige Theatergruppe. Sie nennen sich die Nachtlöhner. Ich habe mit ihnen zu tun gehabt. Es war sehr unangenehm. Man wird das Gefühl nicht los, daß sie auf ihre

Weise Gewalt inszenieren. Vielleicht steckt eine politische Absicht dahinter. Ich tappe noch völlig im Dunkeln. Man hat Ihren Sohn unter Druck gesetzt, ihm sehr weh getan. Aber er ist jetzt in Sicherheit. Morgen fährt er in die Türkei, mit einem LKW.«

Sie lächelte. »Ich weiß, er ist ein bißchen wie Quecksilber. Niemand bekommt ihn ganz zu fassen.«

»Ein Mensch ist umgebracht worden. Der Maler Derbacher. Kennen Sie ihn?«

Sie nickte. »Er war ein feiner Kerl. Aber sehr schwach.«

»Ich werde das Gefühl nicht los, daß es eine Gegenverschwörung gibt. Volz, der ehemalige Koch des Altersheims. Dick, mein Freund, der Buchhändler, Heinz Derbacher, vielleicht auch Ihr Sohn. Da gibt es einen Zusammenhang. Ich fühle es mehr, als ich es beweisen kann. Kennen Sie Volz?«

»Natürlich kenne ich ihn. Ich war da, als er noch Koch war. Man hat mich dort hineingesteckt, weil ich wegen des Todes meines Vaters Nachforschungen angestellt habe. Du kannst gleich hier bleiben, haben sie gesagt. Anfangs steckten sie mich in eine Zwangsjacke. Sie mußten mich künstlich ernähren. Ich habe auch einen Selbstmordversuch gemacht, den gleichen wie mein Vater, nur meiner war nicht erfolgreich.«

»Was haben Sie gemacht?«

»Ich habe die Isolation von einem Kabel entfernt. Dann habe ich die Kupferenden um meine Fußgelenke gewickelt und die andere Seite an einen Stecker angeschlossen. Den Stecker habe ich in die Steckdose gesteckt. Die Gewalt des Schlages war so groß, daß ich unfreiwillig den Stecker wieder herausgerissen habe.«

Wieder war sie stumm. Das Holz im Kamin knisterte, manchmal knallte es wie Schüsse. »Sie heizen nicht mit Kohle?« fragte ich. »Es gibt genug Holz im Wald«, sagte sie.

Ich stand auf und griff in den Korb. Er war voller sorgfältig gespaltener Scheite.

»Sie sind hinter dir her«, sagte sie. Da war es endlich, das vertrauliche Du. Es war, als spräche Schläfti aus ihr. Ich sagte: »Ja, sie sind hinter mir her und hinter Dick, meinem Freund, dem Buchhändler.«

»Ein feiner Kerl«, sagte sie. »Und was für gute Bücher er hatte. Aber niemand wollte ihn. Sie haben ihm das Leben schwergemacht. Ich glaube, er hat aufgegeben.«

Ich war so müde, daß mir die Augen zufielen. Sie stand auf und strich mir über die Haare. »Du mußt dich jetzt hinlegen«, sagte sie. »Morgen reden wir weiter. Vielleicht kann ich euch weiterhelfen. Trink noch einen Schluck. Ich mache dir ein Lager.«

Brav schenkte ich mir nach, nippte an diesem Fusel, sah, wie die Flammen das Holz gierig verschlangen.

Dann rief sie mich. In einem winzigen Nebenzimmer lag eine Matratze mit einer frisch bezogenen Bettdecke. Ich streckte mich aus und schloß die Augen. Wie einst wartete ich darauf, daß meine Mutter noch einmal hereinkam, sich auf den Bettrand setzte und leise sang: »Machen wir's den Schwalben nach ...« Aber in Wirklichkeit schlief ich bereits.

Zehntes Kapitel

Es war schon fast Mittag, als ich aufwachte. Nebenan hörte ich Schläftis Mutter hantieren. Es roch nach Kaffee, und allein das tat schon gut. Außerdem war kein Feiertag mehr, Weihnachten war überstanden. Die Geschäfte hatten geöffnet, es gab wieder Zeitungen, und der Gedanke, daß ich mir ein Glas Rollmöpse kaufen konnte, brachte mich vollends auf die Beine.

Ihr ganzes Gesicht überzog sich mit Lachfalten, als sie mich sah. »Mein Zeug bekommt dir wohl nicht. Ich gebe zu, man braucht jahrelange Übung, um mit ihm fertig zu werden. Setz dich, mein Sohn. Es ist nicht viel, was ich dir bieten kann. Aber in der Zeitung steht etwas, das dich interessieren wird.«

Sie legte das Blatt wie eine Serviette neben meinen Teller, auf dem Brot, Margarine, offensichtlich selbstgemachte Marmelade und saure Gurken bereitstanden, meine Magennerven zu trösten. Auf der Titelseite fand sich ein schwarz eingerahmter Artikel mit der Überschrift »Skandal in der Csárdásfürstin«.

In der gestrigen Nachmittagsvorstellung, hieß es, sei es zu einem unerwarteten und brutalen Vorfall gekommen. Mitten im zweiten Akt, der bekanntlich im Palais des Fürsten Edwin Ronald von Lippert-Weylersheim in Wien spielt, sei ein fremder Mann, vermutlich ein Ausländer, plötzlich auf die Bühne gestürmt. Gerade als der von seiner Geliebten verlassene Edwin sich mit der ihm von seinem Vater als Verlobter aufgezwungenen Komtesse Stasi anzufreunden beginnt, sei der Gewalttäter auf das Paar zugestürzt, das sich mitten im bekannten Schwalbenduett befand, habe ein paar Gegenstände umgerissen und den Sänger mit einem furchtbaren Faustschlag niedergestreckt. Sodann habe er der fliehenden Komtesse Stasi wie ein Affe nachgesetzt. Er habe an eine Art Kingkong erinnert, ihr das Kleid vom Leib gerissen und sie in ihrer Blöße niedergestoßen.

Saalordner hätten eingegriffen und den Amokläufer verfolgt. Jedoch sei er durch die Kulissen und anschließend vermutlich durch den Notausgang entkommen. Man gehe davon aus, daß sich der Attentäter noch in der Stadt aufhalte. Die Polizei kontrolliere Straßen und Züge. Die Bevölkerung werde um Mithilfe gebeten.

Es folgte eine Beschreibung des Mannes, kräftiger, untersetzter Körperbau, schwarzer Bart, orientalisches Aussehen, fremdländischer Akzent.

»Du könntest tatsächlich ein aus dem Zoo entflohener Affe aus Sumatra sein, Dick«, sagte ich. »Wo finde ich dich nur? Es wird Zeit, dich zu deinen Ahnen zurückzubringen.«

Als könne sie Gedanken lesen, sagte Schläftis Mutter, die wie eine alte Indianerin neben dem Feuer hockte und die alte Glut anfachte: »Ich wüßte einen Weg, wie du deinen Freund hier aus dem Kessel herausbekommst. Denk an den Fluß und das Paddelboot. Wir haben ziemlich viel Wasser zur Zeit. Der Fluß ist schnell. Ihr müßt nur aufpassen wegen der Wehre. Eine genaue Flußkarte habe ich noch und zwei alte Militärponchos. Wenn ihr die Kapuzen überzieht, seid ihr gut getarnt. Und wenn ihr nachts fahrt, dürfte euch sowieso niemand bemerken.«

»Ist ein Kajak im Winter nichts Auffälliges?«

»Es gibt immer wieder Verrückte, die hier Wildwassertouren auch im Winter machen. Das war zu alten DDR-Zeiten auch nicht anders.«

Ich stand auf. Mein Kopf dröhnte noch immer, aber die Idee mit dem Boot hatte mich auf die Beine gebracht. Sie paßte so gut zu Dick. Ich mußte ihn so schnell wie möglich finden.

Ich ging. Als ich mich noch einmal umdrehte, sah ich sie in der Tür. Sie schüttelte ein Bett aus, vermutlich das, in dem ich geschlafen hatte. Da wußte ich, wer sie war. Frau Holle. Eine Frau Holle allerdings, die selber die Betten machte. Goldmarie und Pechmarie würden beide ihr Glück machen können bei ihr.

Ich ging in die Stadt. Es war unnatürlich warm, der Schnee überall weggetaut. Ich ging wie der Held in einem Western, leicht o-beinig, auf einen unsichtbaren Gegner zu, der hinter dem Horizont seine Waffe lud.

Die Straße war dieselbe, der ich am zweiten Tag meines Hierseins nach dem Kneipenbesuch mit Dick in Richtung Innenstadt gefolgt war. Sie machte einen Bogen unterhalb des Schloßberges, entlang den verrotteten Prunkvillen. Alles war scheinbar genauso wie damals. Selbst jene Tür klaffte, und ich glaubte wieder, das weiße Kleid zu sehen.

Wie viele Tage war das jetzt her? Wie viele Monate gar? Eine Ewigkeit war ich schon hier, wie mir schien, und doch war ich erst vor gut einer Woche eingetroffen.

Im Durchgang zum Marktplatz stand der Leierkastenmann. Die verstimmten Pfeifen seines Instrumentes jaulten unter dem Gewölbe unerträglich laut. Der kleine Affe zitterte und hielt sich die Ohren zu. Ich kramte nach einem Geldstück und warf es in den Blechteller.

»Sehr großzügig, der Herr«, sagte der Blinde. Hatte er am Klang erraten, daß es fünf Mark waren?

Ich war wohl übernervös. Dringend mußte ich meinen

Freund finden und dann mit ihm verschwinden. Aber wo sollte ich nach ihm suchen? In seiner Wohnung? Wohl kaum. Auch nicht in seinem Laden. In einer der vielen Kneipen? Dick war unberechenbar, besonders in Gefahrensituationen. Der Gedanke war also nicht von der Hand zu weisen.

Eine Weile stand ich unschlüssig auf dem Marktplatz. Dann kam ein LKW die Straße herab. Er fuhr sehr schnell. Ich sprang zur Seite, beobachtete, wie er hielt, sah den Fahrer aussteigen und in einem Lokal verschwinden. Kurze Zeit später kam er mit Schläfti heraus. Sie hatten sich untergehakt, lachten beide. Schläfti hatte einen uralten Rucksack umgeschnallt. Sie stiegen ein. Als sie anfuhren, rannte ich hinterher. »Schläfti«, schrie ich, »mach's gut, mein Freund!«

Ich sah seine Hand aus dem Fenster kommen. Sie hing wie ein schlappes Tuch herab und pendelte hin und her. Schläfti winkte mir zum Abschied.

In jeder Kneipe, die ich besuchte, trank ich ein Glas Sprudelwasser. Nirgends war Dick. Aber die Gespräche drehten sich meistens um den Skandal bei der gestrigen Vorstellung. Die wildesten Theorien waren zu hören. »Das war kein Amokläufer«, sagte jemand. »Das war gezielter Terror. Die kulturellen Werte sollen untergraben werden.«

Dicks Name fiel nicht. Er mußte sich gut verkleidet haben. Ich ging zur Bahnhofsgaststätte, hoffte, daß er endlich Vernunft angenommen hatte und abreisen würde.

Im Mitropa war weniger los als sonst. Dick war nicht da, aber vielleicht würde er ja noch kommen.

Ich stellte mich an den Tresen und trank mein erstes Bier. An dem großen, runden Tisch neben der Tür, wo die Mäntel hingen, saß ein einzelner Gast. Er war sehr anders gekleidet als die übrigen Personen im Raum. Elegant, englisch dezent, wie ein Geschäftsmann aus dem Westen. Das Seidenhemd war erste Qualität, ebenso der tomatenrote Sakko.

Der Mann hatte blonde, aus der hohen Stirn gekämmte Haare. Er war glattrasiert. Seine hellgrauen Augen blickten ruhig. Irgendwie kam er mir bekannt vor, fast vertraut. Dann entdeckte ich den Kaschmirmantel und die Jockeymütze am Garderobenhaken.

Es war der Kerl aus dem Zug, der sich so aufgeregt hatte über die hygienischen Verhältnisse.

Ich setzte mich zu ihm. »Na? Sie schimpfen ja gar nicht«, sagte ich. Ich war vollkommen überdreht. »Sehen Sie, da, die Flecken auf der Decke, ekelhaft, Soßenflecken, Asche, diese Leute hier können nichts sauberhalten!« Er reagierte nicht. Nur der spöttische Blick seiner wasserklaren Augen ruhte auf mir.

»Das Bierglas ist vollkommen versaut!« Ich hob es gegen das trübe Licht der Glaskugellampe.

Die Kellner starrten feindselig zu uns herüber. Mein Tischnachbar sagte immer noch kein Wort. Sein maliziöses Lächeln war Kommentar genug. Ich wurde immer wütender.

»Sie können sich noch so fein herausputzen – Sie werden automatisch innerlich schmutzig, wenn Sie diese verpestete Luft hier atmen.«

»Um so besser für Sie, daß Sie mit dem nächsten Zug abreisen.« Seine Stimme war angenehm, ein wenig hoch zwar, aber perfekt moduliert. Ich glaube, sie war der Grund, daß ich ihn plötzlich erkannte. Kein Zweifel, er war es. Wie hatte ich diesen Blick übersehen können, diesen typischen weiten Abstand seiner Augen! Die Farbe der Iris kann man durch Haftschalen verändern, aber niemals die Stellung der Augen. Sie sind ein charakteristisches Merkmal, so einzigartig wie Fingerabdrücke. Haarwuchs, Bart, Frisur, all dies wird gewöhnlich überschätzt. Selbst die Form der Lippen kann man verändern durch Anspannung der Mundmuskulatur.

»Es ist eine gute Idee von Ihnen, abzureisen. Ein wirklich

vernünftiger Entschluß. Ich habe Ihnen Ihre Sachen mitgebracht.«

Er zog einen Koffer unter dem Tisch hervor und klappte ihn auf. »Sehen Sie, nichts fehlt.« Seine feingliedrige Hand befingerte meine Kleidung, das Vertreterkostüm, den CD Player. Dann zog sie die Postkarte heraus.

»Wirklich kein sehr gutes Bild«, sagte er. »Dem feierlichen Anlaß keineswegs angemessen. Die Beerdigung des Kaisers. Man erkennt Hermine nicht. Welche ist sie? Der Schleier verbirgt beide Frauen mitsamt den Tränen ihrer Trauer. Echte Tränen, Mijnheer Hieronymus. Perlen wahren, patriotischen Schmerzes.«

Er war ekelhaft. Immer noch überlegte ich, wie ich ihn beleidigen könnte.

»Wußten Sie übrigens, daß Hermine sich einmal mit Hitler getroffen hat? Im Boudoir einer Freundin in Berlin. Es soll zu Intimitäten gekommen sein. Nicht auszudenken, wenn die Fusionierung der Monarchie mit dem Nationalsozialismus gelungen wäre! Leider verstanden sich die beiden Bewegungen als Konkurrenzunternehmen. Wir sind übrigens Ihrer Nation bis heute dankbar, daß Sie dem Kaiser Exil gewährt haben.«

Er zündete sich eine Zigarette an und blies mir den Rauch ins Gesicht. Dann warf er die Karte wieder in den Koffer.

»Ich habe mir erlaubt, da reinzuhören.« Er zeigte auf die CD. »Keine gute Aufnahme. Viel zu kühl interpretiert. Ohne Herz. Diese Lieder sind doch keine Couplets.« Er lächelte. »Darf ich Sie übrigens zu einem Abschiedstrunk einladen? Wir haben noch zwanzig Minuten Zeit, bis Ihr Zug kommt.« Er schnippte mit dem Finger. »Ober, zwei Kognak bitte.«

Endlich hatte ich meine Sprache wiedergefunden. »Was sind Sie nur für ein Mensch!« Meine Stimme klang flach. Sie zitterte wie bei einem Schauspielschüler während der Prüfung. »Sind Sie überhaupt einer? Das war wohl alles Ihre Inszenierung. Das Holzscheit mit den Initialen des Kaisers!«

»Ein hübscher Einfall, nicht wahr? Natürlich nur für Eingeweihte.«

Der Kognak kam. Er hob das Glas. Ich hob es. Wir stießen an. Verfügte er über hypnotische Kräfte? Ich hatte meine Hand überhaupt nicht unter Kontrolle.

»Und die Szenen in der Grünen Grotte? Was hatten Sie mit uns vor? Mit Schläfti und mir!«

»Haben Sie nie etwas von Aktionstheater gehört? Man bezieht den Zuschauer ein. Die Grenzen zwischen Akteuren und Zuschauern sind genauso fließend wie zwischen Spiel und Wirklichkeit.«

»Sie steckten auch hinter dem Mord an Derbacher, habe ich recht?«

»Mord, mein lieber Hieronymus, ist ein sehr schwer auszusprechendes Wort. Sie müssen das ›r‹ deutlicher rollen. Es gehört auf die Zungenspitze, nicht in den hinteren Rachen.«

»Wenn es Mord war, wird es Ihrer Organisation das Kreuz brechen.«

»Wovon reden Sie? Was meinen Sie mit Organisation? Auch ein Wort mit ›r‹ übrigens, einem ›r‹, das weiter hinten gesprochen wird. Es liegt Ihnen offenbar mehr.«

»Ich meine Ihre Bewegung. Die Nachtlöhner, oder wie Sie sich auch nennen. Sie vertreten faschistische Ideale.«

Er lachte fröhlich. In der Tat war mir das Wort »faschistisch« völlig mißglückt. Ich hatte unsäglich genuschelt bei seiner Aussprache.

»Wirklich, ein dankbarer Zungenbrecher für einen Ausländer«, sagte er. »Aber trösten Sie sich mit dem Inhalt. Er hat nichts mit den Klischees aus der Nazizeit zu tun. Es handelt sich um eine Art volksnahe Vernunft, Herr Hieronymus. Übrigens kommt Ihr Zug gleich. Hier ist Ihre Karte. Ausgestellt bis zur ehemaligen Grenze.«

»Was haben Sie mit meinem Freund vor?«

»Wir werden ihn einbeziehen. Aktionstheater. Sie wissen doch. Er ist ein begabter Amateur. Den Affen zum Beispiel hat er hervorragend gespielt.«

Er erhob sich und zog ein Kuvert aus der Jacke. Er reichte es mir, und ich steckte es ein. Als hinge ich in den Fäden eines Marionettenspielers.

Er nahm meinen Koffer und brachte mich bis auf den Bahnsteig. Ich stieg ein.

Als wir fuhren, sah ich ihn auf dem Perron stehen. Er winkte lächelnd. Der Deutschling. Durch die schmutzige Scheibe sah er wie ein Phantom aus. Ein gutaussehendes Phantom. Keine finstere Gestalt. Auch keine Lichtgestalt. Weder Mephisto noch Faust. Eher ein höchst veredelter Wagner. Ohne das Bärtchen war sein Gesicht viel ausdrucksvoller.

Ich starrte aus dem Fenster. Mir war schlecht vor Wut. Die Landschaft begann vorbeizugleiten wie die künstlichen Lofoten in Dicks Pleorama. Ich sah das Schloß, den Park, den See. Er war grau. Das Tauwetter hatte den gefrorenen Schnee auf seiner Oberfläche geschmolzen. Mein Blick fiel auf das Schwanenhaus. Bis heute weiß ich nicht, ob ich wirklich etwas bemerkt hatte, eine Bewegung in den Fenstern eines der Türmchen vielleicht. Aber ich wußte plötzlich, wo Dick sich versteckte.

Ein lautes Pfeifsignal kündete die Einfahrt in den Tunnel an. Wir fuhren durch den Tunnel und dann eine lange Flußschleife entlang. Es gab ein paar Stromschnellen. Damit sollten wir eigentlich ganz gut zurechtkommen, dachte ich.

Der Zug hielt. Auf dem Bahnsteig sah ich nur einen einzigen Menschen. Ich kannte ihn. Seine verrenkte Gestalt hatte sich mir für alle Zeiten eingeprägt.

Ich stieg aus. »Kommen Sie«, sagte er. Es war, als hätte er auf mich gewartet. »Der Gegenzug fährt erst in einer Stunde. Zeit genug für einen guten Kaffee.«

Er hakte sich bei mir unter. Wir gingen langsam. Er schlenkerte die Beine von sich wie Pinocchio.

Es war nicht weit bis zu seinem Häuschen. Es lag direkt am Fluß, ein kleines Behelfsheim, vollgestopft mit Büchern. Es war sehr warm. Während mein Gastgeber Kaffee bereitete, musterte ich die Buchrücken. Kafka stand neben Jules Verne, Karl May neben Beckett. Ich erkannte kein System.

Er kam mit einer Thermoskanne und zwei Tassen. »Sie fragen sich, nach welchen Prinzipien ich meine kleine Bibliothek geordnet habe? Es ist ein recht einfaches Prinzip. Entscheidend ist die Reisefähigkeit eines Buches, ich meine, wie schnell und wie weit weg ich mit ihm komme.«

»Wieso dann Kafka und Jules Verne nebeneinander? Mit Kafka könnte man doch gerade nur bis in den Nachbarort reisen.«

»Sie täuschen sich. Mit ihm kommen Sie bis ans Ende der Welt. Ein Stück hinter den Südpol, den äußersten Punkt, den man mit Jules Verne erreicht. Es gibt da ein vollständig weißes Zimmer. So weiß, daß man keine Ecken, keinen Boden, keine Wände sieht. Man wirft einen Schatten, aber auch der Schatten ist weiß. Ich war oft dort. Man muß sich sehr gut die Lage der weißen Tür merken, sonst findet man nicht zurück.«

Er hielt seine Tasse mit beiden Händen und schlürfte das Getränk. Dabei zitterte er so, daß ich fürchtete, er werde jeden Augenblick einen Anfall bekommen.

Er hatte meinen Blick bemerkt. »Keine Angst, es geht mir gut. Ich bin ganz entspannt für meine Verhältnisse. Schade, daß wir so wenig Zeit haben, sonst würde ich Ihnen die Baracken zeigen. Sie glauben nicht, wie nüchtern ein Ort des Todes sein kann, und doch spürt man ihn dort immer noch so deutlich wie auf keinem Friedhof.«

Er sah auf die Uhr. »Sie müssen jetzt gehen. Der Gegenzug kommt bald. Ich nehme an, Sie wollen Ihren Freund jetzt herausholen. Wenn er sich gut versteckt hat, dürfen Sie niemanden auf seine Spur bringen. Fahren Sie nicht bis zum Bahnhof. Es ist besser, Sie springen vor dem Tunnel ab, der Zug fährt dort ziemlich langsam. Benutzen Sie die letzte Tür auf der linken Seite. Und springen Sie nicht in Fahrtrichtung, das erhöht Ihre Geschwindigkeit relativ zum Boden. Lassen Sie sich einfach fallen und rennen Sie schon in der Luft. Dann können Sie es ohne Verletzungen schaffen.«

Ich ging.

Ich hielt mich genau an die Ratschläge des verrenkten Menschen. Alles ging gut. Der Zug war fast leer. Ich war mir sicher, daß niemand meinen Absprung bemerkt hatte. Ich stand auf dem Bahndamm und wartete, bis der letzte Waggon im Dunkel des Tunnels verschwunden war. Dann folgte ich ihm. Tiefe Schwärze verschluckte mich. Schlimmer als je fühlte ich mich eingesogen, verdaut, von der Peristaltik eines feindlichen Riesen vorwärtsgeschoben. Ich war nun unter dem Schloß. Es sollte Gänge hier geben, Verbindungen mit seinen Eingeweiden. Dann endlich der Schimmer voraus! Ich rannte jetzt, bis ich endlich draußen war in der Kühle eines dunstigen, späten Wintertages.

Ich folgte den Schienen, diesmal nicht wie ein Desperado, sondern wie ein armseliger, stolpernder Mensch. Die Leere in mir war unbeschreiblich. Sie war wie die graue Fläche des Sees, die ich jetzt durch die Bäume sah. Eine dünne Schicht Nebel lag auf ihr.

Niemand war zu sehen. Es war in der Tat eigenartig, daß so ein schöner Park derart wenig genutzt wurde von den Einheimischen. Vielleicht scheuten sie die künstlich-feudale Atmosphäre, die auch die gärtnerischen Eingriffe einer sozialistischen Epoche nicht ganz zu zerstören vermocht hatten. Sie waren gute Untertanen, gleichgültig welcher Herrschaft gegenüber. Wenn es keinen Fürsten mehr gibt, geht man eben auch nicht in den Park.

Ich wagte mich einige Schritte aufs Eis hinaus. Es knisterte verdächtig. Weiße, spinnwebartige Sprünge verästelten sich blitzschnell von der Stelle, auf die mein Körpergewicht drückte. Es gab keine andere Möglichkeit, als sich bäuchlings hinzulegen und über das Eis zu rutschen.

Unter mir sah ich schwarze Wasserblasen wie große Pfauenaugen sich mit mir bewegen. Die Kälte des Eises drang allmählich in mich.

Dann war ich am Ziel. Ich kroch auf den Bootssteg vor dem Schwanenhaus.

»Dick«, rief ich sicherheitshalber, »bist du da drin? Ich bin es, Piet.«

Die kleine Tür ließ sich öffnen. Ich kroch auf allen vieren hinein. Zwischen Unmengen Vogelkot saß mein Freund. Seine rechte Hand war verbunden. Mit der linken hielt er ein Buch. Im Raum stank es ätzend nach Vogelmist.

»Ich bin Lohengrin«, sagte er. »Bist du Elsa von Brabant, meine neugierige Geliebte?«

War er wieder einmal betrunken?

»Du bist doch nicht etwa Piet? Dieser Holländer, der sich hier herumtreibt und nichts begreift von den wunderbaren Geschichten, die diese Gegend hervorbringt! In diesem Buch kannst du es nachlesen.«

Er schwenkte es wie einen Fächer. »Es ist die Geschichte von Lohengrin, von einem unbekannten Dichter aus Thüringen, aus dieser Gegend, vor sieben Jahrhunderten geschrieben. Ein verrücktes Ding, sag ich dir, ein wahrer Operettenstoff, tausendmal besser als die Csárdásfürstin! Dieser Wagner hat es erkannt, dadurch wurde er der größte Operettenkomponist der Deutschen. Wagner schrieb den Tannhäuser, den Parsifal, den Fliegenden Holländer, alles Bombenoperetten, aber am besten ist der Lohengrin. Weißt du, warum? Es gibt kein deutscheres Stück. Lohengrin will nicht erkannt werden, das ist der Traum aller Männer, auch der holländischen übrigens, diese ihre fixe Idee, ja nicht erkannt werden. Die Geliebte und Ehefrau untersteht sich, ›Wer bist du?‹ zu fragen, und schon ist es passiert. Beim drittenmal haut er ab, er pfeift seinen Singschwan herbei, und ab geht es mit seinem Nachen, auf und davon! Es ist immer dasselbe. Die Frauen wollen wissen, die Männer hauen ab. Ines hat mich heute nacht gefragt, wer ich eigentlich sei und ob ich sie heiraten möchte. Dreimal hat sie es gefragt. Da bin ich abgehauen, jetzt warte ich auf meinen Nachen und meinen Schwan. Du bist mein Schwan, schaff endlich ein Boot herbei.«

Er war stocknüchtern, aber in gefährlicher Laune. Irgend etwas war ihm zu Kopf gestiegen.

»Kannst du paddeln, Dick?«

Er sah mich belustigt an: »Hab ich noch nie gemacht. Aber ich bin Seemann, wie du weißt. Du kannst mich auf alles setzen, was Auftrieb hat, vom Schlachtschiff bis zum Surfbrett.«

»Die Dinger sind verdammt eng und kipplig. Und du bist nicht gerade ein dünner Hecht.«

»Wir Dicken kennen unseren Schwerpunkt besser als ihr Dünnen, mein lieber Piet. Verlaß dich drauf, du wirst selten einen Dicken erleben, der aus dem Gleichgewicht kommt. Das liegt daran, daß sein Schwerpunkt fast immer in ihm bleibt. Er gehört gewissermaßen zur Besatzung.«

»Ich habe ein Boot für uns. Wir werden heute nacht aufbrechen.«

»Über den Fluß?«

Ich merkte, daß Dick bereits Feuer und Flamme war.

»Über den Fluß bis zur nächsten größeren Stadt. Was hast du eigentlich gestern Schreckliches angestellt?«

»Du meinst im Theater? Ich habe ein bißchen den Affen gespielt. Das war nur konsequent, weil sie mich hier zum Affen gemacht haben. Es war ganz einfach. Ich meine, einen Orang zu mimen. Ich habe meinen Pelz aus einem Teppich gemacht. Rotgefärbtes Schafsfell. Ein Loch in der Mitte. Mit dem Kostüm bin ich auf die Bühne. Ich wollte nur mitsingen. Habe einen holländischen Schlager gesungen. ›Trulla, trulla, o hou jij nog van mij.‹ Kennst du ihn? Wir haben ihn damals oft gegrölt, wenn wir besoffen waren. Irgendwie paßte er nicht zu dem, was sie auf der Bühne gesungen haben. Es gab Krawall. Ich will dir was sagen, ich hau nicht ab wegen dieser Idioten hier, die ich gestern ein bißchen verprügelt habe. Ich hau nur ab, weil ich Sehnsucht nach dem Wasser hab. Wo ist das Boot?«

»Die Alte hat es, die da hinten im Bahnwärterhäuschen wohnt. Sie hat ein Paddelboot für uns, Dick. Sie ist auf unserer Seite. Sie meint, über den Fluß kommen wir am besten durch.«

»Ich kenne sie, eine der wenigen Gestalten mit Grips hier. Deshalb gilt sie als plemplem. So einfach ist das.«

»Wir müssen bis heute abend hier ausharren. Was machen wir so lange? Hast du was zu trinken?«

»Nichts. Gar nichts, mein Lieber. Du mußt mit Sprache vorliebnehmen. Ich werde dein Märchenonkel sein und dir hier aus diesem Buch vorlesen. Es macht wirklich betrunken.«

Dick begann leise zu lesen. Leise, mit monotoner Stimme. Ich verstand kaum etwas. Laute aus vergangener Zeit, ein beschwörender Singsang, der mich schläfrig machte. Ich lag ausgestreckt im Kot, so wie schon einmal hier, als es mir gut gegangen war bei einer Frau. Ich schloß die Augen, war gestorben in einem Totentanz von Augenblicken, die sich an den

Händen faßten und schwarz wie ein Scherenschnitt gegen den leuchtenden Abendhimmel über den langen, gebogenen Rücken eines Hügels zogen. Ines war dabei, Ingrid, meine letzte Freundin, die andere Ingrid aus Norwegen, Nadja, meine Mutter, Schläftis Mutter, ihr Sohn, Dick. Er war der Anführer, er zog uns alle hinter sich her.

Wenn man den Kopf in eines der Türmchen unseres Schlößchens steckte, hatte man einen ganz guten Rundblick. Immer wieder beobachteten wir die Umgebung an diesem Tag, der nicht enden wollte. Gegen Abend war der Park nicht mehr so leer wie sonst. Der Nebel hatte zugenommen. Er war jetzt eine dicke, weißliche Schicht. Überall sah man die Köpfe von Leuten über ihr. Sie streiften am Ufer entlang, bewegten sich langsam unter den Bauminseln. Jemand hatte zwei Hunde dabei. Man sah sie nicht, man hörte sie nur hin und wieder bellen. Wahrscheinlich hatten sie die Nasen dicht am Boden. Niemand schien sich aufs Eis zu trauen. Unsere Spuren waren vom Tauwetter ausgelöscht. So fühlten wir uns einigermaßen sicher. Als es finster geworden war, brachen wir so leise wie möglich mehrere morsche Planken aus dem Schloßboden und schoben sie aufs Eis. Dann legten wir uns drauf und schoben wieder andere Bretter an uns vorbei, auf die wir dann krochen. Meter um Meter entfernten wir uns über das knisternde Eis von Schloß Neuschwanstein.

Als wir festen Boden unter den Füßen hatten, schlichen wir gebückt weiter. Der Nebel schützte uns vor Blicken. Wie Wattebäusche schimmerten die Sterne der Schloßfenster hoch über uns und erleichterten uns die Navigation.

Sie hatte die Tür angelehnt gelassen. Wir fanden sie in ihrem eiskalten Wohnzimmer, dick vermummt in einen alten, löchrigen Pelzmantel, einen Schal um den Hals. Ihr Gesicht hatte einen feierlichen Ausdruck, dem die Zerstörung seiner Züge durch den Alkohol einen komischen Effekt verlieh.

»Das Holz ist mir ausgegangen«, sagte sie. »Ich muß morgen in den Wald und neues holen. Das Boot ist im Keller. Ich benutze es als Kartoffelkiste. Ich weiß, daß mein Mann entsetzt wäre, aber es war eine praktische Lösung. Wir müssen die Kartoffeln herausholen und auf Zeitungspapier legen.«

Dicks Körperfülle wirkte seltsam zerbrechlich in ihrer Nähe. Er sprach nicht. Sein Gesicht war eine fahle Maske. Sie ging mit einer Kerze voran. Es gab offenbar kein Licht im Keller. Auf der engen Treppe drehte sie sich um und lächelte uns an. Ihr zahnloser Mund sah aus wie ein Mauseloch. »Es ist wie in Kindertagen, wenn wir Räuber und Gendarm gespielt haben. Es war immer schöner, Räuber zu sein. Wir sind jetzt die Räuber.«

Sie erinnerte an ein kleines Mädchen, starrsinnig und besessen davon, jemandem eine Freude zu machen, ohne Rücksicht auf seine Bedürfnisse. Trotz der sucht- und altersbedingten Deformationen ihres Äußeren konnte ich sie mir spielend auf einer Frühlingswiese vorstellen, in der verschwitzten Hand einen zusammengerupften Blumenstrauß, der schon welkte.

Du hast mehr Leben in dir, als deine Umgebung verkraftet hat, dachte ich. Dein Mann, die Nachbarn, die Leitung des Altersheims, die Regierung, alle sind an deiner Vitalität gescheitert.

Wir begannen, die Kartoffeln herauszuholen. Das Boot schien in Ordnung zu sein. Paddel und Spritzdecke waren auch da. Wir schleppten alles hoch. Dann standen wir in ihrem Wohnzimmer. Sie hatte drei große Schnapsgläser, randvoll gefüllt, auf die Anrichte gestellt, neben das Bild ihres Mannes in Eisenbahneruniform. Wir hoben die Gläser.

»Auf die Freiheit«, sagte ich.

»Auf Sumatra«, sagte Dick.

»Auf meinen Mann«, sagte sie.

»Und Ihren Sohn«, sagte ich.

Wir stießen an und kippten den Schnaps. Sie war die einzige von uns, die danach nicht das Gesicht verzog.

Dann trugen wir das Boot durch den Park. Es war so finster, daß man nicht die Hand vor Augen sehen konnte. Ein feiner Regen fiel. Der Wind war böig und pfiff in den Baumwipfeln. Wir hatten die Ponchos übergestreift. Einmal wanderte der Scheinwerferkegel eines Autos über den Park. Wir setzten das Boot ab und legten uns hin.

Dann erreichten wir die Flußschleife, die dicht unterhalb der Höhen verlief und den Park einfaßte. Der Fluß war schwarz wie Pech. Man konnte denken, er sei vollkommen erstarrt. Es rauschte, doch man sah keine Bewegung. Wir ließen das Boot hineingleiten. Ich hielt es am Heck fest und fühlte die Stärke der Strömung.

Dick stieg ein, mit erstaunlicher Eleganz. Dann folgte ich. Er hatte das Paddel bereits in der Hand und glich die Schwankungen des Bootes aus, die durch die neue Last entstanden. Es ging leichter, als wir dachten. Unsere Augen hatten sich inzwischen so an die Finsternis gewöhnt, daß wir ein wenig von der Wasseroberfläche sahen. Auch rissen hin und wieder die Wolken auf und ließen mattes Mondlicht durch.

Die Strömung war erheblich und zuweilen auch wild. Mein Freund erwies sich als hervorragender Kajakfahrer. Immer wieder sorgte er mit kräftigen Paddelschlägen dafür, daß wir im Fahrwasser blieben. Zuweilen legten wir unter überhängenden Baumkronen an, hielten uns an den Zweigen fest und betrachteten die Karte mit Hilfe einer kleinen Taschenlampe.

Einmal passierten wir ein Licht am Ufer. Eine Kerze brannte in einem Fenster – sie kam mir vor wie ein Seezeichen. »Da wohnt der verrenkte Mensch«, sagte ich.

Wir mußten zwei Wehre überwinden. Das Umtragen war

kein Problem, da wir außer Dicks Rucksack kein Gepäck dabei hatten.

Als der Morgen graute, waren wir schon weit weg. Wir stoppten die Fahrt bei einem alten Fabrikgebäude, offenbar eine ehemalige Mühle und Färberei. In einem großen Gebäude mit zerbrochenen Fensterscheiben und defektem Dach lagen Berge von Kleidern. Sie rochen muffig nach Schimmel. Alles Textilien für Frauen: Kittel, Schürzen, Kleider, Röcke, Unterwäsche. Sie schienen hier auf anonyme Körper zu warten, eine Deponie leerer Gestalten, die Ärmel ineinander verschlungen, die blassen Farben der Muster von der Zeit gebleicht. Wir trugen das Boot herein und bedeckten es mit Kleidern. Dann bauten wir uns in dem Textilienberg eine Höhle und krochen hinein. Zum ersten Mal, seit ich ihn wiedergesehen hatte, hatte ich das Gefühl, mit Dick Kuyper richtig reden zu können.

»Was hast du vor, wenn du zurück bist?«

»Vielleicht mach ich mein Schiff wieder auf. Es liegt immer noch in Zieriksee. Zur Zeit wohnen Leute drauf, alte Freunde aus der Drogenszene. Sie zahlen keine Miete, aber sie halten den Kahn einigermaßen fit, daß er nicht wegrostet. Vielleicht bau ich eine stärkere Maschine ein. Eine, die bis Sumatra hält.«

»Warum willst du eigentlich immer noch nach Sumatra?«

»Wir fliegenden Holländer haben dort viel kaputt gemacht. Wir waren die ersten Kolonialisten auf Sumatra. Wir haben den Batak zum Beispiel ihre Totenfeste verboten, weil sie sich über Wochen hinstreckten und angeblich zu teuer waren. Was für ein kapitalistischer Unsinn, Piet. Für die Batak hatte das Verbot grausame Konsequenzen. Man konnte die Totenseelen nicht mehr besänftigen, sie konnten nun den Nachkommen Schlimmes antun. Soll ich dir sagen, warum es mich zu den Batak zieht, auch wenn dies arme Völkchen heute nur noch eine Touristenattraktion ist? Auch wenn ihre Medizinmänner nicht mehr die ganze Fülle ihrer Naturreligion kennen? Es liegt daran, daß die Batak glauben, daß es zwei Seelen gibt.«

»Ich weiß. Du hast mich mit deinem Sumatra damals angesteckt. Ich habe mich mit den Batak beschäftigt.«

»Und was hast du herausgefunden?«

»Das Christentum kennt nur eine Seele, ebenso der Kommunismus und der Kapitalismus. Die Batak aber wissen, es gibt eine Seele des Lebens, den Tondi, und eine des Todes, den Begu. Wenn ein Mensch geboren wird, kommt der Tondi aus dem Jenseits und schlüpft in ihn. Der Tondi ist alles, was einen Menschen lebendig macht, seine Ideen, seine Phantasie, seine Liebe, seine Energie.«

»Weißt du auch, wo der Tondi sitzt? Im Kopf, im Blut und, tröstlich für einen alten Säufer, in der Leber.«

»Wenn der Mensch stirbt, geht der Tondi davon. Er kann übrigens wie ein Mensch aussehen. Wenn er sich auf einen Grashalm setzt und der sich nicht biegt, weiß der Mensch, daß er ein Tondi ist.

Im Toten aber bleibt der Begu zurück. Der Begu kann sehr böse sein, vor allem, wenn der Mensch lieb war. Begus machen am liebsten alles genau umgekehrt. Piet, ich fahre nach Sumatra, weil ich meinen Tondi suchen will. Er hat sich ziemlich weit entfernt von mir. Zur Zeit fühle ich nur den Begu in mir. Meinst du nicht, daß die meisten Menschen in diesem Land ebenfalls keinen Tondi mehr haben, daß sie von Begus beherrscht werden?«

Dick drehte sich auf die Seite und wühlte sich tiefer in die Frauenkleider hinein. Im Arm hielt er ein Bündel von Röcken und Blusen. Bald hörte ich an seinen ruhigen Atemzügen, daß er schlief. Ich stellte mir vor, daß sein Tondi auf Zehenspitzen herankam und ihn umschlich, prüfend, ob es sich lohne, noch einmal in diesem Körper zu wohnen. Auch mein Tondi war vielleicht ganz nahe. Ich zog ein großes Bündel weißer Unterröcke aus dem Kleiderberg, krümmte mich mit angezogenen Beinen hinein und schloß die Augen.

Elftes Kapitel

Wir fühlten uns so sicher, daß wir die Dunkelheit nicht abwarteten, sondern bereits gegen Mittag weiterfuhren. Die Gegend veränderte sich. Die Höhenzüge wurden niedriger, das Tal weitete sich, die Strömung ließ nach. Es gab immer mehr tote Fabriken und wilde Deponien am Ufer. Die Landschaft sah müde aus. Es lag auch kein Schnee mehr, der etwas hätte beschönigen können. Unser Hunger war so groß, daß wir nur noch von Essen redeten, von gebackenen Muscheln, von Saté, von wahren Curryorgien.

Am Nachmittag erreichten wir den Randbezirk der ersten größeren Stadt. Wir landeten an und stießen anschließend das Boot zurück in die Strömung. Es blieb unter einem Brückenpfeiler hängen, kippte und lief voll. Dick legte die Hand an die Stirn und salutierte.

Dann fuhren wir mit der Straßenbahn zum Zentrum. Auf dem Bahnhofsplatz drehte sich immer noch die gleiche Kindereisenbahn im Kreis. Es war nicht das gleiche Kind, das in einem der Wagen saß. Aber es hatte den gleichen Gesichtsausdruck.

Wir aßen jeder drei Bratwürste. Dann gingen wir auf den Bahnsteig, von dem aus die Züge gen Westen fuhren.

Als wir Weimar passierten, deutete Dick hinaus. »Sieh mal, Piet, was für ein altes häßliches Gesicht diese ehemalige

Hochburg der deutschen Geistesgeschichte hat. Kannst du sie dir hier vorstellen? Goethe, Schiller, Lenz, Herder? Lenz würde heute wahrscheinlich Broiler verkaufen, Goethe wäre ein wichtiger Exstasimann, der jetzt wieder im Kulturamt sitzen würde, um Förderungsanträge zu verwerfen. Und Schiller? Mit ihm könnte man wahrscheinlich nichts Richtiges anfangen, damals wie heute nicht. Zu ideenbeladen, zu verquast. Ein typischer Deutschling. Vielleicht würde er bei der Reichsbahn arbeiten als Inspektor für Verspätungen. Herder könnte ich mir heute noch am ehesten vorstellen, ein resignierter Menschenhasser, der sich in seinem Zimmer einschließt und zur Flasche greift.«

Ich hatte nie etwas von diesem Herder gehört. Dick mußte ganz schön gebildet sein inzwischen.

Dick gab noch eine Probe seines gestiegenen Allgemeinwissens. »Die Deutschen sind verrückt. Wie kommt es, daß die meisten wichtigen Entdeckungen, Bewegungen, Erfindungen, großen Kriege des letzten Jahrhunderts von diesem Volk ausgegangen sind? Marx, Einstein, Freud, die große Trinität dieses Jahrhunderts. Der Buchdruck von Gutenberg, die erste Taschenuhr, eine Revolution im Hosensack, die Spießer konnten endlich pünktlich sein, auch eine deutsche Erfindung, dann die Musik, die Oper, das Lied, du weißt es, ohne das Lied gäbe es keine schwülstigen Gefühle, ohne die es keinen Tiefsinn gäbe, ohne den es kein Unglück gäbe. Nur zur Malerei haben die Deutschen kein Verhältnis, wahrscheinlich zu bunt.«

Dick war in Fahrt. Er riß das Fenster herunter und brüllte etwas, das ich nicht verstand.

Dann zog er den Kopf zurück. »Hitler ist auch eine Erfindung der Deutschen, wie Luther und die Atombombe. Die ersten Großraketen flogen von Deutschland aus, willst du noch mehr hören? Der Ottomotor zum Beispiel? Noch was? Vergleich mal soviel Kreativität mit dem, was wir geleistet haben.«

»Tulpen, Käse und Fernsehmoderatoren, mehr fällt mir bei Holland nicht ein«, sagte ich. Er lachte kurz auf und ließ sich erschöpft auf das Polster fallen, in dem mehrere lange Messerschnitte klafften.

Dann hing er wie ein Mehlsack in der Wagenecke am Fenster. Nur einmal rappelte er sich auf und deutete hinaus durch die schmutzige Scheibe. Draußen huschten Knicks vorbei und hin und wieder ein heruntergekommener Bauernhof.

»Viele gute Verstecke«, sagte Dick. »Entsinnst du dich noch an die Kindheitszeiten, in denen man so gerne Verstecken spielt? In unserem Land nicht einfach, jedenfalls im Freien, bei dem Mangel an finsteren Ecken. Am wirkungsvollsten war noch die Methode, die Augen zuzukneifen und zu behaupten, man sei verschwunden. Weil man blind war, war man auch unsichtbar. Seltsame Logik der Kindheit. Ich glaube, hier leben sogar viele Erwachsene danach. Überhaupt ist es ein Land des Versteckens, das ganze Deutschland. Denk nur an die Juden, wo sie sich überall verstecken mußten, und an die Systemfeinde, an die Republikflüchtlinge. Es sollte mehr Dschungel geben hier.«

Mein Freund schloß die Augen, als wollte er sich tatsächlich unsichtbar machen. Ich wischte die Scheibe von außen und innen klar. Die Wartburg schwebte wie eine tiefhängende Wolke vorbei. Hatte da nicht einst jemand sein Tintenfaß nach dem Teufel geworfen, ohne ihn zu treffen? Ein großer schwarzer Klecks an der Wand, vielleicht der Beginn der Schriftstellerei.

Wir näherten uns der ehemaligen Grenze. »Dick«, sagte ich, »schön, daß wir beide heil herausgekommen sind.«

»Wart's ab, wir sind noch nicht drüben. Wer weiß, ob man uns nicht in ein leeres Wachhäuschen sperrt.«

»Du kennst die Geschichte vom wartenden Kaiser?«

»Klar. Ich habe sie sogar drucken lassen, in einer ganz kleinen Auflage. Sie ist gut.«

»Und dieses ganze Theater im Schloß? Edwin? Vielbrunn? Die Komtesse Stasi, Wilhelm, die unterirdische Luxus jacht?«

»Ich war nie dort. Aber ich habe Gerüchte gehört. Es sind Alldeutsche. Auch Vielbrunn übrigens. Sie scheinen Theater als Gedächtnisform zu benutzen. Sie halten sich allzeit bereit, Leben im stand-by sozusagen. Irgendein Kaiser wird schon kommen.«

»Woher weißt du das alles?«

»Von Derbacher.«

»Du hast mit Heinz unter einer Decke gesteckt. Und mit Volz. Vielleicht auch mit diesem kleinen Poeten, der die Geschichte vom wartenden Kaiser geschrieben hat. Ihr wart eine Art Gegenverschwörung, stimmt's? Du kannst mir jetzt endlich erzählen, was ihr vorhattet.«

Dick lachte. Er lachte meinem Empfinden nach zuviel in der letzten Zeit. »Jaja, du hast recht. Wir waren so etwas wie ein Verein. Ein Verein zum Schutze der Humanität. Eine Art Gefühlsgreenpeace, weißt du. Wir wollten diesem Neofaschismus hier eine Art Riegel vorschieben. Es war der reinste Blödsinn. Unser Gegner ist einfach zu raffiniert. Es sind gar keine Faschisten. Jedenfalls nicht im üblichen Sinne. Sie sind kaisertreu. Sie warten nur auf das richtige Wetter für seine Rückkehr. Auf Kaiserwetter. Es muß ein Sonnenuntergang sein nach einem schönen Tag. Ein richtiger, blutroter Sonnenuntergang, der alles in seinen Farben ertränkt.«

»Was hältst du von Edwins Inszenierungen? Sie wirken überhaupt nicht kaisertreu. Sie sind morbide, satirisch.«

»Das ist ihre Stärke. Sie verklären den Kaiser nicht. Sie feiern ihn im vollen Zwielicht seiner Person. Deshalb wird man auch nichts gegen sie ausrichten. Die Polizei ist zu dumm und zu korrupt.«

»Ich habe Fotos von Derbachers Mördern.«

»Zwecklos. Sie werden nicht besonders scharf sein. Fotos kann man außerdem manipulieren.«

»Ich werde einen Bericht verfassen und zusammen mit den Fotos an ein westdeutsches kritisches Journal schicken. Das wird einiges ins Rollen bringen.«

»Romantiker! Im Grunde bist du ziemlich deutsch, mein lieber Piet. Überleg es dir gut, ob du nicht lieber hier bleiben solltest. Verlaß dich darauf, daß sie gut vorbereitet sind. Sie werden im nächsten Herbst eine Theaterwoche veranstalten, wo sie die Wilhelminische Ära als Revue inszenieren. Kritisch natürlich, im Zeitgeist sozusagen, aber so, daß sie ihre Anhänger begeistern. Ich sage dir, die Deutschlinge sind wieder unaufhaltsam im Vordringen.« Er kuschelte sich wieder in seine Ecke und schloß die Augen.

Eine junge Dame kam durch den Wagen. Die Uniform wirkte auf billige Weise flott, wie der hilflose Versuch, die Welt des Fliegens auf die Schienen zu holen. »Personalwechsel«, sagte sie. »Ihre Karten bitte.« Dick petzte die Augen noch mehr zusammen.

»Wir haben keine«, sagte ich und lächelte unsicher, wie man es nur kann, wenn man die Tür des Paradieses hinter sich schließt und nicht weiß, ob man es betreten oder verlassen hat. »Dann müssen Sie nachlösen«, sagte sie freundlich. »Wohin reisen Sie?«

»Nach Sumatra«, knurrte Dick mit geschlossenen Augen. Sie begann, in einem dicken Buch zu blättern, in dem offenbar die Zielorte der Bahn verzeichnet waren. »Da scheint es aber keinen Bahnhof zu geben«, sagte sie.

Zwölftes Kapitel

Am frühen Nachmittag des 29. Dezember trafen wir in Rotterdam ein. Wir waren völlig übernächtigt und fast pleite. Die lange Bahnfahrt hatten wir im Zustand halber Betäubung, geschüttelt und gerüttelt wie zwei Kinder im Kinderwagen, hinter uns gebracht. Ich entsinne mich vage an einen Zwischenstop im Frankfurter Bahnhof. »Die Freiheit ist ein Alptraum«, hatte Dick bemerkt. »Das ist ein Fortschritt, wenn man aus einer Gegend kommt, wo sie immer noch ein Märchen ist.«

Wir kratzten unser letztes Geld zusammen und fuhren im Taxi die vierzig Kilometer nach Süden in Dicks Heimatstädtchen Zieriksee. Ich hatte übrigens die Reise in Doorn unterbrechen wollen, um einen Blick in des Kaisers Welt zu werfen, aber Dick hatte sich geweigert. »Mach, was du willst«, hatte er gesagt. »Ich jedenfalls habe die Schnauze voll von Schlössern.«

Jetzt stand ich in seiner Stammkneipe am Tresen, trank ein Heineken und sah zu, wie Dick mit sich allein eine Runde Karambolage spielte. Er wirkte wie ein gerade beschenktes Kind.

Eigentlich wollte ich nach Groningen zurück. Ich hatte zwar Urlaub bis zum 2. Januar genommen, aber ich wollte Silvester zu Hause sein, mich hineinfallen lassen in diese übervolle Matjestonne von feiernden Leuten. Doch irgendein Gefühl hielt mich zurück. Es sagte mir, daß der Fall noch nicht abgeschlossen sei.

Dick organisierte zwei Fahrräder, und dann waren wir unterwegs zu dem kleinen Sielhafen, wo sein Schiff lag. Wir schwebten, denn wir hatten günstigen Wind schräg von hinten. Der Blick ging weit über flaches, grünes Land, das eigentlich nichts anderes war als grasbewachsene See.

Dann standen wir auf dem Deich und sahen Dicks Boot mitten im Hafen liegen. Es sah nicht gut aus, mehr wie ein Wrack, rostig, mit eingeschlagenen Bullaugen.

»Verdammte Hunde, sie sind fort, und sie haben die Liegegebühr nicht bezahlt«, sagte Dick. »Komm, wir müssen rüber.«

Noch während ich mich fragte, wie er es anstellen wollte, war Dick auf einen der im Hafen liegenden Fischkutter geklettert und hatte ein Dingi aus den Davits gehoben. »Komm, faß mal mit an!« rief er herüber.

Wir ließen das Boot zu Wasser und stiegen ein. Es war warm, ein feuchter Wind wehte, ein Meerwind aus Westen, Neufundlandwind, wie Dick sagte. Irgend etwas fehlte mir, war es der Talkessel? Es war schwer, sich mit so viel plötzlicher Weite abfinden zu müssen. Und es gab keine Fenstersterne mehr am Himmel für die Orientierung.

Wir ruderten hinüber zu Dicks Schiff und kletterten an Bord. Drinnen sah es noch wüster aus als draußen, ein einziges Bild der Verwüstung, überall zerbrochenes Glas, die Spiegel hinter der Theke zerborsten, Barhocker aus der Verankerung gerissen, die Küste von Sumatra fleckig und verschimmelt, der Orang Utan ein Bild des Jammers. Ein Glasauge fehlte, der Pelz an mehreren Stellen zerrissen, Holzwolle quoll wie Gedärm aus seinem Bauch.

Dick stand eine Weile reglos mitten im Raum und stierte vor sich hin. Dann begann er, sich zu bewegen. Zuerst langsam, dann immer schneller. Er nahm eine der zahllosen Scherben und trug sie zum Niedergang und warf sie in hohem Bogen hinaus. Ein kleiner symbolischer Akt offenbar, mit dem Herkules sich Mut machte, ehe er den Augiasstall aufzuräumen begann. Und Dick wurde wahrlich Herkules. Er arbeitete wie ein Halbgott. Ich hatte noch nie in meinem Leben einen Menschen so arbeiten sehen. Wir lebten in diesem dunklen Laderaum, schliefen kaum, aßen aus Dosen, tranken Tee, den Dick auf einem kleinen Gaskocher bereitete. Einmal verschwand er und organisierte Geld, Nägel, Schrauben, Farbe, Holz. Auch ich arbeitete an diesen zwei Tagen wie besessen. Von Dick ging eine wütende Entschlossenheit aus, die mich fesselte.

Als er den Affen flickte, lag der ihm in den Armen wie ein Riesenbaby, und Dicks Nadel fuhr wieder und wieder in den Pelz. Das fehlende Glasauge hatte er in einer Ecke des Laderaums gefunden und wieder eingesetzt.

»Was tun wir eigentlich?« fragte ich einmal. Dick sah kurz auf. Dann sagte er: »Wenn du meine Leberwerte kennen würdest, dann würdest du nicht solche blöden Fragen stellen.«

Jetzt erst fiel mir auf, daß wir die ganze Zeit nichts Alkoholisches tranken. Wir waren im Arbeitsrausch, und das genügte offenbar. Wir gingen dem Schiffsrumpf mit Drahtbürsten zu Leibe, wir verstrichen Unmengen an Rostschutzfarbe. Wir entlockten dem alten Diesel im Maschinenraum erste Lebenszeichen. Es war ein Stapellauf von innen.

Am letzten Tag des Jahres sah man erste Ergebnisse. Wir standen im Laderaum an der Theke, und Dick genehmigte uns ein Bier und einen Genever. Es roch nach Farbe, die Lampen brannten. Der Generator lief. Eine leichte Vibration und ein Brummen täuschten Fahrgeräusche vor. Dick schaltete das verschimmelte Pleorama an. »Heute ist ein besonderer Tag«, sagte er. »Laß uns darauf anstoßen.«

Mittags kam eine kalte Sonne durch. Der Wind blies heftig aus Ost. Dick lag an Deck und malte kopfüber einen Namen auf den Schiffsrumpf. »Willem 2« in weißer Farbe.

Ich stand an Land und sah ihm bei der Arbeit zu. Er hatte eine sichere Hand, und der weiße Pinsel glitt ohne Zittern über die schwarze Bordwand. Nur die »2« malte er seitenverkehrt. Als ich ihn darauf aufmerksam machte, lachte er. »Das ist Ansichtssache«, rief er. »Mein Tondi sieht es richtig herum.«

»Soll das die Yacht des Kaisers sein?« rief ich. Dick lachte noch einmal.

Am Nachmittag wurde er unruhig. Er sah immer wieder auf die Uhr. Wir standen an Deck und beobachteten die Straße. Dick hatte ein Glas dabei. Immer wieder sah er hindurch. Manchmal gab er es mir. Die Straße verlor sich als dünne Doppelreihe von Bäumen im Unendlichen. Die Alleen in Holland wirken wie optische Täuschungen, wie von Escher gemalt.

»Lohengrin war der Herrscher von Brabant«, sagte Dick. »Das ist ganz in der Nähe. Eigentlich war er im gewissen Sinne ein Landsmann.«

»Du bist Lohengrin«, sagte ich. »Wo ist dein Schwan?«

»Da kommt er.« Er deutete in Richtung Straße. Dann reichte er mir das Glas. Ich sah ein Auto. Es kam herangekrochen, erst langsam wie ein schwarzer Käfer, dann immer schneller.

Wir ließen das Dingi herab, und Dick ruderte zum Kai. Als wir anlegten, sah ich zuerst ihre wohlgeformten Beine unter dem Kaninchenfellmantel, dann ihre winkende Hand. Sie trug einen sehr unpassenden runden Hut mit Netz, das sie übers Gesicht gezogen hatte, damit er nicht fortflog. Er konnte nur aus einem Theaterfundus sein. Im Arm trug sie eine große, gut verpackte und verschnürte Rolle. Es sah wie ein Teppich aus, aber es war leicht.

Dann saßen wir an der Bar. Das indirekte Licht ließ Ines noch schöner und jünger sein, als ich sie in Erinnerung hatte. Dick stand hinter dem Tresen und strahlte wie ein Kind. »Was darf ich euch beiden Hübschen servieren?« sagte er. Mir war alles recht. Ich fühlte mich auch so betrunken genug.

Ehe ich zu fragen begann, sagte Dick, daß er alles mit Ines verabredet hätte. Er wolle mit ihr ein neues Leben beginnen. Keine Bücher mehr, aber wieder Fische. Das wäre eine sichere Sache. Denn Fische vergammelten schneller. »Und Sumatra?« fragte ich.

»Bleibt ein Traum. Ich brauch ihn zur Zeit nicht. Ich werde mit Ines im Frühjahr, vor der Saison, hochfahren. Immer schön die Küste entlang bis zu den Lofoten. Was der deutsche Kaiser konnte, können wir schon lange.«

Ines stellte sich auf den Fußring des Barhockers und küßte Dick auf die Stirn. »Du bist mein Kaiser, Schatz«, sagte sie.

Wir schnürten das Paket auf. Es war Derbachers Kulisse von der nordnorwegischen Küste. »Du kanntest das Bild?« fragte ich. »Natürlich. Ich hab ihm die Vorlage gegeben, aus meiner Sammlung ›Küstenlinien‹. Es heißt ›Die Freiheit‹. Jetzt kommt es statt Sumatra dort an die Wand.«

Ines erzählte, was sie alles angestellt hatte, um an das Bild zu kommen. Sie hätte es nur geschafft, weil Doktor Vielbrunn am Tag nach unserer Flucht verhaftet worden sei. Wegen Betrugs. »Er hat mit westdeutschen Grundstücksspekulanten zusammengearbeitet. Gefälschte Besitzurkunden. Volz hat ihn enttarnt.«

»Und Schläfti? Wie geht es ihm?«

»Schläfti ist spurlos verschwunden. Keiner weiß, wo er ist.«

»Und Edwin?«

»Der süße Edwin? Der ist auf Tournee. Ich glaube, in Österreich.«

Dick kam auf unsere Seite. Er stellte sich hinter Ines und schob seine Hände unter ihren Mantel. »Ist dir kalt?« fragte er. Ines schnurrte. Ich trank mein Glas leer. Alten de Kuyper. Dann ging ich. Die beiden sahen mir nach. »Danke, daß du mich rausgeholt hast, Kumpel«, rief Dick. Ich drehte mich noch einmal um.

Die beiden standen da, eng umschlungen. »Du hättest doch einfach abhauen können, Dick«, sagte ich. »Nein, nein, ohne dich hätte ich es nie geschafft. Die Dinge wären nicht so weit gediehen. Auch mit Ines nicht.«

Sollte es ein Trost sein? Ich ging. Niemand hielt mich zurück. Ich kletterte in das Dingi, das im Hafenbecken dümpelte, und ruderte an Land.

Noch vor der Dunkelheit war ich in Rotterdam. Ich kaufte mit meinem letzten Geld eine Fahrkarte nach Groningen. Kurz vor Mitternacht war ich da. Ich lief durch die mir so vertrauten Straßen. Die ersten Feuerwerkskörper explodierten, verfrühte Raketen kurvten zum Himmel. Betrunkene begrüßten lallend das neue Jahr. Das Wasser in den Grachten war glatt und schwarz wie Onyx.

Dann stand ich vor ihrem Haus. Durch die vorhanglosen Fenster sah ich sie sitzen in ihrem Schaukelstuhl, das kleine Gesicht seitlich von einer Kerze beleuchtet. Sie hatte die Augen geschlossen. Sie hätte tot sein können, so regungslos saß sie da. Ganz entspannt, die Hände in ihrem Schoß gefaltet. Ich klopfte gegen die Scheibe, und sie reckte den Kopf. »Mutter!« rief ich. »Dein verlorener Sohn ist wieder da.« Sie konnte mich nicht hören durch das Glas. Ich wartete vor der Haustür, hörte ihre gewichtlosen Schritte, den sich drehenden Schlüssel. Die Tür ging auf. Ein Schwall von Kerzen-, Tannen- und Kuchenduft schlug mir entgegen. »Putz dir gut die Schuhe ab«, waren ihre ersten Worte.

ANHANG

Winterreise

GUTE NACHT

Fremd bin ich eingezogen,
Fremd zieh ich wieder aus.
Der Mai war mir gewogen
Mit manchem Blumenstrauß.
Das Mädchen sprach von Liebe,
Die Mutter gar von Eh' –
Nun ist die Welt so trübe,
Der Weg gehüllt in Schnee.

Ich kann zu meiner Reise
Nicht wählen mir die Zeit,
Muß selbst den Weg mir weisen
In dieser Dunkelheit.
Es zieht ein Mondenschatten
Als mein Gefährte mit,
Und auf den weißen Matten
Such ich des Wildes Tritt.

Was soll ich länger weilen,
Daß man mich trieb hinaus?
Laß irre Hunde heulen
Vor ihres Herren Haus!
Die Liebe liebt das Wandern –
Gott hat sie so gemacht –
Von einem zu dem andern,
Fein Liebchen, gute Nacht!

Will dich im Traum nicht stören,
Wär' schad' um deine Ruh,
Sollst meinen Tritt nicht hören –
Sacht, sacht die Türe zu!
Schreib' im Vorübergehen
Ans Tor dir: »Gute Nacht«,
Damit du mögest sehen,
An dich hab' ich gedacht.

DIE WETTERFAHNE

Der Wind spielt mit der Wetterfahne
Auf meines schönen Liebchens Haus.
Da dacht' ich schon in meinem Wahne,
Sie pfiff' den armen Flüchtling aus.

Er hätt' es eher bemerken sollen,
Des Hauses aufgestecktes Schild,
So hätt' er nimmer suchen wollen
Im Haus ein treues Frauenbild.

Der Wind spielt drinnen mit dem Herzen
Wie auf dem Dach, nur nicht so laut.

Was fragen sie nach meinen Schmerzen?
Ihr Kind ist eine reiche Braut.

GEFRORENE TRÄNEN

Gefrorne Tropfen fallen
Von meinen Wangen ab;
Ob es mir denn entgangen,
Daß ich geweinet hab'?

Ei Tränen, meine Tränen,
Und seid ihr gar so lau,
Daß ihr erstarrt zu Eise
Wie kühler Morgentau?

Und dringt doch aus der Quelle
Der Brust so glühend heiß,
Als wolltet ihr zerschmelzen
Des ganzen Winters Eis!

ERSTARRUNG

Ich such' im Schnee vergebens
Nach ihrer Tritte Spur,
Wo sie an meinem Arme
Durchstrich die grüne Flur.

Ich will den Boden küssen,
Durchdringen Eis und Schnee
Mit meinen heißen Tränen,
Bis ich die Erde seh'.

Wo find' ich eine Blüte,
Wo find' ich grünes Gras?
Die Blumen sind erstorben,
Der Rasen sieht so blaß.
Soll denn mein Angedenken
Ich nehmen mit von hier?
Wenn meine Schmerzen schweigen,
Wer sagt mir dann von ihr?

Mein Herz ist wie erstorben,
Kalt starrt ihr Bild darin;
Schmilzt je das Herz mir wieder,
Fließt auch ihr Bild dahin.

DER LINDENBAUM

Am Brunnen vor dem Tore
Da steht ein Lindenbaum;
Ich träumt' in seinem Schatten
So manchen süßen Traum.

Ich schnitt in seine Rinde
So manches liebe Wort;
Es zog in Freud und Leide
Zu ihm mich immer fort.

Ich mußt' auch heute wandern
Vorbei in tiefer Nacht,
Da hab' ich noch im Dunkeln
Die Augen zugemacht.
Und seine Zweige rauschten,
Als riefen sie mir zu:

Komm her zu mir, Geselle,
Hier findst du deine Ruh'!

Die kalten Winde bliesen
Mir grad ins Angesicht,
Der Hut flog mir vom Kopfe,
Ich wendete mich nicht.

Nun bin ich manche Stunde
Entfernt von jenem Ort,
Und immer hör' ich's rauschen:
Du fändest Ruhe dort!

WASSERFLUT

Manche Trän' aus meinen Augen
Ist gefallen in den Schnee;
Seine kalten Flocken saugen
Durstig ein das heiße Weh.

Wenn die Gräser sprossen wollen,
Weht daher ein lauer Wind,
Und das Eis zerspringt in Schollen,
Und der weiche Schnee zerrinnt.

Schnee, du weißt von meinem Sehnen,
Sag', wohin doch geht dein Lauf?
Folge nach nur meinen Tränen,
Nimmt dich bald das Bächlein auf.

Wirst mit ihm die Stadt durchziehen,
Muntre Straßen ein und aus;

Fühlst du meine Tränen glühen,
Da ist meiner Liebsten Haus.

AUF DEM FLUSSE

Der du so lustig rauschtest,
Du heller, wilder Fluß,
Wie still bist du geworden,
Gibst keinen Scheidegruß.

Mit harter, starrer Rinde
Hast du dich überdeckt,
Liegst kalt und unbeweglich
Im Sande ausgestreckt.

In deine Decke grab' ich
Mit einem spitzen Stein
Den Namen meiner Liebsten
Und Stund und Tag hinein:

Den Tag des ersten Grußes,
Den Tag, an dem ich ging;
Um Nam' und Zahlen windet
Sich ein zerbrochner Ring.

Mein Herz, in diesem Bache
Erkennst du nun dein Bild?
Ob's unter seiner Rinde
Wohl auch so reißend schwillt?

RÜCKBLICK

Es brennt mir unter beiden Sohlen,
Tret' ich auch schon auf Eis und Schnee,
Ich möcht' nicht wieder Atem holen,
Bis ich nicht mehr die Türme seh'.

Hab' mich an jedem Stein gestoßen,
So eilt' ich zu der Stadt hinaus,
Die Krähen warfen Bäll' und Schloßen
Auf meinen Hut vor jedem Haus.

Wie anders hast du mich empfangen,
Du Stadt der Unbeständigkeit!
An deinen blanken Fenstern sangen
Die Lerch' und Nachtigall im Streit.

Die runden Lindenbäume blühten,
Die klaren Rinnen rauschten hell,
Und ach, zwei Mädchenaugen glühten –
Da war's geschehn um dich, Gesell!

Kommt mir der Tag in die Gedanken,
Möcht' ich noch einmal rückwärts sehn,
Möcht' ich zurücke wieder wanken,
Vor ihrem Hause stillestehn.

DAS IRRLICHT

In die tiefsten Felsengründe
Lockte mich ein Irrlicht hin; Wie ich einen Ausweg finde,
Liegt nicht schwer mir in dem Sinn.

Bin gewohnt das Irregehen,
's führt ja jeder Weg zum Ziel;
Unsre Freuden, unsre Wehen,
Alles eines Irrlichts Spiel!

Durch des Bergstroms trockne Rinnen
Wind' ich ruhig mich hinab;
Jeder Strom wird's Meer gewinnen,
Jedes Leiden auch ein Grab.

DIE RAST

Nun merk' ich erst, wie müd ich bin,
Da ich zur Ruh' mich lege.
Das Wandern hielt mich munter hin
Auf unwirtbarem Wege;

Die Füße frugen nicht nach Rast,
Es war zu kalt zum Stehen;
Der Rücken fühlte keine Last,
Der Sturm half fort mich wehen.

In eines Köhlers engem Haus
Hab' Obdach ich gefunden;
Doch meine Glieder ruhn nicht aus,
So brennen ihre Wunden.
Auch du, mein Herz, im Kampf und Sturm
So wild und so verwegen,
Fühlst in der Still' erst deinen Wurm
Mit heißem Stich sich regen!

DER FRÜHLINGSTRAUM

Ich träumte von bunten Blumen,
So wie sie wohl blühen im Mai;
Ich träumte von grünen Wiesen,
Von lustigem Vogelgeschrei.

Und als die Hähne krähten,
Da ward mein Auge wach;
Da war es kalt und finster,
Es schrien die Raben vom Dach.

Doch an den Fensterscheiben,
Wer malte die Blätter da?
Ihr lacht wohl über den Träumer,
Der Blumen im Winter sah?

Ich träumte von Lieb' und Liebe,
Von einer schönen Maid,
Von Herzen und von Küssen,
Von Wonne und Seligkeit.

Und als die Hähne krähten,
Da ward mein Herze wach;
Nun sitz' ich hier alleine
Und denke dem Traume nach.

Die Augen schließ' ich wieder,
Noch schlägt das Herz so warm.
Wann grünt ihr Blätter am Fenster?
Wann halt' ich mein Liebchen im Arm?

EINSAMKEIT

Wie eine trübe Wolke
Durch heitre Lüfte geht.
Wenn in der Tanne Wipfel
Ein mattes Lüftchen weht:

So zieh' ich meine Straße
Dahin mit trägem Fuß,
Durch helles, frohes Leben
Einsam und ohne Gruß.

Ach, daß die Luft so ruhig!
Ach, daß die Welt so licht!
Als noch die Stürme tobten,
War ich so elend nicht.

DIE POST

Von der Straße her ein Posthorn klingt.
Was hat es, daß es so hoch aufspringt,
Mein Herz?

Die Post bringt keinen Brief für dich.
Was drängst du denn so wunderlich,
Mein Herz?

Nun ja, die Post kommt aus der Stadt,
Wo ich ein liebes Liebchen hatt',
Mein Herz!

Willst wohl einmal hinübersehn
Und fragen, wie es dort mag gehn,
Mein Herz?

DER GREISE KOPF

Der Reif hatt' einen weißen Schein
Mir übers Haar gestreuet;
Da glaubt' ich schon, ein Greis zu sein,
Und hab' mich sehr gefreuet.

Doch bald ist er hinweggetaut,
Hab' wieder schwarze Haare,
Daß mir's vor meiner Jugend graut –
Wie weit noch bis zur Bahre!

Vom Abendrot zum Morgenlicht
Ward mancher Kopf zum Greise.
Wer glaubt's? Und meiner ward es nicht
Auf dieser ganzen Reise!

DIE KRÄHE

Eine Krähe war mit mir
Aus der Stadt gezogen,
Ist bis heute für und für
Um mein Haupt geflogen.

Krähe, wunderliches Tier,
Willst mich nicht verlassen?
Meinst wohl bald als Beute hier

Meinen Leib zu fassen?

Nun, es wird nicht weit mehr gehn
An dem Wanderstabe.
Krähe, laß mich endlich sehn
Treue bis zum Grabe.

DIE LETZTE HOFFNUNG

Hie und da ist an den Bäumen
Manches bunte Blatt zu sehn.
Und ich bleibe vor den Bäumen
Oftmals in Gedanken stehn.

Schaue nach dem einen Blatte,
Hänge meine Hoffnung dran;
Spielt der Wind mit meinem Blatte,
Zittr' ich, was ich zittern kann.

Ach, und fällt das Blatt zu Boden,
Fällt mit ihm die Hoffnung ab,
Fall' ich selber mit zu Boden,
Wein' auf meiner Hoffnung Grab.

IM DORFE

Es bellen die Hunde, es rasseln die Ketten;
Es schlafen die Menschen in ihren Betten,
Träumen sich manches, was sie nicht haben,
Tun sich im Guten und Argen erlaben;
Und morgen früh ist alles zerflossen –

Je nun, sie haben ihr Teil genossen,
Und hoffen, was sie noch übrigließen,
Doch wiederzufinden auf ihren Kissen.
Bellt mich nur fort, ihr wachen Hunde,
Laßt mich nicht ruhn in der Schlummerstunde!
Ich bin zu Ende mit allen Träumen –
Was will ich unter den Schläfern säumen?

DER STÜRMISCHE MORGEN

Wie hat der Sturm zerrissen
Des Himmels graues Kleid!
Die Wolkenfetzen flattern
Umher in mattem Streit,

Und rote Feuerflammen
Ziehn zwischen ihnen hin:
Das nenn' ich einen Morgen
So recht nach meinem Sinn!

Mein Herz sieht an dem Himmel
Gemalt sein eignes Bild –
Es ist nichts als der Winter,
Der Winter, kalt und wild!

DIE TÄUSCHUNG

Ein Licht tanzt freundlich vor mir her,
Ich folg' ihm nach die Kreuz und Quer;
Ich folg' ihm gern und seh's ihm an,
Daß es verlockt den Wandersmann.

Ach, wer wie ich so elend ist,
Gibt gern sich hin der bunten List,
Die hinter Eis und Nacht und Graus
Ihm weist ein helles, warmes Haus.
Und eine liebe Seele drin –
Nur Täuschung ist für mich Gewinn.

DER WEGWEISER

Was vermeid' ich denn die Wege,
Wo die andern Wandrer gehn,
Suche mir versteckte Stege
Durch verschneite Felsenhöhn?

Habe ja doch nichts begangen,
Daß ich Menschen sollte scheun,
Welch ein törichtes Verlangen
Treibt mich in die Wüstenein?

Weiser stehen auf den Straßen,
Weisen auf die Städte zu,
Und ich wandre sonder Maßen,
Ohne Ruh', und suche Ruh'.

Einen Weiser seh' ich stehen
Unverrückt vor meinem Blick;
Eine Straße muß ich gehen,
Die noch keiner ging zurück.

DAS WIRTSHAUS

Auf einen Totenacker
Hat mich mein Weg gebracht;
Allhier will ich einkehren,
Hab' ich bei mir gedacht.

Ihr grünen Totenkränze
Könnt wohl die Zeichen sein,
Die müde Wandrer laden
Ins kühle Wirtshaus ein.

Sind denn in diesem Hause
Die Kammern all besetzt?
Bin matt zum Niedersinken,
Bin tödlich schwer verletzt.

O unbarmherz'ge Schenke,
Doch weisest du mich ab?
Nun weiter denn, nur weiter,
Mein treuer Wanderstab!

MUT

Fliegt der Schnee mir ins Gesicht,
Schüttl' ich ihn herunter;
Wenn mein Herz im Busen spricht,
Sing' ich hell und munter.

Höre nicht, was es mir sagt,
Habe keine Ohren;
Fühle nicht, was es mir klagt,

Klagen ist für Toren.

Lustig in die Welt hinein
Gegen Wind und Wetter!
Will kein Gott auf Erden sein,
Sind wir selber Götter!

DIE NEBENSONNEN

Drei Sonnen sah ich am Himmel stehn,
Hab' lang und fest sie angesehn;
Und sie auch standen da so stier,
Als wollten sie nicht weg von mir.
Ach, meine Sonnen seid ihr nicht!
Schaut andern doch ins Angesicht!
Ja, neulich hatt' ich auch wohl drei;
Nun sind hinab die besten zwei.
Ging nur die dritt' erst hinterdrein!
Im Dunkeln wird mir wohler sein.

DER LEIERMANN

Drüben hinterm Dorfe
Steht ein Leiermann,
Und mit starren Fingern
Dreht er, was er kann.

Barfuß auf dem Eise
Wankt er hin und her,
Und sein kleiner Teller
Bleibt ihm immer leer.

Keiner mag ihn hören,
Keiner sieht ihn an,
Und die Hunde knurren
Um den alten Mann.

Und er läßt es gehen,
Alles, wie es will,
Dreht, und seine Leier
Steht ihm nimmer still.

Wunderlicher Alter,
Soll ich mit dir gehn?
Willst zu meinen Liedern
Deine Leier drehn?

Die Liedertexte schrieb der Dessauer Gymnasiallehrer Wilhelm Müller (1794–1827).

Henning Boëtius
Das Rubinhalsband
Ein Piet-Hieronymus-Roman
btb 72639

btb
Aus Freude am Lesen

Henning Boëtius

Eine mörderische Liebesgeschichte. Ermittler Piet Hieronymus, der Mann für besondere Fälle bei der holländischen Polizei, gerät in den Bann einer geheimnisvollen Frau.

Henning Boëtius
Undines Tod
Roman
btb 72225

btb
Aus Freude am Lesen

Ein Kriminalroman aus dem alten Berlin. Im Jahre 1817 erschüttert der mysteriöse Tod einer Tänzerin die ganze Stadt. Kammergerichtsrat Kreisler und sein exzentrischer Freund stellen auf eigene Faust Ermittlungen an.

Weitere Titel bei btb:
Der Gnom. Ein Lichtenberg-Roman (72408) – Ich ist ein anderer. Das Leben des Arthur Rimbaud (72189) – Joiken. Ein Piet-Hieronymus-Roman (72584) – Lauras Bildnis. Roman (72803) – Der Walmann. Roman (72332)